BUZZ

© 2018 Buzz Editora
Publisher ANDERSON CAVALCANTE
Editora SIMONE PAULINO
Projeto gráfico ESTÚDIO GRIFO
Assistente de design LAIS IKOMA, STEPHANIE Y. SHU
Preparação JORGE RIBEIRO
Revisão LUISA TIEPPO

Dados Internacionais de Catalogação na Publicação (CIP)
de acordo com ISBD

Braga, Rosana
    Outono na Grécia: Rosana Braga
    São Paulo: Buzz Editora, 2018.
    208 pp.

ISBN 978-85-93156-70-0

1. Literatura brasileira. 2. Ficção I. Título.

821.134.3(81)-31 / CDD-869.89923

Índices para catálogo sistemático:
1. Literatura brasileira: Ficção 869.89923
2. Literatura brasileira: Ficção 821.134.3(81)-31

Todos os direitos reservados à:
Buzz Editora Ltda.
Av. Paulista, 726 – mezanino
CEP: 01310-100 São Paulo, SP
[55 11] 4171 2317
[55 11] 4171 2318
contato@buzzeditora.com.br
www.buzzeditora.com.br

Outono na Grécia

Rosana Braga

Encantadora Afrodite! Preencha todo o meu corpo, toda a minha alma e todo o meu coração com a sua essência apaixonada, intensa e irreverente. Que eu seja autêntica, ousada e livre como você. E que eu me permita viver com todo o desejo que pulsa no mais profundo de mim mesma!

Dedico este livro aos homens da minha vida que, cada um à sua maneira e cumprindo o seu papel, despertaram e alimentam minha Afrodite ao longo da vida. Ao meu pai Devanir. Aos meus irmãos Ronaldo e José (em memória). Ao meu marido Rodrigo Cardoso. Ao pai do meu filho, Márcus Vinícius. Ao meu filho Vinícius. Aos meus enteados Nicholas e Lucas. E à mulher que foi minha primeira referência do feminino, minha mãe Maria Balbina. Obrigada por fazerem parte da minha criatividade e do meu conteúdo.

10
No escuro de si mesma

29
Armadilhas e mentiras

45
A guerra da lucidez

60
A angústia e a glória da metamorfose

76
Será mesmo que você quer?

91
A verdade que dói e liberta!

108
Ela mesma era o amor que encontraria...

126
Constelando Afrodite

146
O surpreendente encanto do encontro

158
Shakti e Shiva

177
Amor, presença e partida

196
Só porque ela se amou...

NO ESCURO DE SI MESMA

Lua Minguante
Atenas, Grécia
Domingo, 17 de setembro de 2017

Sentia todo o seu corpo excitado, desperto, cheio de energia. Decidiu que, para garantir amor, prazer e alegria durante toda a viagem, sua primeira visita seria ao Templo de Afrodite, na Acrópole de Corinto. Portanto, às 10h36 em ponto, hora prevista da partida, estava muito bem-acomodada dentro do vagão do trem que a levaria da estação de Atenas até a estação de Corinto.

Bárbara adorava passear de trem e resolveu não perder aquela oportunidade. Acreditava que, enquanto percorria aqueles trilhos, entrava em contato com a magia da história local e com os espíritos da ancestralidade grega. Sem contar que tudo pelo caminho remetia a um universo mítico, repleto de vestígios deixados há milhares de anos por deuses e deusas que ali viveram com poderes e permissões ilimitados.

Não tirou os olhos da janela. Queria captar todas as paisagens e, claro, todas as sensações. Mas quando faltava cerca de 20 minutos para chegar à sua estação, resolveu pegar o mapa dentro da mochila e estudar a direção para onde deveria ir a fim de chegar à Acrópole, onde estava marcado – pelo menos para ela – o seu primeiro encontro com Afrodite.

Não saberia dizer se foi através de sua visão periférica ou de sua intuição, mas sentiu que alguém a observava logo adiante. Levantou os olhos, sem levantar a cabeça, e realmente tinha alguém olhando para ela, três bancos à frente, do lado oposto do vagão. E como aquele olhar estava decidido a não sair de cima dela, começou a estranhar. Depois de deliberadamente encarar aquela pessoa por alguns segundos, baixou novamente os olhos e pensou se seria alguém conhecido. Não, não era. Nunca tinha visto aquele homem. Decidiu se voltar para a janela, mas a energia estava posta. Era como se dos olhos e de todo o corpo dele tivesse sido construída uma ponte invisível, mas muito bem delineada, até ela. Olhou novamente para ele e até tentou sustentar o encontro silencioso, mas não conseguiu. *"Por que será que ele tanto me olha?"*, pensou.

Já não conseguia mais se concentrar no que via através da janela. Virou-se discretamente e, de novo, seus olhares se encontraram. Agora, ele estava sorrindo para ela. Sem pensar, sorriu de volta e imediatamente sentiu-se tímida, desviando o olhar para fora. Não que nunca tivesse sido paquerada, mas daquele jeito? Fazendo com que ela se sentisse nua? Não! Daquele jeito nunca! Porque não era seu corpo, era sua alma que ela sentia despida. Por ele.

"Ele quem? Quem seria aquele homem?", perguntava-se enquanto descobria que estava gostando daquela experiência mais do que teria imaginado.

"Preciso prestar atenção, senão termino perdendo minha estação", pensou ela. E alguns minutos depois, ouviu o anúncio de que a próxima era Corinto. Ficou decepcionada porque o "encontro" estava acabando e o "estranho misterioso" nem sabia. E já que estava para descer, desta vez olhou para ele disposta a guardar cada detalhe de seu rosto.

Sua pele era morena, talvez um pouco queimada do sol. Seus cabelos eram lisos e castanhos, penteados para trás. Seus traços eram marcantes, o que ficava ainda mais reforçado pela sobrancelha farta. O sorriso era leve, solto, intenso. Mas não parecia ansioso ou carregado de segundas intenções, como os que Bárbara já vira diversas vezes, quando era abordada por alguns homens. Era um sorriso... diferente. Ela não sabia explicar. E os olhos... os olhos eram levemente puxados, escuros e penetrantes. De uma profundidade quase assustadora. De uma certeza desconcertante, mas muito, muito atraentes.

E se deu conta de que o trem já estava parado por algum tempo. Havia se perdido no mundo dele e sequer saberia o seu nome. Sentiu um aperto no peito. Precisava descer. Levantou rapidamente do seu assento, colocou a mochila nas costas e olhou para ele pela última vez. Agora, seu olhar parecia apreensivo.

"Será que ele percebeu que vou descer?", pensou. Teve a impressão de que ele se levantaria também, mas já não havia mais tempo...

*

3 meses antes...

Lua Nova
São Paulo, Brasil
Segunda, 26 de junho de 2017

Desligou o telefone. Sentia-se frágil e angustiada. Não sabia ressignificar aqueles sentimentos que se agitavam dentro dela como se fossem pequenas farpas. Tão pequenas que deveriam ser inofensivas. Mas não eram. Dia após dia, consistentemente, arranhavam seu gosto pela vida e desgastavam dolorosamente sua esperança no amor.

E porque Bárbara não reagia, porque ela se deixava ser sorrateiramente machucada por sua própria negligência, a ferida que dilacerava suas melhores intenções mantinha-se aberta. Era quase imperceptível, de fato, mas fazia latejar sua alma de forma tão incômoda que ela se sentia exausta. Afundou o rosto no travesseiro e soluçou até perder o fôlego e mergulhar na mais completa escuridão de si mesma.

Acordou se sentindo como se estivesse anestesiada. Sem forças. Tomou um banho demorado, deixando a água escorrer pelo seu corpo e desejando que também descesse pelo ralo aquela estúpida e excessiva sensação de frustração e solidão. Um vazio que não era insuportável a ponto de deixá-la prostrada numa cama, em profunda depressão, mas era irritante o suficiente para roubar sua leveza e dificultar seu esforço de seguir com a vida do jeito que ela gostaria.

Desligou o chuveiro. Ficou ali parada por um instante, olhando fixamente para a parede e, de repente, desabou novamente em lágrimas. Curvou-se sobre seu próprio corpo e, baixando-se até o chão, vomitou uma tristeza encorpada e ressequida pelo tempo. Não conseguia compreender o que mais a vida queria dela. Chorou até se sentir vencida pelo frio, como se o inverno acontecesse de dentro dela para o resto do mundo. E acreditava que nada poderia aquecê-la naquele momento.

Realmente achou que estivesse melhorando, mas não estava. E não sabia como nem quando estaria. Essa ausência de respostas ou saídas era insuportável. Precisava fazer alguma coisa. Precisava de uma direção. Tentou confiar que a terapia daria um jeito nessa situação...

"*Ei, Bárbara, a vida não vai esperar até que você se sinta respondida, satisfeita e maravilhosa! Então, levante-se do chão e vá fazer a sua parte*", ordenou alguma voz dentro dela um pouco menos vítima de suas tantas expectativas.

Enquanto dirigia até o consultório de Samantha, tentou organizar os pensamentos e sobre o que falaria. Não queria chegar atrasada. Sentia que precisava aproveitar cada minuto da sessão. Infelizmente, não conseguiu se lembrar de nenhum sonho para ilustrar as brilhantes análises da terapeuta. Mas já sobre a realidade, ah, sobre essa sim ela tinha muito o que falar.

Havia decidido pedir ajuda de uma profissional há cinco meses, depois de Theo insistir muito. O amigo apostava que a psicoterapia ajudaria Bárbara a se enxergar com olhos de realidade. O que faltava a ela era mesmo o despertar dessa capacidade de se ver, de se reconhecer, de se apoderar de sua singularidade e ganhar coragem e segurança para se colocar em sua própria história, para viver o que e como realmente quisesse viver.

Aliás, essa sugestão de Theo era antiga, desde que o casamento de Bárbara e Pedro havia se tornado insustentável – o que na percepção dele aconteceu muito antes do que na dela. Mas ela resistiu o quanto conseguiu. No fundo, tinha medo de olhar para o seu caos interior e finalmente ter de admitir tudo o que vinha escondendo de si mesma.

Rendeu-se somente quando percebeu que o próximo estágio seria desenvolver uma depressão profunda, já que "leve" ela suspeitava que já tinha. Andava extremamente irritada com tudo, não conseguia dormir direito, tinha se afastado dos amigos e tudo o que queria era ficar em casa, sozinha, convencendo-se de que realmente era uma vítima da vida, dos homens, dos relacionamentos e, claro, do jeito que tinha sido criada pelos pais.

Aos mais íntimos, o modo como Bárbara vinha conduzindo sua vida parecia um imenso e lamentável desperdício. De fato, ela era uma mulher incrível, mas andava tão fragilizada e vulnerável que simplesmente não conseguia se ver com clareza. Não conseguia se apropriar de si.

Era uma mulher de traços delicados, mas de uma presença realmente marcante. Tinha uma beleza "holística", como dizia Vitória, sua amiga de infância. Ainda que introspectiva, era particularmente intensa em seus afetos e dona de uma personalidade encantadora: de uma profundidade e de uma sensibilidade raras. Sua intuição e percepção sobre o que acontecia ao seu redor e com aqueles que ela amava a transformavam na "amiga para todas as horas" e, principalmente, na confidente para os momentos mais difíceis.

Mas, quando se tratava de relacionamentos amorosos, Bárbara perdia seu eixo. Repetia para si mesma muitas "verdades" equivocadas e distorcidas sobre os homens e também sobre casamento, embora tivesse tentado muito ser feliz com Pedro, seu ex-marido. E realmente tinha feito tudo o que poderia, mas o seu melhor ainda atuava consideravelmente contra ela mesma, sem que ela se desse conta.

Certa vez, depois de assistir a um comercial de chocolate na tevê, que mostrava como as pessoas podem se comportar de um modo ansioso, impulsivo e desequilibrado quando estão com fome, imediatamente fez uma analogia consigo mesma sobre como se sentia quando se apaixonava.

Ria de si mesma toda vez que pensava nisso, mas sabia que a situação era trágica e não cômica. Seu riso era de nervoso e não de graça. Precisava mudar essa sua dinâmica o quanto antes, se não quisesse estragar as próximas oportunidades de amor e de alegria que a vida poderia lhe trazer.

Foi com esse pensamento que estacionou o carro e tocou a campainha do consultório de Samantha. A recepcionista abriu o portão e a conduziu até a sala de espera, onde Bárbara aguardou por alguns minutos, até que viu se abrirem as duas folhas da porta de madeira e vidro que separava a antessala do acesso aos consultórios dos profissionais que ali atendiam.

– Olá, querida! Tudo bom? – disse Samantha, sorrindo e abrindo os braços para recebê-la com seu jeito acolhedor e amoroso de sempre.

– Tudo indo, e você? – encaixou-se naquele abraço e pensou por um instante que era assim que gostaria de ser abraçada pela mãe.

Samantha apontou com o braço em direção à sua sala, que ficava ao final do corredor, à esquerda. Bárbara seguiu na frente dela e entrou primeiro. Samantha entrou em seguida e trancou a porta. Ela mantinha um aromatizador com vela aceso. Por isso, o ambiente sempre exalava um aroma bastante suave, fosse de capim limão, alecrim, bergamota, manjericão, lavanda ou algo do tipo. Havia perguntado se isso incomodava Bárbara quando ela esteve lá pela primeira vez. "Não, de jeito nenhum. Até gosto!", tinha respondido.

A sala era pequena, mas muito aconchegante. As paredes eram pintadas na cor areia e não havia quadros nas paredes. No canto esquerdo, ao fundo da sala, ficava uma bonita poltrona onde Samantha sempre se sentava. Na parede em frente à porta de entrada, tinha uma janela que dava para a rua, sempre protegida por uma cortina de tecido encorpado e claro, permitindo que a claridade do dia entrasse, mas impedindo que quem estivesse fora visse quem estava dentro e vice-versa.

Bárbara realmente tinha desejado ser invisível na primeira vez que entrou ali, e ficou se perguntando se as paredes eram grossas o bastante ou se havia alguma proteção sonora, a fim de que ninguém as ouvisse, fosse da sala ao lado, da sala à frente ou até mesmo da calçada da rua.

Bem diante da poltrona de Samantha, ficava um pequeno e confortável sofá marrom claro de dois lugares, com almofadas coloridas. E ao lado do sofá, uma mesa pequenina sustentava uma jarra de vidro com água, um copo e uma caixa de lenços.

Ao lado da porta tinha uma mesa, onde Samantha deixava alguns livros, sua bolsa, às vezes um casaco e outros objetos pessoais, e uma cadeira, onde Bárbara fantasiava que ela se sentava ao final de cada sessão para anotar as "maluquices" que ouvia de seus pacientes.

– Como você está? – perguntou Samantha, com seu tom de voz sempre interessado e seu olhar carinhoso.

– Estive pensando na minha vida e na grande confusão que têm sido os meus relacionamentos enquanto vinha para cá e me lembrei de uma propaganda que fala que as pessoas não são elas mesmas quando estão com fome. Que perdem seu senso crítico para escolher o melhor, mudam de humor e exageram suas reações... – e contou para Samantha sobre sua analogia.

– Faz muito sentido – riu ela. – Mas me conta mais sobre por que comparou estar com fome com estar apaixonada.

– Ah, eu não sei explicar por que mudo tanto quando me descubro interessada por alguém. Parece que fico burra, cega, sem condições de avaliar o que realmente quero, diante do que realmente está acontecendo, sabe? É isso! Sinto que fico muito diferente quando me apaixono. Perco a razão, fico muito ansiosa, insegura, com medo de fazer ou dizer algo que vai estragar tudo... Enfim, um saco!

– Então você não gosta de se apaixonar?

– Adoro! É uma delícia! Quando me sinto correspondida, quando o cara diz o que eu quero ouvir, quando me dá atenção, liga na hora combinada e não desaparece, é tudo maravilhoso! Mas quando algo sai do controle, quando acho que ele pode estar se desinteressando, aí acorda um monstro dentro de mim! – gargalhou Bárbara ao imaginar saindo de dentro dela um bicho grande, peludo e cheio de dentes.

– Na verdade, querida, paixão é mesmo uma espécie de fome. Não é fome de comida, mas é fome de afeto, de aproximação, de desejo. Então, até certo ponto é natural a gente se sentir diferente, mexida, com as emoções intensificadas, à flor da pele. O corpo reage e vários hormônios são desencadeados, principalmente o do prazer. É por isso que tantas pessoas são viciadas em paixão.

– Não! Você não está entendendo! Não pode ser normal o jeito que eu fico! Eu estrago tudo!

– Pois é... aí é que está a questão! A fome é natural. Mas fome demais gera desequilíbrio, desespero, desnutrição. E me parece, até por tudo o que vem contando sobre sua relação com o Pedro e alguns outros que teve, que mais do que fome, o que você tem vivido é uma falta sistemática, o que tem causado em você uma espécie de buraco interno. Se fosse falta de comida, diria que você está desnutrida. Mas como é de autoestima, de afeto por si mesma, diria que você está carente do famoso e tão importante amor-próprio. E isso faz com que você pense, sinta e aja de um modo completamente desajustado e fora de sintonia com a sua verdade.

– Mas como posso resolver isso se os homens são tão inconstantes? Se falam uma coisa e fazem outra? Se só querem sexo e simplesmente desaparecem quando a gente pergunta qualquer coisa sobre futuro ou compromisso? – rosnou Bárbara.

– Todos os homens são assim?

– Se não todos, a grande maioria, né? E os que assumem compromisso, como o Pedro, por exemplo, olha a cagada que dá!

– Será? Você está me assegurando, então, que dos cerca de três bilhões de homens que existem no planeta, praticamente todos são mentirosos, não querem compromisso e são pessoas que realmente não valem a pena e com quem não é possível ter um relacionamento bacana? Não estou falando sobre uma relação perfeita – porque isso não existe – mas criativa, profunda, verdadeira?

Bárbara ficou surpresa com a questão colocada daquela forma. Percebeu que nunca tinha ampliado aquele cenário. Nunca tinha olhado "de fora do seu mundinho", de um jeito mais sensato e até muito mais justo, não só com os homens, mas com ela mesma.

– Bem, pensando assim... Minhas crenças sobre os homens devem mesmo estar desatualizadas e limitadas.

– Com certeza, Bárbara – afirmou Samantha. – E se você quer mesmo viver novas histórias, fazer diferente, é você quem precisa mudar, antes de esperar que os homens mudem. A sua energia e o jeito como você enxerga as relações e, principalmente, a si mesma, influenciam de modo determinante quem você atrai, com quem você se envolve e, sobretudo, com quem decide ficar ou não. Escolhas, lembra? Consciência!

– Sim, faz todo sentido! – Bárbara sentiu como se várias fichas tivessem caído de uma só vez. Uma clareza que aliviava sua alma e trazia consigo uma perspectiva de possibilidades completamente diferentes, novas, muito mais fluidas.

Ficou em silêncio por alguns segundos, tentando internalizar aquela percepção que parecia ser o grande segredo para se dar bem no amor. Até que suspirou e recomeçou:

– Mas ainda acho que, quando me apaixonar, talvez não consiga ter essa clareza toda e caia novamente na mesma armadilha de sempre!

– Claro... nenhuma mudança interna acontece somente com entendimento racional. É preciso vivenciar, sentir. Bárbara, veja bem, mentiras, inconstâncias ou medo de compromisso não têm a ver com os homens especificamente, mas com seres humanos de modo geral. Existem homens e mulheres que não conseguem se entregar nos relacionamentos, assim como existem muitos homens e mulheres que conseguem! Pessoas maduras e dispostas a serem leais consigo mesmas. Pessoas que se importam com o outro de verdade.

– Uau! Nunca tinha pensando desse jeito! Porque realmente muitas mulheres também mentem e também sacaneiam com os homens. Muitas vezes! Conheço várias que já aprontaram poucas e boas – disse Bárbara fazendo uma expressão de espanto e admiração diante da própria conclusão.

– É isso, querida! Mais do que julgar comportamentos, o importante é você perceber que pessoas têm medos, inseguranças, defesas e confusões internas. E cada um lida com isso como consegue. Mentir, trair ou fugir são maneiras de se defender de algum sentimento com o qual uma pessoa simplesmente não sabe lidar.

E continuou:

– Cada um tenta fazer o seu melhor, mas muitos não se dão conta de que suas escolhas e atitudes ferem, antes de qualquer outra pessoa, a si mesmas. Roubam sua chance de se sentirem plenas, sintonizadas com o amor que podem e merecem sentir.

– Isso foi uma indireta para mim? – Bárbara perguntou e ambas riram.

– Se a carapuça servir e ajudar, por que não usar? Mas na verdade estou falando de todos nós, cada um na sua medida, no seu nível de autoconhecimento, no seu ritmo de busca pela consciência. Não existe perfeição e, embora a gente viva repetindo isso, na prática a gente coloca muita expectativa no outro e no relacionamento. – falou Samantha. – Claro que é importante estar sempre atenta, presente para o que está acontecendo, mas especialmente você, que carrega algumas crenças bastante enrijecidas e alguns conceitos equivocados sobre esses assuntos, precisa flexibilizar e relativizar.

– Como faço isso?

– Apenas tome cuidado com as generalizações, por enquanto. Toda vez que você diz que que "todo homem é" ou "eu sempre sou" ou "todo relacionamento"... e assim por diante, você perde a capacidade de enxergar cada situação como cada situação é. Parte de um pressuposto pronto, como se a vida se resumisse numa mera repetição, entende?

– Sim, e você tem toda razão. A minha vida toda eu apostei nessas generalizações sem me questionar, sem perceber que eu mesma odeio quando me comparam com outras mulheres ou com outras pessoas. E se eu quero tanto ser reconhecida pela minha individualidade, por que não faço isso com as pessoas e até com a vida, não é mesmo? – considerou Bárbara.

– Isso mesmo. Na verdade, querida, o que você e todo mundo deseja, no fundo, no fundo, é ser aceita e amada. E quanto mais você aprender a sentir isso por si mesma, menos vulnerável fica, menos dependente da aprovação do outro se torna. Mas como você não tem se sentido amada e aceita nem por si mesma e nem pelo outro, como ainda não ressignificou os acontecimentos desastrosos que viveu na relação abusiva com o Pedro, termina se sentindo faminta o tempo todo.

– Faminta? – Estranhou a palavra.

– Estou voltando à analogia que você fez da propaganda com o fato de não ser você quando se apaixona!

– Ah, claro! Então, fala mais... Só agora estou me dando conta do quanto preciso urgentemente aumentar meu amor por mim mesma! – Bárbara pediu, suspirando.

– Do mesmo jeito que você pode ficar com o humor e o comportamento alterados quando está com fome de comida, também termina ficando quando está com a autoestima comprometida, quando sente fome de afeto, de atenção e de alegria. E daí, mesmo sem se dar conta, você sai em busca de qualquer coisa para se satisfazer. Qualquer coisa mesmo. Sem respeitar seu verdadeiro desejo, sem observar se realmente existe sintonia entre o que você quer e o que está vivendo. E exatamente por nunca ter parado para se olhar de verdade, por nunca ter reconhecido suas qualidades e aceitado suas limitações, é que passou tanto tempo aceitando relações do tipo *fast food*, *trash*, com qualidade e nutrientes duvidosos. Eu arriscaria dizer que, muito provavelmente, você chegou até a comer comida estragada e ainda deve ter lambido os dedos, tentando se convencer de que estava gostosa.

Bárbara primeiro gargalhou com essa comparação de Samantha, mas logo depois ficou séria e chegou a fazer uma expressão de nojo. Bem no seu íntimo, sabia quão grave e quão real era tudo o que estava ouvindo sobre sua vida e seu jeito de se relacionar.

– Por isso que eu arrastei minha relação com o Pedro por sete anos e depois tive esses relacionamentos mequetrefes, sempre de um jeito impulsivo e, pior de tudo, aceitando até o que me fazia tanto mal?

– Com certeza. Quando você está ferida e ignora a sua dor, entra na inconsciência e a tendência é que continue engolindo encontros e relacionamentos que parecem te satisfazer num primeiro momento, ou nem isso. Porque de verdade vão te desequilibrando e até te adoecendo, seja física ou emocionalmente.

– É por isso que uma pessoa termina ficando com depressão?

– Se fosse só depressão seria mais fácil – comentou Samantha. – Nos últimos tempos, o que mais tenho recebido no consultório são pessoas com ansiedade generalizada, crises de pânico, sintomas de Transtorno Obsessivo Compulsivo, bipolaridade e diagnóstico de TDHA. Tudo isso mostra o quanto estão voltadas para fora, olhando para o outro, e o quanto se esquecem de olhar para si, de mudar o que é possível – que é a dinâmica interna, a própria história, as próprias escolhas.

– Mas e aí, como sair disso? O que fazer com a carência, a fome afetiva, como você está falando?

– Bem, chorar como você fazia quando era um bebê e sentia fome, já não adianta mais, não é? Claro que pode chorar quando sentir vontade, mas não como um pedido de amor. Isso não é mais funcional.

– Acho que eu deveria ter ouvido isso há alguns anos, porque chorava demais quando estava com Pedro. Ele vivia dizendo que não aguentava mais me ver choramingando pelos cantos e que, se a gente usasse minhas lágrimas em vez de água da torneira, economizaríamos um bom dinheiro por mês – e riu de si mesma.

– Pois é, esse é um dos riscos que você corre quando cresce, mas continua acreditando que chorar é o recurso mais eficiente para conseguir o que deseja. Muitas mulheres que não se conhecem e que não desenvolvem suas ferramentas internas continuam usando as lágrimas como arma de solução. Pode até dar certo por algum tempo, mas a tendência é que se tornem cansativas e percam totalmente o crédito nos seus relacionamentos.

– E o que seria crescer e se comportar como uma mulher adulta e madura?

– Como eu disse, mulheres adultas e maduras também choram. Veja que o problema está no excesso, ou melhor, na inconsciência! Por isso, o que funciona mesmo é aprender a se tornar responsável por sua própria alimentação. É aprender a reconhecer sua fome e, principalmente, a selecionar alimentos de qualidade. Não se trata somente de estar com alguém na mesma sintonia que você, que queira o mesmo tipo de relacionamento. O mais importante, o primeiro passo, é aprender a sustentar a si mesma. Só assim você vai conseguir reconhecer com quem realmente deseja se relacionar. Caso contrário, vai estar com tanta fome, tão carente, que vai viver mendigando amor. Vai se sentir tão desesperada para acabar com a sua falta e com o seu vazio interior que termina comendo qualquer coisa, ou seja, aceitando qualquer relacionamento, sem se questionar, sem se autorizar a fazer escolhas se sentindo uma mulher segura e autoconfiante.

– Hummm, muito interessante. Agora, mais do que nunca, entendo por que a propaganda do chocolate fez tanto sentido para mim! – concluiu Bárbara.

– É esse o processo que está acontecendo dentro de você agora e que tenho pontuado, querida! Você está evoluindo, se percebendo, muito empenhada no seu autoconhecimento, e isso é lindo. Você é muito profunda e intensa, muito mais lúcida do que imagina. Só precisa acreditar mais nisso e confiar no fluxo.

– O que seria "confiar no fluxo"?

– Seria viver um dia de cada vez. Sem tanta fome, sem tanta pressa de encontrar uma pessoa acreditando que ela vai resolver toda a sua dor e o seu vazio interior. Seria encontrar a alegria de estar consigo mesma, observar o entorno e se permitir aproveitar das coisas boas da vida enquanto está solteira, sozinha.

– E você acha mesmo que estou conseguindo fazer isso? – perguntou Bárbara, duvidando de si mesma.

– Tenho certeza que sim, querida. Você está muito mais presente e consciente de si, dos seus amigos e da sua vida do que quando chegou aqui. Embora esteja no início do seu processo e ainda tenha muito o que descobrir sobre quem você é, te vejo cada dia mais conectada consigo mesma.

– Ai, Samantha, é tão bom ouvir isso. Preciso tanto acreditar que estou no caminho certo. Algumas vezes, sinto como se fosse uma maluca, enlouquecendo em pensamentos confusos, culpas, medos e com a sensação de que não vou chegar a lugar nenhum, sabe?

– Bárbara, mais do que nunca, você está descobrindo que tipo de alimento você não quer mais, não vai mais aceitar, mesmo quando estiver com fome. Só você pode fazer isso. O problema é que você passou muito tempo esperando que o outro alimentasse você. Que o outro preenchesse o seu vazio. Mas agora começa a enxergar que, quando insiste em ver o outro como o chocolate no qual você é viciada, vai ter problemas! Não vai ser você! Vai se desequilibrar, perder seu bom senso, sua capacidade de escolha e vai se relacionar a partir de um comportamento insano, podendo até assustar o outro por se aproximar como um bicho faminto, entende?

– Nossa! E como entendo!!!

– Então é hora de se alimentar da maneira mais saudável que conseguir.

– E você tem um cardápio pronto para mim? – brincou Bárbara.

Samantha sorriu e continuou com seu tom de voz acolhedor:

– Não, querida. Cada pessoa precisa aprender a montar seu próprio cardápio, a descobrir suas receitas preferidas e as porções adequadas para si. Precisa aprender a perceber o que faz bem e o que não faz. Esse é o seu trabalho no processo. O que posso dizer é que as opções são muitas. E como estamos falando de alimentos emocionais e afetivos, posso te dar umas dicas.

– Eu adoraria!

– Você pode se nutrir com amigos, exercícios físicos, atividades de lazer como teatro, cinema, shows. Pode ler, fazer um curso sobre algo de que gosta. Pode inclusive se presentear com um *dolce far niente*, como fazem os italianos. Tem também meditação, música, dança, organizar as gavetas, cozinhar, brincar, viajar, ficar um pouco mais com a família. Até o seu trabalho pode ser um bom alimento, muitas vezes. Enfim, dependendo da intenção que você coloca na ação e, principalmente, da atenção e da presença com que você faz seja lá o que for, a vida se torna nutritiva naturalmente. O simples ato de observar o mundo, olhar para si mesma, desenhar, criar, cortar a grama, conversar, visitar um asilo, entre muitas outras coisas, saciam grande parte dessa falta, que é, em última instância, falta de si mesma, da sua essência. Porque é quando você vai se distanciando da sua essência que termina sentindo essa fome desesperada e inconsciente, percebe?

– Claro... Fico me perguntando por que não fiz tudo isso há mais tempo. Teria evitado tanto sofrimento, tantas cagadas na vida!

– Porque não é fácil mesmo. Nem para você e nem para ninguém. E a gente ainda tem a fantasia de que, estando bem, pode parar de se nutrir. Esquece que fome emocional é como fome de comida. A gente tem todo dia e, portanto, precisa se alimentar emocionalmente todos os dias. – Samantha explicou.

– Então, acho mesmo que estou no caminho certo. Tenho corrido pelo menos três vezes por semana, o que realmente tem me feito muito bem, e também prometo que vou começar a sair mais com os amigos, mas...

– Mas o quê?

– Sei que ainda tenho muito o que acertar e aprender. Acho que estou começando a entender por que fiquei tão mal ontem à noite e chorei tanto antes de dormir e hoje pela manhã, durante o banho!

– O que aconteceu?

– O Pedro me ligou ontem à noite. – falou e esperou para ver a reação de Samantha.

Mas como acontecia repetidas vezes, a psicoterapeuta ficou em silêncio, apenas olhando para ela. Bárbara se lembrou de que esse era o espaço que Samantha lhe oferecia, completamente esvaziado de qualquer tipo de reação que pudesse conotar algum prejulgamento ou suposição. Era o seu espaço. Onde ela podia se expor, falar sobre si e sobre seu mundo, como se pintasse uma folha em branco. E então ela pintou...

– Na verdade, o que ele disse nem teve importância, mas depois que desligamos, comecei a me sentir muito mal, sabe? Acho que fiquei com raiva. Fui dormir me sentindo frustrada, vazia, sozinha. – Bárbara terminou a frase com a voz embargada.

– O que ele queria, Bárbara?

– Ah, nada demais. Primeiro, ele falou sobre umas questões burocráticas, documentos que precisava me entregar e que, na verdade, acho que nem precisa. Depois, começou a querer saber como eu estava, ficou dizendo que se arrependia de muitas coisas que tinha feito quando a gente ainda estava junto, do jeito que me tratava e tal... e eu comecei a ficar muito irritada, com vontade de mandá-lo calar a boca... – e se interrompeu, olhando para Samantha como quem pede tradução para seu próprio texto.

– E o que você fez? – perguntou Samantha, ainda num tom esvaziado de qualquer reação.

– Nada! Deixei ele falar, falar e falar... e depois de algum tempo disse que estava de saída, que precisava desligar. Ele perguntou se a gente podia se encontrar qualquer dia para tomar um café e eu disse que a gente se falava. Daí ele disse que eu tinha sido muito importante na vida dele, se despediu e desligou.

– E você?

– Ah, fiquei ali, parada, me sentindo incomodada, sem entender por que ele faz isso. Ele sempre faz isso! Da última vez que nos encontramos para acertar os detalhes da separação ele tinha sido muito grosseiro, mal-educado até... e agora me vem com essa? Ele não muda nunca! Por que simplesmente não me esquece, não me deixa em paz?

– Bárbara, você sabia que era ele quando atendeu o celular?

– Sim, claro, vi o nome dele na tela antes de atender!

– E você queria falar com ele?

Bárbara ficou em silêncio, baixou os olhos por alguns instantes, pensando, e depois concluiu:

– Não sei. Acho que não!

– E por que atendeu?

– Ah, sei lá... Porque não costumo ignorar as pessoas. Porque poderia ser algo importante. Não sei. Não pensei. Apenas atendi.

– Ok, mas quando ele começou a falar de vocês, do que ele estava sentindo e você percebeu que não estava gostando da conversa, por que simplesmente não disse a verdade?

– Que verdade? Que ele estava me incomodando e que eu queria que ele calasse a boca? – aumentou o tom de voz, como quem se defende ao ser tocada em sua própria dor.

– Por que não?

– Porque não sou ignorante como ele! – disparou Bárbara.

– Tudo bem. Não existe apenas uma forma de se dizer a verdade.

– E o que você acha que eu deveria ter feito, então?

– O que você acha que poderia ter feito? O que você realmente gostaria de ter feito?

Bárbara bufou e se afundou um pouco no sofá. Desviou o olhar e focou num ponto da janela, tentando se acalmar e encontrar uma resposta. Baixou os olhos e teve vontade de sair correndo dali, mas pensou que qualquer coisa que estivesse sentindo naquele momento, por pior que fosse, deveria ser bom para o seu processo, seja lá que raio de processo fosse aquele!

Samantha foi ao resgate dela com uma sugestão:

– E se você tivesse falado com um tom de voz que não fosse ignorante, como você mesma está dizendo, e tivesse usado palavras que deixassem claro que aquela conversa não te interessava e que, por isso, você iria desligar?

Bárbara manteve o olhar em Samantha enquanto sentia seu coração acelerar. Logo depois, baixou a cabeça, pensativa.

"Por que parece tão simples e óbvio quando Samantha fala, mas é tão difícil quando eu estou vivendo a situação?", questionava-se ela, em silêncio.

Depois de alguns segundos que pareceram horas para Bárbara, Samantha continuou:

– Você não acha que talvez seja essa a grande questão?

– Como assim? Não entendi... – respondeu Bárbara e se encolheu um pouco mais no sofá.

– Muitas vezes, você se coloca na sua vida e nos seus relacionamentos como quem não tem escolha. Ou melhor, como quem não tem o direito de escolher. E daí, você vive suportando. Ouvindo o que não quer ouvir. Deixando de falar o que gostaria de falar. Inventando mentiras para se livrar de situações que você tem todo o direito de não querer viver...

Bárbara manteve o olhar fixo nela, desta vez sem reagir. Então, Samantha continuou:

– Olha só... você poderia simplesmente não ter atendido a ligação. Ou ainda poderia ter interrompido o Pedro no momento em que ele começou a falar sobre os sentimentos dele. Mas você não só atendeu como suportou calada, ouvindo tudo o que ele tinha a dizer, mesmo sem querer ouvir.

Mais tempo sufocante...

– O que te impede de se posicionar, querida? De sustentar a sua verdade? Qual é o seu medo?

Bárbara sentiu as lágrimas se soltarem dos seus olhos e escorrerem pelo rosto, pingando sobre suas mãos, apertadas em seu colo. Tinha tantas respostas na ponta da língua, tantas explicações, mas sabia que Samantha tinha razão. Não passavam de bobagens e mentiras que ela vinha contando para si mesma para justificar sua falta de coragem, sua sensação de "não saber como ser".

– Porque eu não sei o que fazer quando alguma coisa ou alguém está me incomodando. Não sei o que dizer, como me livrar da pessoa ou da situação. Acho que, no fundo, tenho medo de magoar os outros, mesmo quando estou me sentindo magoada. Tenho medo de parecer bruta, de ofender...

– De não ser uma boa pessoa? De não ser amada, aceita? Do que vão pensar ou falar de você? – interrompeu Samantha.

Apesar da voz doce dela, Bárbara sentiu como se uma faca tivesse sido enterrada em seu peito. De novo, teve vontade de desaparecer, mas precisava ser forte. Queria ser forte. Ficaria ali. Bem ali. Por mais que estivesse doendo.

– Você não acha que já está mais do que na hora de parar de se comportar como se fosse uma menininha e dar espaço para a mulher forte e poderosa que existe dentro de você?

Bárbara se assustou com a sugestão de Samantha. De repente, percebeu que nunca se dera conta do quanto vinha sendo infantil em seus relacionamentos, assim como não acreditava que poderia existir uma mulher forte e poderosa dentro de si.

– Não tenho a menor ideia de que mulher é essa de quem você está falando... O que faço para conhecer e acreditar nela? – perguntou e sorriu, tentando aliviar a tensão que sentia por dentro.

– Querida, – continuou Samantha depois de algum tempo em silêncio – lembra de que falamos, nas últimas sessões, sobre as deusas da mitologia grega, dos arquétipos do feminino e do quanto os mitos podem ajudar você a se reconhecer no seu processo?

– Sim, lembro. Aliás, estava adorando conhecer a história das deusas.

– Então... Semana passada, começamos a falar sobre as deusas virgens e as deusas vulneráveis, lembra? E me parece que os acontecimentos e, principalmente, seus sentimentos e o modo como reage a eles mostram que você está saindo de uma experiência muito parecida com a de Perséfone.

– Não lembro desse mito. Pode contar de novo para eu saber se isso é bom ou se estou mais perdida do que imagino? – quis saber.

Samantha riu e explicou:

– Pode ser muito bom, desde que você fique consciente, aprenda a se responsabilizar pelo seu processo e comece a fazer escolhas.

Bárbara sentiu um frio na barriga, como que duvidando desse aprendizado. Ao mesmo tempo, estava ansiosa para saber o que fazer, para aprender como agir. Olhou para Samantha querendo descobrir mais sobre si mesma.

– Conta de novo sobre essa coisa de deusa virgem e deusa vulnerável? Eu seria uma vulnerável, com certeza! – e riu de novo de si mesma.

– Essa classificação nos ajuda a compreender um pouco mais das seis principais deusas que, em última instância, também representam os papéis que nós, mulheres, desempenhamos ao longo da vida. As deusas virgens são a Atená, deusa da sabedoria e do conhecimento, que representa nosso papel profissional, e também a Ártemis, deusa da caça e da Lua, que representa nossa capacidade de sermos amigas e leais.

– São chamadas de virgens porque nunca tiveram relações sexuais? – perguntou Bárbara.

– Não! Na verdade, virgindade aqui nada tem a ver com sexo. Na mitologia, esse termo é usado para se referir à forma como elas exercitavam suas emoções e não com o corpo. Virgem, nesse caso, fala de uma mulher "não pertencente ao homem", ou seja, cuja prioridade definitivamente não é o vínculo afetivo e emocional com um homem e nem a aprovação ou o reconhecimento dele. Podemos dizer também que Atená e Ártemis são deusas independentes e ativas.

– Fala mais! É tudo o que eu quero! Não precisar de homem para nada! Quero ser como Ártemis ou Atená! – riu Bárbara.

Samantha riu da expectativa de Bárbara e foi logo explicando:

– Calma, minha querida! Em princípio, não tem nada de errado com os homens e muito menos com os relacionamentos amorosos!

Bárbara soltou uma gargalhada cínica e irritada:

– Só se você estiver falando dos seus relacionamentos e dos homens que você conheceu, né, minha querida!

Samantha ignorou a sugestão sobre sua vida pessoal e, com a mesma suavidade de sempre, continuou:

– Nada que uma mulher com perfil predominante de Atená ou de Ártemis faça tem a principal finalidade de agradar a um homem. Ela faz o que faz sobretudo porque quer, porque sente que é isso que deseja e deve fazer por si. As mulheres do tipo Atená e Ártemis seguem sua própria escala de valores, não se deixam domesticar tanto pela sociedade, pela cultura, pela religião ou pelos resquícios de um passado machista e opressor – nem tão passado assim, não é? – falou e riu de seu próprio comentário.

– Já amo Atená e Ártemis! – garantiu Bárbara.

– As mulheres com fortes aspectos das deusas virgens são aquelas que não se importam em sacrificar seus relacionamentos amorosos a fim de se relacionarem mais profundamente consigo mesmas, ou seja, a fim de priorizar principalmente o que se refere às suas áreas profissional e social. Cada uma tem sua peculiaridade.

– Sim, adoraria saber as diferenças entre elas.

Samantha continuou:

– Atená, por exemplo, não se afastou do convívio com os homens, mas por meio de seus conhecimentos e de sua inteligência sobre muitos assuntos, conviveu com eles numa relação de igual pra igual. É fácil reconhecer mulheres do tipo Atená. São aquelas que competem lado a lado, profissionalmente, com os homens. Vivemos uma época onde muitas mulheres têm fortes características de Atená, sempre estudando, investindo em novos cursos e diplomas.

– E isso é um problema? – perguntou Bárbara.

– Em princípio, de forma alguma. O problema começa quando essa dinâmica se torna inconsciente, fazendo com que essas mulheres invistam demais em seu crescimento intelectual e percam sua sensibilidade e até sua feminilidade sem se darem conta.

– Hummm, acho que tenho algumas amigas assim.

– Quando isso acontece, elas começam a se sentir frustradas, apesar de todas as suas conquistas, já que mulheres do tipo Atená costumam ser bem-sucedidas e realizadas não só profissionalmente, mas também financeiramente. Sem saber exatamente o que querem, ao longo do tempo começam a se sentir confusas e insatisfeitas, como se não encontrassem mais sentido no que fazem. Se, por um lado, se sentem fortes, por outro se sentem carentes, desejando conexão e afeto. Mas como enxergam os homens como rivais, têm dificuldade de se expor e de se entregar. Costumam ser desconfiadas demais para dar espaço para um homem bacana se aproximar.

– Às vezes, tenho a impressão de que estou ficando assim! – comentou Bárbara.

– Seria um risco, se você não estivesse se trabalhando. Vejo que você está saindo de uma experiência de Perséfone, uma deusa que se expõe demais no relacionamento, e corre o risco de se agarrar ao arquétipo de Atená para se sentir forte, mas ao aspecto ferido e inconsciente dela.

– Hunf! – bufou Bárbara. – Mas fala de Ártemis, antes de me detonar com essa Perséfone aí!

– Bem, Ártemis, diferente de Atená, sim, preferiu se afastar do convívio com os homens. Ela se embrenhou pela floresta e escolheu a vida na natureza, praticando esportes, muito em contato com seu próprio corpo, entre os bichos, o Sol e a Lua. E quando se relacionava com o masculino, era muito mais numa relação fraternal ou para compartilhar suas habilidades esportivas. Hoje, podemos ver mulheres do tipo Ártemis como feministas convictas ou como atletas de destaque, ou ainda mulheres extremamente reservadas, introspectivas e voltadas para sua própria vida, para seus interesses individuais. – explicou Samantha.

– É, com essa aí não me identifiquei, não. E as vulneráveis? Certeza que eu sou uma delas. – divertiu-se Bárbara com a própria fragilidade.

– As chamadas deusas vulneráveis são Hera, a deusa do casamento e que representa o papel de esposa, Deméter, a deusa da fertilidade e que representa a maternidade, e Perséfone, a deusa do inconsciente e que representa o papel de filha.

– Hummmm, to começando a entender... Algo me diz que essa explicação vai ser interessante!

– Elas são consideradas vulneráveis porque seus mitos contam sobre o fato de terem sido vitimizadas de alguma forma pelos deuses ou pelos homens. Essas, sim, são deusas voltadas para os encontros amorosos, sendo muito motivadas pelas recompensas que um relacionamento traz.

– Ou não, né? – interrompeu Bárbara. – Tem as perdas também!

– Sim, as recompensas aqui são, na verdade, as consequências. E sabemos que todo relacionamento nos conduz à importantes aprendizados, seja através do amor, seja através da dor – detalhou Samantha e continuou:

– A percepção e a consciência dessas deusas são difusas, o que confere a elas uma grande sensibilidade e a capacidade de perceberem o que acontece ao seu redor. Por isso, estão sempre atentas aos estímulos sensoriais que o meio oferece. São capazes de perceber o tom emocional de uma conversa ou ideia, sendo sempre empáticas e acolhedoras.

– Então, conta o mito de Perséfone?

– Conto, sim, mas antes preciso dizer que existe ainda uma outra deusa que não é virgem e também não é vulnerável. Ela é chamada de deusa alquímica.

– Gosto dessa palavra. Muito interessante. Que deusa é essa?

– É a encantadora Afrodite. A deusa do amor e da beleza. Alquímica por seu grande poder de transformação.

– Sempre pensei na Afrodite como a deusa do sexo. Pensava nela como uma mulher sensual, sexual, sedutora. É desse poder de transformação que se trata? – quis saber Bárbara.

– A sexualidade certamente é transformadora, mas o poder de Afrodite vai muito além do sexo. Tem a ver com paixão, harmonia, entrega, intensidade, capacidade de reconhecer os próprios desejos e, sobretudo, coragem de viver os próprios instintos.

– Uau! Que mulher poderosa!

– Com certeza! Além disso, Afrodite também representa a composição harmoniosa entre os aspectos das deusas virgens e das vulneráveis. Não é vulnerável porque jamais sofreu e seus relacionamentos eram correspondidos. E não é virgem porque valorizava as experiências emocionais e os relacionamentos, mas não como perfeitos e para sempre.

Bárbara ouvia atentamente.

– Afrodite impregna de beleza e amor todos os relacionamentos, não apenas os sexuais. Ela permite a reciprocidade e a profunda conexão entre as pessoas. Ao mesmo tempo em que mantém o foco em seus próprios objetivos e interesses, jamais deixa de ser receptiva ao outro. Ela deseja a troca, porque sem essa via de mão dupla nada se cria e, assim, não há transformação. No amor, Afrodite era capaz de acreditar no sonho de seus homens e isso fazia com que eles se sentissem realmente importantes e especiais. Acreditar no sonho de alguém gera emoções e reações positivas, desperta o outro para o seu melhor. É uma atitude receptiva e doadora ao mesmo tempo, e isso abre espaço e coragem para o amor, a beleza e a entrega...

Samantha parou de falar e Bárbara parecia seduzida.

– Nada de Atená ou Perséfone. É como Afrodite que quero ser! – afirmou Bárbara com toda segurança.

Dessa vez foi Samantha quem soltou uma gargalhada. Não esperava por esse comentário tão espontâneo e convicto de Bárbara.

– Muitas mulheres querem desenvolver os atributos de uma Afrodite consciente e equilibrada, minha querida. Mas, infelizmente, a ideia que você fazia dela sobre ser sexy e sedutora se tornou o senso comum. Num determinado momento da história, principalmente quando deixamos de viver o matriarcado para sermos subjugadas pelo patriarcado, as características de Afrodite foram compreendidas de um jeito equivocado, pobre e distorcido. Assim, sua imagem foi extremamente sexualizada e até banalizada.

– Bem, essa é a imagem da mulher de forma geral, não é? Essa valorização excessiva do corpo, essa exposição sexual exagerada e sem sentido...

– Exatamente. E em vez de se sentir autorizada a viver sua sexualidade e sua sensualidade de forma integrada, consciente, livre e saudável, a mulher foi submetida e o feminino foi ferido por tanto tempo e tantas gerações que agora vivemos esse cenário de dolorosos desencontros entre homens e mulheres, entre o masculino e o feminino.

– Ou seja, as deusas eram incríveis e agora revelam o grande desastre que nós, mulheres, nos tornamos. É isso? – riu Bárbara da tragédia prevista.

– Não é bem assim, querida! – Samantha também riu. – Os arquétipos, os mitos e os símbolos nos ajudam a nos tornarmos conscientes das forças interiores que influenciam nossas atitudes e escolhas. Sendo assim, as deusas e suas características nos permitem perceber melhor de que modo essas forças poderosas influenciam nossas emoções e, muitas vezes, modelam nossos comportamentos e relacionamentos.

– Ok, então, me conta logo o mito de Perséfone. Estou com medo de ouvir, mas acho que não tenho escolha e é melhor saber logo o que é que estou fazendo de errado!

– Você sempre tem escolha, Bárbara! – falou Samantha em tom assertivo e mais incisivo do que de costume, chamando a atenção dela.

– Tá bom, ok, entendi. Eu sempre tenho escolha. E escolho ouvir o mito, conscientemente. – Bárbara falou como quem reconhece que precisava aprender aquela lição.

– Agora, sim, vamos ao mito. Perséfone era filha única de Deméter e Zeus. Quando era ainda uma donzela virgem – e agora, sim, estamos falando de nunca ter tido relações sexuais – era chamada de Coré. Foi quando Hades – o deus do Submundo, do mundo dos Mortos ou do Inferno, como é chamado por alguns autores – apaixonou-se por ela. Sabendo que a mãe Deméter jamais permitiria que ele a tomasse como esposa, Hades pediu o consentimento de seu irmão – o pai de Perséfone – para raptá-la. Por conta de alguns favores concedidos, Zeus se viu pressionado a concordar e arquitetou com Hades o grande plano. Certa tarde, enquanto Coré brincava pelos campos do Olimpo e a mãe estava longe, a terra se abriu e das profundezas do Submundo surgiu Hades numa carruagem guiada por seus cavalos selvagens, roubando a jovem deusa. Entre gritos e lamentações, e sem ser ouvida por ninguém, Coré foi levada para o mais fundo do mundo dos Mortos. Lá permaneceu durante muito tempo, sofrendo e pedindo por socorro, enquanto Deméter, desesperada com o desaparecimento da filha, fazia de tudo para encontrá-la. Quando se cansou de tanto procurar, entrou em profundo desespero e, sendo ela a deusa da fertilidade, amaldiçoou o mundo com a seca e a morte de todas as plantações. Sem comida e com o caos instalado no Olimpo, Zeus precisou interceder e negociar com Hades. Decidiram que, durante um terço do ano, Perséfone poderia subir à Terra e ficar com sua mãe. E durante os outros dois terços do ano, ficaria no Submundo com o marido, governando soberana como a Rainha da Morte.

Percebendo que Bárbara estava completamente mergulhada na história, com os olhos arregalados e presos nela, Samantha continuou:

– Por isso, o mito fala de dois aspectos de Perséfone. Um é o da jovem imatura que ainda não sabe quem é e permanece inconsciente de seus desejos e forças. Esse aspecto também mostra uma mulher que se mantém dependente da mãe, sempre querendo agradar, obediente na tentativa de ser aprovada como "boa menina" – e fez o símbolo das aspas com as mãos nesse momento, a fim de que Bárbara compreendesse que a boa menina que ela também ainda tentava ser, algumas vezes, nada mais era que um sinal de que ainda não reconhecia sua independência da mãe e sua maturidade emocional.

– Eu não quero mais ser uma "boa menina"! – rapidamente se defendeu Bárbara, imitando as aspas de Samantha.

Samantha continuou, sem considerar a boa menina que Bárbara acabara de tentar ser.

– Essa característica, quando constelada por uma mulher, pode fazer com que ela se torne muito condescendente, passiva e adaptável. Uma mulher que não se enxerga, que não reconhece sua beleza, seus desejos e, não raramente, nem sua própria sexualidade.

Que se adequa muito facilmente ao que um homem espera dela ou, pior, ao que ela simplesmente imagina que ele espera dela.

Entendendo tudo o que Samantha estava dizendo, Bárbara sentia seu peito apertar. Se via na história. Se reconhecia naquele exato instante como uma mulher imatura e perdida de si mesma.

– Ela ficou assim por causa do trauma do rapto? Por causa desse deus dos infernos? – perguntou numa tentativa inconsciente de justificar a si mesma.

– Por causa de Hades? Não! Não mesmo! Muito pelo contrário. Foi justamente por se apropriar da dor e do medo que sentiu durante o rapto e também durante os primeiros tempos de sua morada no Submundo que Perséfone teve a chance de amadurecer, saber mais de si, tornar-se dona da própria vida. Ali, ela não podia contar com a vigilância e a superproteção da mãe. Teve de entrar em contato consigo mesma, teve de lançar mão de sua capacidade de se proteger sozinha.

– Ah! Então esse aspecto infantil tinha a ver com a relação com a mãe! Agora acho que entendi perfeitamente o que você quis dizer sobre ser uma "boa menina" – repetiu novamente o gesto das aspas.

– Exatamente. E é a partir dessa transformação que podemos observar o outro aspecto de Perséfone. Justamente por repetir tantas vezes esse caminho de ida e volta, do Submundo onde agora era sua casa, até o mundo superior onde visitava a mãe, Coré pode amadurecer e se tornar mulher! Simbolicamente, o Inferno representa o mundo de dentro, as camadas mais profundas do inconsciente. A coragem de ir e vir tornou Perséfone profunda conhecedora do caminho entre esses dois mundos. Fez com que ela desenvolvesse a sensível habilidade de perceber e diferenciar a luz e a sombra. É daí que vem toda a sua intuição e a sua profundidade nas relações... – e parou, olhando-a no fundo dos olhos.

Bárbara se sentia contundentemente tocada. Uma voz dentro de si ecoava por recantos do seu mundo interno que ela nem imaginava existirem. Não sabia explicar. Nem sequer conseguia entender. Então, apenas se recostou no sofá e relaxou o corpo. Algo muito importante estava acontecendo e ela sentia. Mas ainda não sabia o que.

– Vou concluir sobre o arquétipo de Perséfone e terminamos por hoje, está bem? – Samantha estava delicadamente pedindo permissão para andar no mundo de Bárbara, que só conseguiu balançar a cabeça, positivamente.

– Quando uma mulher, assim como você, vive um relacionamento tão destrutivo e, ao mesmo tempo, tão profundo quanto o que viveu com Pedro, e ainda assim consegue sair, consegue reencontrar o caminho de volta ao mundo superior, ela tem a chance fascinante de se tornar Rainha do seu próprio mundo. Mas não é só isso! Ela tem a chance de guiar outras mulheres de volta a si mesmas. E dessa forma, ela pode se beneficiar dos dois aspectos de Perséfone, tornando-se flexível, forte e intuitiva e, ao mesmo tempo, jovem, leve, delicada e criativa.

– E assim ela deixa de ser o que os homens querem que ela seja? – disse Bárbara num tom de voz tão baixo que Samantha teve de pedir para que ela repetisse a pergunta.

– Sim, minha querida. Mas mais do que não ser o que o outro quer, ela aprende a tomar suas próprias decisões e fazer as suas escolhas a seu modo, no seu tempo, com seu próprio ritmo. Ela se torna uma mulher singular, única. E tenho certeza de que você é uma mulher única! – concluiu Samantha levantando-se para abraçar Bárbara e se despedir.

Bárbara saiu do consultório completamente atordoada. Agora sabia que existia um caminho de volta e, mais do que isso, sabia que ter estado num inferno poderia ser a sua grande chance. Mas não tinha a menor ideia de como ir e vir com aquela sabedoria que Perséfone conquistou. Reconhecia claramente sua ida ao submundo, sua dor e seu medo, mas ainda não reconhecia o caminho de volta, para o tal mundo superior, para a liberdade, para a luz que revelaria quem era ela para si mesma.

Pegou-se repetindo mentalmente a última frase de Samantha: *"Tenho certeza de que você é uma mulher única"*... E, de repente, pensou na mãe e se sentiu completamente desamparada. Teve vontade de chorar, mas foi subitamente "acordada" pela buzina de um carro, já que atravessava a rua como se estivesse num outro mundo. E, de fato, estava. No mundo de dentro. No seu mundo.

ARMADILHAS E MENTIRAS

Lua Nova
São Paulo, Brasil
Terça, 27 de junho de 2017

Amarrou os cadarços dos tênis, conectou o smartphone na sua "Playlist de Poder" – como nomeou a lista de músicas que a inspirava – e clicou na opção "ordem aleatória", deixando que o próprio aplicativo selecionasse que música tocar. Gostava dessa sensação de não saber o que ouviria. Para ela, a música que viesse era como a resposta de um oráculo. Colocou os fones nos ouvidos e começou a ouvir a "resposta do dia": "Amor de Índio" do Beto Guedes: "...Sim, todo amor é sagrado e remove as montanhas com todo cuidado, meu amor...". Sentiu todo seu corpo se arrepiar e ficou emocionada. Respirou fundo e saiu para correr. Gostava da corrida porque sentia que o corpo, num movimento ritmado, lhe trazia lucidez, clareza e, sobretudo, inspiração.

Naquela manhã de sol ameno e confortável, Bárbara acordou pensando no mito de Quíron, muito provavelmente influenciada pela sessão repleta de deuses da mitologia grega que teve com Samantha no dia anterior. Mas não foi a terapeuta e sim sua querida amiga e sócia Sofia que havia lhe contado a notável história desse deus, alguns anos antes, durante uma de suas deliciosas conversas. Na época, Bárbara nem imaginava que um dia a mitologia grega faria parte de sua vida. Mas, agora, começava a entender por que o mito de Quíron tinha calado tão profundamente dentro dela. Sua dor e sua busca faziam com que se identificasse demais com aquela figura mitológica que ansiava pelo fim do próprio sofrimento e que, muito por causa desse sofrimento, reescreveu sua história de vida.

Por um instante se deu conta de que sua extrema dedicação ao trabalho, como chef de cozinha, também funcionava como um importante processo de cura para ela, naquele momento. Cada receita que criava, com seus sabores intensos e marcantes, carregava a intenção genuína de saciar a fome de alguém. E àquela altura, já não tinha dúvidas: em última instância, era com sua própria fome que sempre esteve lidando.

"Claro que a fome é diferente da dor, mas não absolutamente. Dor é fome de cura e fome é a dor da falta. E realmente pode doer bastante", pensava ela, sabendo que lhe restava, portanto, continuar buscando sua própria evolução, exatamente como Quíron havia feito.

Enquanto encontrava a melhor sintonia entre seus passos e sua respiração, Bárbara se recontava o mito e se sentia dolorosamente mobilizada. Quíron era um centauro, metade homem, metade cavalo. Rei dos centauros, considerado o mais sábio entre esses animais que, em geral, eram violentos e cruéis. Na mitologia grega, era tido como a ponte entre o divino e o humano, entre o instinto e a intuição, entre a busca e o encontro de cada um.

Filho de Cronos, Quíron era imortal como todos os deuses, mas foi ferido acidentalmente por uma flecha envenenada que atingiu a sua coxa. E apesar de toda sua sabedoria, não conseguia curar a própria ferida. Adentrou a floresta a fim de encontrar alguma planta que pudesse aliviar sua dor e essa busca o levou a descobrir a cura para muitos males. Assim, tornou-se o maior curador do Olimpo, aliviando o sofrimento de todos que o procuravam, embora sem nunca descobrir como curar a si mesmo. Até que, por não mais suportar, decidiu se tornar um mortal e ao menos viver com a certeza de que, um dia, sua dor teria fim.

Bárbara era do signo de Sagitário, que também é representado por um centauro. E mesmo sabendo bem pouco sobre astrologia, gostava da combinação metade humana, metade animal. Fantasiava que dentro dela existia uma mulher que poderia ser selvagem e descobrir como viver entre a razão e o instinto. Mas agora mais do que nunca se questionava qual era o aprendizado que poderia tirar daquele mito, na prática, com atitudes? Como poderia encontrar um fim para suas angústias que, por vezes, eram tão dilacerantes? Queria apenas ser feliz, amar, se sentir amada. Queria ao menos diminuir aquela sensação de vazio, frustração e fracasso que lhe invadia nos últimos tempos.

Aliás, questionava-se se todos esses sentimentos sufocantes eram consequências somente das feridas abertas durante seu relacionamento com Pedro e do fim tão dramático de seu casamento. Algo dentro dela lhe assegurava que não! E talvez fosse esse o mito de Quíron dentro dela. Essa busca pelo fim do conflito e da incoerência, pelo fim da dor na alma, fazia parte da sua história há muito mais tempo do que ela gostaria de admitir.

Lembrou-se subitamente do que havia acontecido no começo de sua vida adulta e sentiu um arrepio percorrer todo o seu corpo. Não precisava de mais essa lembrança nesse momento. Definitivamente, não precisava. Já se sentia dolorida e culpada o suficiente.

Concluiu os 5 quilômetros de corrida, verificou seu ritmo e se sentiu momentaneamente satisfeita com o pace de 5,45. Faltavam cerca de 100 metros para chegar em casa e aproveitou para acalmar a respiração e observar as pessoas, os carros, a vida. Perguntava-se se somente ela vivia com a cabeça tão cheia de dúvidas, confusões e inúmeras tentativas de entendimento. Se somente ela pensava tanto. Porque, às vezes, tinha a impressão de que, para os outros, a vida simplesmente fluía, acontecia. Ou ao menos era bem menos complicada do que vinha sendo para ela.

Entrou em casa, viu que tinha tempo para se arrumar com calma e se sentiu satisfeita consigo mesma. Embora nem sempre conseguisse, vinha tentando acordar um pouco mais cedo que de costume para não ficar ansiosa com seus compromissos. Naquele dia, havia se comprometido em organizar alguns documentos do restaurante com Sofia, já que toda segunda era a folga delas, quando o restaurante ficava fechado.

Um pouco antes de se vestir, lembrou que, desde o início de seu processo, Samantha sugeria que ela se acolhesse fisicamente, abraçando-se e acariciando-se como faria com uma amiga que estivesse triste e carente. Inclusive, chegou até a sugerir o exercício de passar creme no próprio corpo, com toda a presença e todo reconhecimento que conseguisse.

Nunca tinha dado importância para isso, mas como a vida não andava fácil e ela simplesmente não tinha uma ideia melhor, decidiu parar de pensar tanto e de se fazer tantas perguntas. Pegou o hidratante de que mais gostava e disse a si mesma: *"pior do que está, certamente não vai ficar"*. Sentou-se em sua cama e, com toda a atenção que conseguiu se dar, espalhou uma quantia generosa de creme em suas mãos e começou pelo pescoço, sentindo o efeito do próprio toque sobre a pele. Desceu pelo colo, foi deslizando delicadamente pelos seios e parou na altura do coração. Suspirou e se pegou de novo emocionada, com os olhos marejados, como quem sentia muito por passar tanto tempo sem se acolher, sem se cuidar com a atenção que ela começava a reconhecer que tanto merecia.

Pensou que talvez viesse mesmo se cobrando demais, mas não sabia como fazer diferente, já que seu grande objetivo era mudar. Era ser mais autossuficiente, independente emocionalmente e segura. Queria se sentir dona da sua própria história e mesmo considerando que talvez já tivesse melhorado desde sua separação e, principalmente, desde que tinha começado com Samantha, sentia que faltava "o grande clique".

Percebendo que tinha se perdido de novo em seus pensamentos, saído do estado de presença, voltou sua atenção novamente para o corpo. Colocou um pouco mais de creme nas mãos e continuou pela barriga, com movimentos lentos e circulares, sentindo o contato sobre sua pele e querendo aproveitar aquele momento para ganhar energia e inspiração para o trabalho e seus clientes, que era o único lugar onde encontrava prazer naquela fase.

Focou nas sensações e continuou ainda mais devagar. Ora com toques mais fortes, ora mais delicados. Notou que era interessante se sentir e lembrou que sempre fizera isso com seus temperos, mas nunca consigo mesma. Desceu pelas coxas e pernas e parecia que seu corpo acendia e despertava com sua presença cuidadosa. Finalizou acariciando seus pés bem devagar e sentindo seu peito apertado, embora satisfeita por ter se permitido aquele novo comportamento. Era o que mais vinha buscando ultimamente – o novo.

Levantou-se da cama e parou diante do armário para escolher o que vestir. Aproveitou aquele momento para continuar ousando e fechou os olhos, na intenção de se conectar com sua intuição feminina. Sem ter a menor ideia se tinha funcionado ou não, escolheu um vestido longo e solto. Queria se sentir o mais livre possível. Era de um florido azul, alegre. Pensou que talvez fosse essa a resposta da intuição: fazer escolhas que a ajudassem a se sintonizar com energias mais elevadas.

Olhou-se no espelho e por um instante pensou que até o sofrimento tinha seu lado bom, afinal a tristeza dos últimos anos havia feito com que ela perdesse a fome habitual e, consequentemente, alguns quilinhos extras. Riu de sua faceta masoquista e concluiu que se preferia assim, dentro dos 54 quilos que vinha mantendo sem dificuldades, o que não era tão simples quando estava mais para a paixão e a alegria. Se bem que agora ela se exercitava, o que não acontecia antes.

Bárbara era do tipo mignon. Tinha 1,58m de altura, embora sua estrutura fosse forte. Ossos grandes e músculos marcados. Os exercícios davam resultado, mas sua genética era boa, já que facilmente ganhava tônus e firmeza.

Penteou os cabelos castanhos e agora bem mais curtos do que quando estava casada. Desde sua separação, três anos atrás, tinha tomado algumas decisões radicais. Escolheu um corte estilo chanel na altura das orelhas, fez uma delicada tatuagem do símbolo Yin e Yang no pé esquerdo e começou a correr e praticar exercícios funcionais.

Porém, apesar de reconhecer que seu corpo estava melhor, não considerou o mesmo ao olhar atentamente para seu rosto. Achou-se tensa, triste, com um semblante pouco atraente e sem brilho.

"Pois é, nem tudo é como a gente gostaria que fosse, mas também nem tudo é somente perda e dor, minha querida", disse para si mesma a fim de se manter motivada para a rotina que tinha pela frente. Terminou de se arrumar e saiu.

– Ei, lindona! Bom dia! Tudo bem? – jogou sua bolsa no canto do pequeno escritório que servia para gerenciarem as contas e montar os novos cardápios e depois abraçou e beijou Sofia mais demoradamente do que de costume, como quem precisava se saber querida.

Sofia intuitivamente compreendeu e abraçou Bárbara sem pressa. Era comum elas se conectarem assim, tão facilmente, fosse pelo tom de voz, pelo olhar ou até mesmo pelo jeito de escrever uma mensagem pelo celular.

– Tudo bem! E você, gostosa? Correu hoje? Está com o rosto corado e cara de quem sofreu! – disse Sofia, passando as mãos pelas bochechas de Bárbara e soltando uma de suas gargalhadas envolventes.

Aliás, foi exatamente uma gargalhada como essa que fez com que Bárbara gostasse dela "de graça" desde a primeira vez que a viu. Eram amigas há 4 anos. Haviam se conhecido num curso de especialização de gestão de restaurante e costumavam brincar que ali rolou um reencontro, pois certamente já se conheciam de outras vidas, de tão rápida e intensamente que se identificaram e se afeiçoaram uma à outra.

Durante o primeiro ano de amizade, construíram uma relação de muita confiança e respeito. Falavam sobre tudo e Bárbara via em Sofia uma irmã, com quem podia contar sempre. Sentia-se à vontade para compartilhar seus medos e confusões. E se tinha algo que ambas valorizavam demais eram as amizades de almas.

Numa de suas conversas "onde sobre tudo se começa, mas sobre nada se termina" – como costumavam concluir depois de seus longos papos – resolveram abrir o *Temperos & Palavras*, um charmoso bistrô acoplado a uma pequena livraria na zona oeste da cidade de São Paulo.

Bárbara vinha alimentando essa ideia desde que fez o curso de gestão, mas não se sentia segura o bastante, já que seu casamento passava pela pior de todas as crises. Pouco depois do fim, "precisava de algo para se manter viva", como explicou a Sofia quando fez o convite da sociedade. E se sentiria bem mais tranquila para investir naquele empreendimento tendo ao seu lado alguém em quem ela tanto confiava e bem mais experiente.

Havia se formado em Gastronomia há pouco mais de 13 anos, mas fazia somente seis que trabalhava de fato entre as panelas. Começou como auxiliar de um premiado chef de um conceituado restaurante tailandês e, alguns meses depois, passou a subchefe, o que despertou nela o desejo de comandar seu próprio fogão e criar suas próprias receitas com os sabores picantes e intensos de que tanto gostava.

Já Sofia era Chef há oito anos, tinha vivido na Itália por 4 e aprendido muito com grandes profissionais de lá. Trazia uma bagagem excepcional no que se referia à cozinha italiana e fazia o melhor risoto que Bárbara já tinha experimentado na vida. Aliás, essa era uma opinião compartilhada pela grande maioria das pessoas que provava uma das variações do prato mais pedido no bistrô.

Da primeira conversa até o espaço ser inaugurado, elas precisaram de seis meses. Desde então, quase três anos se passaram e o sucesso do *Temperos & Palavras* era absoluto e inegável. Portanto, profissionalmente, a vida de Bárbara era realmente satisfatória. Já amorosa e pessoalmente...

– Acordei um pouco melhor hoje, mas desde domingo à noite estou daquele jeito, sabe? Não canso de me perguntar o que foi que fiz de tão errado ou o que é que tem de errado comigo! – desabafou Bárbara enquanto se encostava na grande bancada de inox que ocupava o meio da cozinha do restaurante.

– O que aconteceu? Não me diga que tem a ver com o Pedro de novo, Bá? – intuiu Sofia.

– Sim e não. Não se trata somente dele. Estou falando de todos os relacionamentos conturbados que já vivi. Estou falando de mim. Tive terapia ontem e saí de lá achando que o fato de ter entendido um monte de coisas sobre meu jeito de ser e de me relacionar ia me fazer sentir muito melhor. Mas depois de algumas horas, parece que o peso voltou maior ainda. Fiquei pensando que ou eu escolho a pessoa errada ou, quando conheço um cara bacana, dou um jeito de estragar tudo!

– Você não acha que está sendo dura demais com você mesma? – perguntou Sofia.

– Talvez, mas não aguento mais. Estou exausta disso tudo! Quero ser feliz, mas não sei como. É tão difícil, Sô! A cabeça pensa uma coisa, mas o corpo sente outra e a burrice faz outra. Num momento, sei exatamente o que devo fazer, mas no momento seguinte, parece que faço ou falo tudo errado. Só quero me sentir bem comigo mesma, viver um relacionamento normal, legal, com companheirismo. Será que é pedir demais?

– Só isso??? – outra das gargalhadas de Sofia. – Falando sério, Bá, você, eu e mais algumas centenas de mulheres queremos isso! Não é fácil para ninguém. Tudo bem que seu relacionamento com o Pedro ultrapassou os limites do aceitável e você demorou tempo demais para perceber que se meteu numa baita enrascada, mas por que essa autotortura agora? De novo? Você estava tão mais tranquila com isso!

Bárbara havia se separado de Pedro depois de viverem sete anos de muita instabilidade e incoerência. Os últimos dois anos em que estiveram casados tinham sido altamente destrutivos para ela. Pedro liderou entre eles uma dinâmica perversa e abusiva, submetendo Bárbara sistematicamente a insultos e ofensas de todas as formas, corroendo sua autoestima e sua segurança dia após dia com depreciações de todos os tipos.

Ora era extremamente amoroso, carinhoso e fazia tudo o que ela pedia. Ora era violento psicologicamente. Acusava Bárbara de traí-lo, desconfiava de tudo o que ela falava, xingava de falsa, mentirosa, manipuladora e prepotente.

Fazia ameaças e desfiava uma lista de defeitos que via nela. Diminuía sua capacidade de entendimento, seu potencial como profissional e sua imagem enquanto mulher. Gritava com ela, dizendo que ela nem deveria cogitar a possibilidade de trocá-lo por outro homem, porque ninguém jamais conseguiria suportá-la.

E ela simplesmente permitia. Dava espaço para que Pedro atuasse deliberadamente contra ela. Via-se desabar emocional, psicológica e até fisicamente, mas não conseguia reagir e acabar com tudo aquilo. Até tentava argumentar e discutir, mas logo desistia. Não sabia mais o que fazer e só chorava. Autorizou a dinâmica. Fez gancho com o movimento. Dançou a dança. Já não importava quem tinha escolhido aquele ritmo. Os dois continuavam se complementando nos passos seguintes. E ela aprendeu a mentir para si mesma e acreditar que tudo poderia mudar, já que depois das terríveis explosões de emoções, ofensas e humilhações de Pedro, ele pedia perdão e jurava que nunca mais voltaria a tratá-la daquela maneira.

– Também achei que estivesse melhor, mas ele me ligou no domingo à noite. Queria saber como eu estava e dizer que se arrependia demais por tudo o que tinha feito durante nosso casamento. E daí parece que voltou tudo. Aquela sensação de impotência, frustração, incompetência. Argh!

– E você acreditou nele? É por isso que você está assim, mexida desse jeito? – Sofia perguntou com tom de voz nervoso e sarcástico ao mesmo tempo.

– Claro que não, Sô! – apressou-se em esclarecer. – Relaxa, não acredito mais nele e também não sinto absolutamente mais nada por ele. Às vezes, um pouco de raiva talvez, disse ela sorrindo com o canto da boca e olhando para a amiga como quem deseja ardentemente compreender seu caos interior.

– Um pouco de raiva? Só um pouco? Você deveria sentir muita raiva de tudo o que aconteceu, dona Bárbara! – ordenou Sofia num tom de voz de quem sentia o que a amiga não se permitia.

Bárbara imediatamente se lembrou de algumas vezes em que Samantha dizia o quanto ela queria continuar sendo uma "boa menina" e, por isso, não se autorizava a sentir os sentimentos considerados "feios", como raiva, inveja e desejo de se vingar. Suspirou e tentou acreditar que, segundo a terapeuta, eram sentimentos absolutamente legítimos, humanos e que podiam ser altamente transformadores. Admitiu para si mesma que era raiva que sentia naquele momento e continuou:

– O que me deixa "puta de raiva" comigo mesma e com ele – e se sentiu orgulhosa por ter dito aquilo em voz alta – é perceber que já se passaram mais de três anos que me separei do Pedro e ainda não me sinto pronta, não me sinto livre, leve. Parece que a tal lição que toda desgraça traz ainda não foi aprendida.

– Ei, não invalida assim todo seu esforço. Você tem sido ótima, corajosa, forte. Te sinto tão mais dona de si mesma, fazendo o que gosta, começou a terapia. Calma! As coisas não mudam ou acontecem assim, da noite para o dia!

– Eu sei, mas parece que ainda falta tanto! Tenho a impressão de que falta ver alguma coisa, talvez a mais importante, algo que eu ainda não sei o que é, não ouvi, não senti. Sei lá... – suspirou ela. – Tem dia que isso tudo parece como a Samantha costuma descrever – um processo doloroso, mas lindo e repleto de novas possibilidades. Mas tem dia que me sinto uma completa fraude, uma maluca de galocha, que pensa, pensa, pensa e não chega a nenhuma resposta que realmente faça sentido! – bufou Bárbara.

Sofia ouvia atentamente, olhando para a amiga e desejando profundamente que ela fosse feliz. Ela amava Bárbara como a uma irmã também. Aliás, nenhuma das duas tinha irmãs de sangue. Bárbara era a filha do meio e tinha dois irmãos, Gabriel, quatro anos mais velho que ela e Neto, dois anos mais novo. Já Sofia era filha única de uma relação bastante conturbada de sua mãe com um homem casado e com quem ela nunca conviveu.

E embora nunca tivesse experimentado um casamento nos modelos tradicionais, tinha tido algumas relações longas e, principalmente, tinha acompanhado de perto os últimos meses da relação de Pedro e Bárbara. Presenciou e sentiu quanta dor e sofrimento tinha rolado naquele constante desencontro entre os dois e, por fim, naquele desenlace.

Além disso, suas próprias relações também não a deixavam satisfeita. Apesar de se doar tanto e ser uma mulher extremamente amorosa, nunca havia se sentido segura e estável num relacionamento e isso lhe trazia muitos questionamentos e uma enorme frustração.

Sofia era muito independente. Trabalhava desde os 15 anos para se sustentar a ajudar a mãe, já que não podiam contar com a ajuda do pai, que simplesmente desapareceu quando ela tinha 3 anos de idade.

Esse cenário fez com que ela, de certa forma, endurecesse. Ou melhor, aprendesse a se mostrar mais forte e autossuficiente do que verdadeiramente era. De fato, era uma mulher prática, proativa, dificilmente reclamava de algo e estava sempre disponível para ajudar os amigos ou quem precisasse dela. Aliás, com os amigos era a doçura em pessoa. Muito carinhosa, amava abraçar, tocar e beijar. Bárbara desconfiava de que essa era a forma que Sofia encontrou para suportar suas dores: sendo tão amorosa, contribuindo, ouvindo e acolhendo como conseguisse.

Por essas e outras, ela não demonstrava essa necessidade visceral de se casar, não tinha essa carência de relacionamento que, na sua opinião, Bárbara tinha. Sua questão era outra. Vivia uma pressão interna que a incomodava e lhe doía secretamente, mesmo quando ninguém mais a questionava de nada. Somente ela mesma.

Sofia desejava ardentemente ser mãe e sentia a cobrança dos anos. Estava com 35 e sabia que não tinha todo o tempo do mundo. Mas também não acreditava ser saudável escolher um parceiro somente para fazer um filho. Vinha lutando contra sua ansiedade e seu medo de não conseguir realizar o grande sonho da maternidade.

Nos últimos meses, estava saindo com Cássio, um homem jovial e bonito com quem vinha se entendendo superbem. Não haviam assumido o relacionamento ou rotulado como namoro, mas os encontros pareciam promissores. Como vinha fazendo um tratamento com florais e terapia holística, depois de muita insistência de Bárbara, Sofia estava finalmente conseguindo deixar a vida fluir, sem tanta cobrança.

Afinal, ela sabia que muito do fracasso de suas relações vinha exatamente do seu excesso de cobrança, de sua pressa e ansiedade, mesmo quando tudo isso só acontecia internamente, dentro dela. E não necessariamente porque estivesse apaixonada ou certa de que havia encontrado a pessoa com quem queria compartilhar sua vida, mas porque queria engravidar. Claro que nem sempre ela deixava isso claro ao parceiro, mas seu medo e sua insegurança iam aumentando à medida que o pretendente não falava sobre assumir um compromisso ou construir um futuro juntos.

Com a própria vida e o trabalho terapêutico, Sofia começava a entender que sua história tinha muito a ver com essa autocobrança e essa sensação de que engravidar seria a solução para muitas de suas angústias. A verdade é que não era bem assim. Pelo fato de sua mãe não ter se casado e ter investido nela toda sua carência afetiva e todo seu medo de ficar sozinha, Sofia cresceu com um grande conflito. Por um lado, sentia-se responsável pela felicidade da mãe e, por outro, muito sufocada e desconectada de si mesma por conta dessa dinâmica simbiótica que mantinham.

Era paradoxal pensar num filho seu, porque essa experiência seria a chance de fazer diferente, mas também seria, na sua fantasia, a possibilidade de preencher suas faltas, de diminuir a sensação de abandono que sentiu a vida toda, já que em vez de filha, ela teve que, muitas vezes, ser a mãe da mãe. E agora começava a se dar conta de que estaria repetindo a mesma dinâmica pouco criativa que manteve a vida toda com a mãe e da qual vinha tentando muito se desvencilhar. Descobria, pouco a pouco, que o modo como conduzia seus relacionamentos amorosos, suas crenças sobre a maternidade e sua ansiedade – que chegou a ser generalizada – fazia parte de um mesmo ciclo que subjugava sua feminilidade e, muito provavelmente, até diminuía sua fertilidade.

De repente, Sofia se pegou estranhando o fato de ser tão fácil acolher Bárbara, mas quando se tratava dela mesma, sua tendência era ignorar sua fragilidade e se voltar para fora, para as necessidades e dores dos amigos. Ali, naquela conversa, acabara de se dar conta do quanto era amorosa com os outros na mesma medida em que era exigente consigo mesma. *"Enfim"* – disse para si mesma – *"é muito bom saber que sempre podemos aprender uma com a outra"*. E voltou-se para Bárbara:

– Fala mais sobre a sessão com a Samantha! Como foi? O que ela disse sobre a ligação do Pedro? – Sofia quis saber.

Bárbara estava mergulhada em seu próprio universo, profundamente apegada às suas perguntas perturbadoras. Sofia logo se deu conta e a chamou de volta ao mundo de fora:

– Eeeei, gostosaaa! Volta para cá. Você não precisa enfrentar o monstro sozinha. Vamos unir nossas forças de superpoderosas. – e bateu na mão de Bárbara como quem sela um pacto.

Bárbara riu. *"Que bom que tenho você, amiga!"*, pensou, enquanto segurava as mãos de Sofia.

– Me fala como tem sido com a Samantha. Faz tempo que você não me conta das sacadas da "Grande Mãe", como diz o Theo. – brincou Sofia referindo-se ao amigo que adorava dar apelido para todo mundo.

– Ah, tem sido ótimo. Ela tem trabalhado meus conflitos usando a mitologia grega e umas deusas bem interessantes. Eu adoro. Fica muito mais fácil compreender alguns comportamentos que tive e situações que vivi. Ontem ela falou que eu saí de uma terrível experiência como Perséfone e que corria o risco de entrar numa dinâmica de Atená em desequilíbrio!

– Aff, credo! Quanta desgraça! – comentou Sofia e as duas gargalharam alto, zombando do completo desastre que ficou parecendo todo aquele cenário sentimental, emocional e psicológico.

– Mas depois ela falou sobre a beleza e a alegria de Afrodite e eu fiquei muito interessada nisso! Pensei seriamente em ir até a Grécia para me encontrar com essa deusa poderosa e fazer as pazes com ela. Quem sabe não é isso que está faltando para que eu dê um jeito na minha vida de uma vez por todas?

– Acho que você deveria investir seriamente nessa ideia! Aliás, quero saber mais sobre essas deusas. Sério mesmo. Quem sabe eu descubra algum segredo para não estragar tudo com o Cássio – pediu Sofia com olhar de desespero e deboche ao mesmo tempo.

– Pode deixar! Vou te contando conforme for descobrindo tudo nas próximas sessões com a Samantha!

– Combinado, então. Vamos chamar o Theo para jantar hoje lá em casa e ver o que ele acha disso tudo? Vou mandar mensagem para saber se ele pode! Mas agora precisamos cuidar das panelas, dos temperos e dos clientes, senão vamos ficar loucas e falidas! – ordenou Sofia enquanto observava Adriana, Frederico e Ricardo voltando para a cozinha.

Os três eram colaboradores e fãs do *Temperos & Palavras* e haviam saído para um café antes de começar o movimento intenso do almoço. Ricardo era o subchefe e quem mais segurava o tranco quando as duas não podiam comandar a cozinha. Fred era auxiliar de cozinha, chamado de "pau para toda obra" pelas meninas e de "escravo" por Ricardo, já que também ajudava a servir quando "o bicho pegava". E Adriana era garçonete, mas se dizia "aprendiz de cozinheira" porque adorava fazer perguntas sobre as receitas de Sofia e Bárbara e depois testar com o noivo para surpreendê-lo.

Bárbara foi cumprimentar os três, que entravam animados, rindo e comentando sobre os elogios que ouviram dos clientes acerca do novo cardápio de inverno. E nesse clima de orgulho e aprovação, os cinco foram se encaixando em seus lugares para garantir um ótimo início de semana para todos. Como sempre fazia, Bárbara foi destampando as panelas, uma a uma, para sentir os aromas que saíam delas.

Eram quase dez da noite quando Bárbara chegou em casa. Aproveitou que Theo não poderia jantar e ficou com Sofia no bistrô até mais tarde para colocar a contabilidade em ordem. Nenhuma das duas curtia organizar as finanças e toda aquela burocracia, mas juntas funcionavam bem. E sempre ficavam aliviadas quando conseguiam zerar as pendências. Até se esqueceram das deusas.

O celular tocou assim que ela saiu do elevador, já no sétimo andar, antes de entrar em seu apartamento.

– Ei, Theo! Tudo bom, queridão? Saudades de você! Anda sumido!

– Nem me fale! To com muitas saudades também e precisando daqueles vinhos que só você e a Sô sabem escolher.

– Trabalhando demais ou namorando demais? – quis saber Bárbara sobre as aventuras amorosas do amigo, enquanto abria a porta e entrava em casa.

– Trabalhando, gata! Sou um homem sério! – gargalhou Theo.

Ela se atirou no sofá, arrancou as sandálias, deitou e colocou os pés para o alto, no encosto, tentando aproveitar melhor a conversa com o amigo.

– Sei, sei! Que eu me lembre, era o que você mais queria, não era? Consultório cheio, muitos pacientes e se consagrar como um psicólogo respeitado e reconhecido!

– Sim, era mesmo. Aliás, ainda é! Então, não posso reclamar. E olha que ainda consigo deixar algumas manhãs para os meus treinos e, de vez em quando, até namoro! – deu outra gostosa gargalhada.

Neste momento, Bárbara se deu conta de que tanto Sofia quanto Theo tinham uma característica que ela adorava: riam frequentemente de si mesmos e costumavam ser sarcásticos diante da vida e especialmente dos problemas, o que parecia deixar tudo mais leve e, se não mais fácil, pelo menos mais divertido.

Theo também tinha um cinismo geralmente engraçado, mas dependendo da situação, podia chegar a parecer grosseiro. Por mais que isso já tivesse incomodado Bárbara algumas vezes, adorava o amigo por estar sempre por perto quando ela precisava. Era alguém em quem ela realmente confiava.

– Hummmm, namorando, seu danado. Estava mesmo desconfiada. Quero saber quem é o bofe! Onde se conheceram, o que ele faz, quantos anos tem, relatório completo! – pediu Bárbara.

38

– Ai, Bá, pior que acho que estou me apaixonando. Fazia tempo que não me envolvia assim. Ele é bem bacana, mas é novinho. Gente boa. Meio nerd, estuda demais. Enfim, outra hora te conto tudo. Agora quero saber de você! Liguei porque a Sô comentou que você não estava muito bem, que o "Pedregulho" apareceu de novo! Que história é essa?

Bárbara sempre achava graça quando Theo chamava Pedro de Pedregulho. Isso quando não inventava nome e sobrenome, chamando-o de "Pedregulho do Nosso Sapato".

– Pois é, ele ligou no domingo. Veio com uma conversinha mole de arrependimento, dizendo que sente minha falta e blá, blá, blá. Mas não foi isso que me deixou mal, não.

– Então o que é que está pegando?

– Ah, Theo, sei lá! Uma sensação de que minha vida não flui. Acredita que acordei pensando que talvez eu precise resolver aquela história do passado, conversar com a Vic, enfim...

– Ahhhh, sério? Não sabia que essa história estava te incomodando depois de tanto tempo.

– Não estava, mas tenho tido alguns insights com a terapia, sabe? A Samantha tem falado algumas coisas que me fizeram pensar que eu posso ter suportado tanta merda na minha relação com o Pedro por culpa. Como se eu acreditasse que merecia ser humilhada, maltratada, machucada... – explicou Bárbara.

– E você ainda não contou para a "Grande Mãe"? – perguntou num tom de indignação, referindo-se à Samantha.

– Ainda não consegui. É incrível como essa história me envergonha, me constrange. Você ainda é a única pessoa para quem consegui contar. Mas sei que vou ter de contar para ela em algum momento. Afinal, foi para resolver essas cagadas todas que você me convenceu a fazer terapia, não foi?

– É, acho mesmo que você precisa falar sobre isso! Eu, particularmente, jamais me sentiria culpado se estivesse no seu lugar. Mas... você é a rainha das caraminholas, fazer o quê?

– Mas eu fui desleal, Theo! Feri meus valores e com certeza os de Vic. Além de me sentir mal, morro de medo de contar para ela ou, pior, de ela saber por outra pessoa, e eu perder minha amiga de infância para sempre.

– Ok, não foi a situação mais esperada do mundo, mas você era jovem, não fez o que fez sozinha e, quer saber? Realmente não vejo como traição. Sem contar que o que aconteceu teve sua função na vida de vocês.

– Pode ser, mas tenho a impressão de que só vou conseguir me sentir completamente livre e merecedora de um amor saudável e criativo, como diz a Samantha, depois que conseguir conversar com a Vitória.

– Então, pede ajuda. Acho que a Samantha tem razão quando diz que você tem visão muito distorcida de quem você é! Ou você fica aceitando migalhas de amor, como fez no seu casamento, ou, pior, agora você resolveu se esconder dos homens. Raramente dá uns beijos, só trabalha e "de vez em nunca" sai com a gente. A "Grande Mãe" precisa dar um jeito nisso!

– É verdade! Vou contar para ela e pedir ajuda sobre como resolver essa história com a Vic. Porque se não tenho como voltar atrás no que fiz, se não posso mudar o passado, pelo menos posso ser mais verdadeira com minha amiga, mesmo correndo o risco de nunca ser perdoada.

– Bem, se você quer mesmo contar para ela, o que posso dizer é que as pessoas costumam gostar da verdade, mesmo quando ela dói ou contraria todas as expectativas. Sou capaz de apostar que você e a Vitória vão se aproximar ainda mais.

– Será, Theo? Deus te ouça!

– Talvez não de imediato. Talvez ela precise de um tempo para digerir, mas vocês são amigas desde meninas. Muito amigas. Já viveram muita coisa boa juntas. Ela conhece você, sabe que você não é uma pessoa má, mesmo que você se sinta assim por causa do que aconteceu.

– Pode ser. Tomara que você tenha razão, mas é justamente por sermos tão amigas que tenho tanto medo de ela não me perdoar. Enfim, vou falar sobre isso na próxima sessão. – concordou Bárbara, sentindo um misto de ansiedade e esperança.

– Fala, sim. E se quiser, me liga depois. Vou ver se passo no "TPM" para um almoço ou café até o final da semana, tá bom?

– Você não desiste de estragar o lindo nome do nosso bistrô, né, Theo? – rindo das iniciais de mau gosto que o amigo tinha dado propositadamente, acrescentando um "M" de "Meninas" ao "T&P" de "Temperos & Palavras".

Isso quando ele não piorava, dizendo "TPM ao quadrado", referindo-se a "Temperos, Palavras e Minhas Meninas". Mas como ela sabia que não adiantava reclamar, consentiu:

– Tá bom, vai sim. Estamos com saudades das suas histórias engraçadas. E quando eu contar para a Sofia que você está namorando, ela vai te ligar na hora! – avisou Bárbara.

– Ah, mas disso não tenho dúvida! Boa sorte, gata! Gosto da "Grande Mãe". Mesmo sendo junguiana e não existencialista como eu – citando as abordagens terapêuticas que cada um usava – ela é uma colega admirável, tem o seu valor. – gargalhou Theo ironicamente, despedindo-se de Bárbara.

Ela ainda ficou ali por algum tempo pensando em Theo e se perguntando por que tinha contado essa história para ele e somente para ele. A despeito de ele ser um excelente psicólogo e de serem amigos há bastante tempo, ela sabia que não se tratava de confiança apenas.

Bárbara tinha 21 anos quando tudo aconteceu. Estava no penúltimo semestre da faculdade e àquela altura já conhecia Theo há mais de um ano. Ainda assim, não contou nada na época. Somente depois de seis anos, e sem ter se planejado para isso, é que, durante uma conversa de bar, numa noite em que os dois estavam inspirados para falar de alguns desafios de suas próprias histórias, é que ela contrariou o juramento que tinha feito a si mesma de nunca contar para ninguém e falou.

Naquele momento, Bárbara se pegou relembrando como se conheceram. Theo estava no sexto semestre de Psicologia e ela, no quarto de Gastronomia. As chances de se conhecerem eram bem pequenas, mas antes de entrarem para as aulas, sempre se sentavam na mesma mesa da praça de alimentação da faculdade: era comprida e sem espaços, o que terminava aproximando pessoas de cursos e turmas diferentes.

Bárbara sempre observava o jeito divertido com que Theo conversava com os colegas de classe e pensava que gostaria de ser amiga dele. Até que, certo dia, assim que Bárbara se sentou no mesmo lugar de sempre, Theo elogiou o seu vestido. Bárbara adorava vestidos. Fossem longos ou curtos, estampados ou de cores lisas, ela se sentia elegante, feminina e confortável dentro deles. Naquela noite ela usava um curto que adorava, de tecido fino, nas cores bege e laranja, com estampas geométricas.

Aproveitando o elogio, ela quis confirmar o curso que ele fazia e perguntou se era psicologia. Ele não entendeu como ela já sabia e questionou se, por acaso, tinha cara de maluco! Bárbara riu e explicou que sempre ouvia a conversa dele com os colegas ali na mesa, citando as matérias, os aprendizados e até as suposições de diagnósticos que faziam entre si, sacaneando os comportamentos bizarros de cada um. Queria prolongar a conversa e se aproximar dele. E como se lesse o desejo de Bárbara, ele se sentou mais perto dela. Quando se deram conta, já tinham perdido as duas primeiras aulas. Não pararam de falar sobre a vida, seus respectivos cursos e os planos para o futuro.

Era a partir desse tipo de conexão, profunda e intimista, que Bárbara costumava decidir com quem construiria uma grande amizade. Raramente se enganava. Sua intuição era bem forte, ainda que nem sempre ela desse ouvidos a isso. E pensou nos seus relacionamentos amorosos.

"Talvez devesse usar essa mesma intuição para escolher meus amores, em vez de sempre me contar mentiras e mais mentiras sobre com quem estou ficando", pensou Bárbara por um instante e logo voltou à sua história com o amigo.

Depois dessa noite, trocaram telefone e se falavam com frequência. Certa vez, depois de alguns anos de formados, numa conversa de bar, Theo contou como havia contado à sua família que era homossexual. Disse que sabia, desde muito cedo, que era diferente dos outros meninos e que essa diferença não o incomodava, mas fez com que passasse por algumas situações complicadas e com as quais não sabia lidar, especialmente na infância. Até namorou uma garota no início da adolescência, mas ali ficou claro para ele que não era por elas que ele se interessava.

Aos 18 anos, numa tarde qualquer, ele e o irmão estavam discutindo por algo sem grande importância quando, num rompante de raiva, o irmão o xingou de *"seu viado do caralho"*. Aquela tentativa de ofensa despertou nele um sentimento confuso.

– Você quer mesmo saber essa história? – ele tinha perguntado antes de continuar contando para Bárbara.

– Claro que sim! Quero muito! – ela tinha respondido.

– Bá, eu me levantei, fui até o espelho do banheiro e fiquei me olhando por algum tempo. De repente me peguei cheio de orgulho de mim mesmo. Eu gostava de quem eu era, da pessoa que havia me tornado. E sim, eu era gay mesmo, mas não me sentia menos homem do que meu irmão por isso. E junto com esse orgulho me veio uma tristeza imensa por não poder ser eu mesmo ao lado das pessoas que eu mais amava. Era isso que me doía. Perto deles, eu era uma mentira e definitivamente não gostava disso. Gostava mesmo da minha verdade, da minha essência.

E Bárbara não parava de pensar na sua própria mentira, na história que escondia de todos e, quando conseguia, até dela mesma.

– E aí, o que você fez? – pediu.

– Estava de saída para uma festa gay, mas obviamente ninguém de casa sabia. Na época eu morava com minha mãe, meu padrasto e meu irmão. Fui para festa com o sentimento mais forte que tinha ficado dentro de mim: o orgulho e o amor por mim mesmo. Mas antes de sair, esbarrei com a mãe na escada, apreensiva por conta dos gritos que ouviu durante a briga. Aproveitei e falei que, no dia seguinte, gostaria de conversar com ela, o pai – que frequentava a nossa casa sem nenhum problema – e o marido dela. Ela quis que eu adiantasse o assunto, ficou um pouco tensa, já que não costumávamos ter conversas de família e muito menos com hora marcada, mas eu apenas disse que precisávamos esclarecer algumas questões porque daquele jeito não dava mais para continuar.

No dia seguinte, passei na faculdade onde meu pai trabalhava, como sempre fazia depois da minha aula de natação, e fui até a biblioteca pesquisar algum conteúdo sobre "como contar para os pais que você é homossexual". Encontrei um questionário muito bacana com 60 perguntas que servia de guia para os pais compreenderem a trajetória de uma criança até essa percepção. Imprimi três cópias, uma para cada, e fui para casa.

Na hora combinada, lá estavam eles. Convidei-os para o meu quarto, exceto meu irmão, e fechei a porta. Era nítido que estávamos todos tensos, mas eu me sentia tão seguro e certo do que estava para fazer que segui adiante. Durante a manhã também tinha separado algumas fotos desde meu nascimento, a minha infância e adolescência, montando uma espécie de cronologia do meu crescimento. Assim, comecei mostrando as fotos e contando um pouco para eles de como eu era, como nunca me senti completamente feliz, de como me senti sozinho e, por isso, acompanhado por certa tristeza durante todos aqueles anos. E de como não queria mais viver daquele jeito.

Quando levantei os olhos e olhei para eles, as lágrimas vieram sem que eu esperasse. A mãe também começou a chorar, o pai estava com um olhar bastante desamparado e meu padrasto apenas olhava para a minha mãe. Naquele instante, respirei fundo e falei:

– Bem, isso tudo que eu estou falando para vocês é para contar que eu sou um homem que gosta de outro homem. Eu sei o quanto ouvir isso deve ser um choque para vocês. Talvez vocês nunca esperassem por isso, mas não dá mais para seguir a vida não sendo esse que eu sou. Não sendo eu mesmo.

E Theo continuou contando:

– Assim que terminei de falar, eu me experimentei muito leve, muito livre, mas também queria dar uma diretriz para eles, para que não ficassem tão apavorados e perdidos nos pensamentos deles sobre o que é ser gay. Pedi para que conversassem entre eles, contei que havia separado um material que acreditava ser de grande ajuda, dei uma folha para cada um e disse que voltaria dali um tempo para continuarmos aquela conversa.

E Theo ficou em silêncio por alguns segundos, olhando para o lado, como quem revivia a situação dentro de si. Depois olhou para ela e continuou, visivelmente emocionado:

– Eu me lembro que quando saí do quarto, comecei a pular e sorrir, sentindo uma liberdade tão grande. Aquela opressão toda estava saindo de dentro de mim. Eu estava muito feliz por estar contando a verdade, sendo eu mesmo. Depois de algum tempo, voltei para o quarto e perguntei se poderíamos continuar. Meu pai imediatamente pediu a palavra e disse que tinha três perguntas para mim. A primeira era se aquilo tudo não se tratava apenas de uma fase, e eu garanti que não. Que desde que me lembrava por gente, sentia que era diferente dos outros meninos. A segunda era se não havia a possibilidade de eu apenas ser uma pessoa mais sensível, com a alma mais feminina, e eu também respondi que não. Queria até ter sido mais explícito sobre meus desejos sexuais, mas achei que seria demais para ele".

Nesse momento, Theo deu uma gargalhada, querendo aliviar a seriedade que endurecia o rosto de Bárbara. Ela terminou gargalhando também, mas nada poderia tirar dela aquele assombro, um reconhecimento admirado da coragem e da autenticidade do amigo.

– E a terceira pergunta, Theo, conta logo! – ela pressionou, ao que Theo havia respondido bem ao seu estilo tragicômico:

– Calma, gata! Assim vou achar que você também é gay e está querendo saber como contar para seus pais – e deu outra gargalhada. Mas dessa vez ela não riu. Estava curiosa demais para perder o foco.

– A terceira era se poderíamos procurar ajuda de um psicólogo. Eu disse que sim, que não via problema nenhum, mas desde que ele fosse comigo, porque quem precisava de ajuda naquele momento era ele e não eu. Ali o pai encerrou a questão e a mãe pediu para falar. Aos prantos, chorando muito, ela começou dizendo que nada mudaria entre nós, que o amor dela por mim era o mesmo e que estava muito triste por nunca ter percebido como eu me sentia durante a infância e adolescência. Ficou se perguntando "por onde andei, onde eu estava que não vi, não te acolhi e não fiquei do seu lado?". Em seguida, olhou para o meu padrasto e disse "olha só, se isso for um problema para você, pode pegar suas coisas, fazer suas malas e ir embora, porque eu escolho o meu filho". Mas imediatamente ele me olhou e disse que nada mudaria, que me conhecia desde criança e que essa não era uma questão para ele.

– E aí? Acabou assim a conversa? – Bárbara estava completamente envolvida na história.

– Quase. A novela mexicana estava terminando... – zombou Theo de si mesmo. Depois de dizerem que se preocupavam com a minha segurança, meu pai retomou a palavra e me questionou sobre o mundo da homossexualidade ser de muita promiscuidade, cheio de drogas e tal. Acontece que tanto o pai quanto a mãe tiveram irmãos muito promíscuos, que usaram drogas e se meteram em diversas situações constrangedoras envolvendo sexo a rodo e falta de limites. Tanto que o irmão do pai morreu por conta de ter sido infectado por HIV. Então, nesse momento, eu senti que precisava definir para eles o que era a minha homossexualidade e o que era homossexualidade para eles. Sem contar que, com aquele comentário, eu me senti pessoalmente ofendido, sabe? Terminei reagindo:

– Bem pai, eu não sabia que seus irmãos eram gays.

Ele ficou em silêncio e baixou os olhos. Eu precisava mostrar que ser promíscuo, usar drogas e fazer sexo sem critério é uma questão das relações humanas e não da homossexualidade. E conversamos mais um pouco sobre isso até ele terminar dizendo que para ele também nada mudaria, que continuaria me amando igual, mas que talvez precisasse de um tempo para absorver tudo aquilo.

– E seu irmão? Você não falou com ele?

– Ah, claro, meu irmão. Então, logo depois o pai avisou que ele mesmo contaria para o Júlio. Pediu que eu o chamasse ali no quarto. Ele veio todo ressabiado, sem entender o que estava acontecendo e achando aquilo tudo muito estranho. Sentou-se na minha cama, ao lado da mãe, e o pai foi logo contando que eu os havia chamado para falar que eu era homossexual. E concluiu:

– Não sei o que você pensa, qual a sua opinião, mas isso pouco importa agora. Eu te chamei aqui para dizer que, a despeito do que você acha, você vai respeitar o seu irmão.

– E foi assim que o drama familiar terminou – concluiu Theo. – Foi uma das melhores decisões que tomei na vida. Eu me autorizei a ser eu mesmo em qualquer ambiente onde eu fosse. Aliás, não tem nada mais libertador na vida, Bá!

Bárbara suspirou, parabenizou Theo e contou como ficou profundamente comovida com a coragem dele de se expor, com a autenticidade ao falar, com a clareza ao convidar a família para assumir sua orientação sexual. Não falou com medo da opinião deles. Aliás, nem pediu a opinião deles. A conversa não era para isso e sim para compartilhar, para ser verdadeiro com as pessoas que ele mais amava e, sobretudo, consigo mesmo.

E foi exatamente isso que Theo teve em troca: foi amado e respeitado, aceito e aco-lhido. Tanto que sua relação com a família tornou-se bem mais próxima e era muito saudável.

Naquele dia, ela passou a admirar ainda mais o amigo. Considerava-o tão indepen-dente, maduro e dono de si mesmo. Vivia sua vida a partir dos seus próprios valores, dese-jos e verdades. Obviamente, não deveria ser nada fácil assumir a homossexualidade, mas ele estava tão bem resolvido com quem ele era que a opinião das pessoas pouco importava.

E ela? Quando ela pararia de se importar tanto com o que as pessoas poderiam pensar ou falar? Quando pararia de sofrer, sobretudo, por causa do que a mãe falava dela, sobre suas atitudes, suas escolhas e seu jeito de viver a sua vida? Estava sempre esperando apro-vação, um comentário positivo, um reconhecimento. E isso era extremamente cansativo. Fazia com que ela se sentisse infantil, imatura e aprisionada. Era assim que ela se sentia não só diante do falatório desgastante da mãe, mas também do silêncio "crítico e julga-dor" do pai.

Sim, claro, foi por isso que, quando se deu conta, estava contando para Theo o que não teve coragem de contar a mais ninguém. Por mais que se sentisse terrivelmente enver-gonhada, pela primeira vez sentiu que não seria julgada ou diminuída, se contasse. E foi exatamente assim. Theo chamou sua história de "legitimamente humana". Ela se sur-preendeu com o modo como ele acolheu o que ela não conseguia, e também se sentiu um pouco mais leve por ter compartilhado aquele enredo que assombrava seus pensamentos como um fantasma.

Desperta por um pequeno bipe que vinha da cozinha, do relógio do micro-ondas, Bár-bara se deu conta de que já era tarde. Levantou do sofá decidida a tomar um merecido banho quente, vestir seu pijaminha bem gostoso de algodão e cair na cama. O dia tinha sido intenso e ela queria estar inteira porque no dia seguinte, bem cedo, sairia para visitar seu "paraíso particular"...

A GUERRA DA LUCIDEZ

Lua Crescente
São Paulo, Brasil
Quarta, 28 de junho de 2017

As cores, as texturas e os aromas dos vegetais, das frutas e, principalmente, dos temperos e das ervas, sempre arrebataram Bárbara para um universo de sensações e prazeres. Desde que se lembrava por gente, ela amava misturar o conteúdo dos potes coloridos que ficavam na bancada da cozinha da mãe. Certa vez, depois de ousar levar todos os potes para sua "casinha de receitas", onde ela brincava de ser cozinheira, dona Cida ficou tão brava que até colocou um pingo de pimenta na boca de Bárbara para ver se ela desistia daquela "bagunça" – como ela classificava o talento prestes a nascer.

A intenção definitivamente não fez sentido algum para ela. Muito pelo contrário. Depois de adulta, ela passou a acreditar que foi a partir daquela experiência sensorial tão inusitada e vibrante que seu paladar passou a se inebriar com os sabores picantes e ardentes. Tanto que seus pratos que mais faziam sucesso no *Temperos & Palavras* eram os baseados na cozinha tailandesa.

Chegou no Mercado Municipal por volta das cinco e meia da manhã. Era raro conseguir fazer pessoalmente as compras para o restaurante. Em geral, esta tarefa ficava com o Ricardo, que era subchefe, e às vezes com Sofia, que também amava aquele mundo.

Entrar no grande Mercado era, para Bárbara, como entrar no Paraíso. Era tomada por uma alegria genuína e uma criatividade excitante e precisava se esforçar para focar na lista de compras e não passar o dia todo ali. Mas naquela manhã, ela poderia se deleitar por pelo menos quatro horas e, sabendo que o tempo voaria, foi direto ao box das especiarias secas.

Pediu algumas luvas de plástico para a querida Nancy, que já conhecia os hábitos curiosos de Bárbara. Colocou a primeira na mão direita e começou seu "êxtase particular", como ela gostava de pensar. Ia passando de pote em pote e mergulhando a mão para sentir a textura de cada condimento. Pimenta-do-reino, açafrão, cardamomo, canela, coentro... Mas não bastava tocar, ela precisava cheirar. Inspirava profundamente a luva depois de tirar a mão de cada grande pote e, com os olhos fechados, tentava identificar quais partes do seu corpo acordavam com cada um dos intensos e diferentes aromas.

Não era raro ela se pegar fazendo algum comentário em voz alta. Mas, dessa vez, depois de tocar, fechar os olhos e cheirar um novo tipo de manjericão seco que Nancy havia trazido direto da Tailândia, e completamente entregue ao seu despudorado ritual, ela comentou mais alto do que percebeu:

– Meu Deus! Que delííícia!

Ao abrir seus olhos, viu uma senhorinha bem pequena e até um tanto curvada olhando para ela com a boca entreaberta, os olhos arregalados e uma engraçada expressão de assombro. Bárbara não conseguiu se conter e começou a rir, abraçando a encantadora mulher e beijando demoradamente o seu rosto. Achou que deveria acalmar qualquer que fosse o espanto dela, mas qual não foi sua surpresa quando aquela pequena entidade segurou seu rosto, falando em tom de segredo ao seu ouvido:

– Alguns temperos podem ser quase tão deliciosos quanto sexo, não é, minha filha?

E desta vez foi Bárbara que se sentiu deslumbrada. *"Como assim? Quem é essa pequena grande mulher, tão autêntica, lúcida e apaixonada?"* – pensou e fez questão de saber mais sobre alguém com quem construiria uma gostosa e divertida amizade. Ela era a elegante e faceira Zizi, bastante conhecida pelos comerciantes do Mercado. Frequentava o lugar uma vez por semana, sempre acompanhada pelo olhar atento do seu querido motorista, o Jota!

Bárbara convidou Zizi para conhecer o *Temperos & Palavras* e algo lhe dizia que toda vez que se encontrasse com ela, o dia se tornaria uma festa. Agradeceu demais por sua presença de espírito e por todo o amor que transbordava dela. Despediu-se pedindo que Zizi a abençoasse, com sempre fazia com sua querida vó Dindinha, e continuou suas compras e rituais pelo box de ervas frescas, onde conseguiu gengibre, pasta de tamarindo, pasta de curry, capim-limão, entre outras pimentas.

Aquele encontro com Zizi despertou em Bárbara um profundo sentimento de amor e, curiosamente, sentiu saudades da mãe. Fazia algumas semanas que não a via e resolveu passar na casa dela assim que saísse dali.

– Oi, dona Cida! Tudo bom? – sorriu e abraçou a mãe, por mais que ela sempre evitasse esse tipo de contato tão íntimo.

Empurrando Bárbara sorrateiramente a fim de disfarçar seu desconforto, a mãe foi logo retrucando:

– Até que enfim apareceu, hein, desnaturada! Seus irmãos vivem por aqui, mas você, em compensação, simplesmente some. Cai no mundo e esquece que tem mãe!

Como sempre, lá estava ela reclamando e dançando entre a pia e o fogão, com seu velho avental furado amarrado na cintura.

A relação de Bárbara e Cida não era das melhores. Cida havia se casado com Sérgio aos 21 anos, quando ainda era uma menina imatura e cheia de medos, já que não tinha tido oportunidade de experimentar a vida. O avô de Bárbara foi muito rígido no modo de educá-la, especialmente porque Cida era a caçula, chegando 8 anos depois dos doze irmãos homens que vieram numa sequência desenfreada.

Ainda assim, Cida sempre falava do pai com um amor inquestionável. Para ela, o pai tinha sido um homem de admirável caráter, muito honesto e trabalhador. Já da mãe, a querida avó e Dindinha de Bárbara, raramente falava. Das poucas vezes que a citava, era para insinuar o quanto havia se sentido abandonada e negligenciada.

Bárbara, ao contrário, teve uma relação de muito afeto, diálogo e brincadeiras com sua amada avó, mas que durou muito menos do que ela gostaria. Dindinha tinha morrido pouco antes de Bárbara completar 14 anos. E o avô, "bravo, mas honesto", ela nem chegou a conhecer. Morreu alguns anos antes de seu nascimento.

Bárbara fantasiava que o ambiente em que Cida cresceu havia sido de extremo machismo e repressão, embora a mãe nunca tivesse dito isso, pelo menos não dessa forma ou com essas palavras. E acreditava que, justamente por conta desse cenário, ela era tão inflexível, endurecida e amarga muitas vezes. Vivia se colocando como vítima e reclamando das circunstâncias de sua vida, independentemente de quais fossem elas. Mas do que mais reclamava mesmo era do marido.

"Esse traste é um mulherengo, folgado, safado e mentiroso", rosnava Cida como se fosse um mantra do mal.

Bárbara já até repetia o final da frase com a mãe, tentando mostrar que não aguentava mais aquela ladainha, mas Cida não se cansava nunca. Nas vezes em que questionou por que a mãe não se separava de Sérgio, ela rapidamente se justificava:

"E eu vou viver de que, se nem trabalhar ele me deixou? Agora vai ter que me sustentar até o fim e eu vou ter que carregar essa cruz!"

Durante muito tempo, Bárbara sentiu pena da mãe, mas com os anos esse sentimento foi se tornando falta de paciência e irritação.

– Cadê o pai?

– Hã, está lá na sala, hipnotizado na frente da tevê, como sempre. Não sei o que tem ali de tão interessante!

Bárbara foi até lá cumprimentar Sérgio:

– Oi, pai! Tudo bom?

– Tudo bem, filha, e você? – dando um rápido abraço nela, sem se dar o trabalho de levantar do sofá.

– Eu estou bem, trabalhando bastante e correndo também.

– Isso é bom. Exercício faz bem para a saúde! – disse, voltando a atenção para a tela do velho aparelho sobre o raque, desgastado pelo tempo.

– Verdade. Realmente, tenho me sentido muito bem ultimamente! – relativizou Bárbara, já que não tinha intimidade o suficiente para falar de suas dores emocionais com o pai.

Amava o pai, mas como ele era um homem de poucas palavras e sempre fez questão de sustentar uma carranca que parecia vociferar "não se aproxime de mim!", ela não fazia ideia de por que ele não se separava de Cida, apesar das brigas, das insatisfações e de suas constantes ofensas.

Mas se, por um lado, Sérgio raramente se manifestava ou respondia às provocações da esposa, com Bárbara ele tinha sido bastante exigente e rígido. Seus princípios eram baseados no senso de justiça, disciplina e regras. Com olhares e frases curtas, ele havia deixado claro, desde sempre, o quanto esperava dela uma conduta respeitosa, recatada e, obviamente, de "boa menina".

Por tudo isso, conforme foi crescendo, a conversa com ele era somente sobre assuntos práticos, triviais. Raríssimas vezes falaram sobre como se sentiam e das poucas vezes que aconteceu, tinha sido por causa de algum questionamento de Bárbara sobre as acusações e reclamações da mãe ou simplesmente por uma ingênua tentativa de que a relação fosse diferente.

De todo modo, para Sérgio a vida se resumia a certo ou errado, bom ou ruim, dever ou não dever. O resto eram apenas inconveniências. E essa era mais uma das dinâmicas internas com que Bárbara vinha lutando nos últimos tempos, especialmente depois do fim de seu casamento. Não queria mais ver a vida de um jeito tão maniqueísta, como o pai.

Depois que começou a fazer terapia, foi se dando conta do quanto sua vida era baseada num sem fim de regras, numa necessidade tensa e cansativa de fazer tudo sempre "do jeito certo", de ser sempre justa e de viver rodeada de seguranças e certezas. Isso sem falar no quanto vinha se descobrindo reprimida sexualmente também por causa disso e, claro, principalmente por causa das agonizantes aulas de sexo dadas pela dona Cida.

Sua análise e sensação sobre a própria sexualidade não tinha a ver com o número de parceiros com quem já tinha se relacionado, embora realmente não fossem muitos. O problema, o que tanto a incomodava, era aquela sensação de estar sendo usada, julgada e submetida pelos homens. Era aquela voz que sussurrava dentro dela, toda vez que ousava experimentar algum prazer, dizendo que uma menina que fosse realmente boa, uma mulher que realmente se desse ao respeito, não faria aquilo.

E o pior é que esse sentimento não aparecia como algo consistente, posto. Era mais como um pequeno espinho no dedo, um cisco no olho. Praticamente insignificante, mas que incomodava de tal modo que roubava seu foco e sua energia para o que realmente deveria ser vivido, para o que realmente importava. E isso fazia absolutamente toda a diferença na qualidade e na intensidade de sua sexualidade.

Voltou para a cozinha pedindo paciência aos deuses. Queria muito se sentir bem e acolhida na casa dos pais, mas na verdade, o que sempre sentia era uma sensação de não pertencimento, como se não fosse dali, como se toda aquela estrutura familiar fosse um grande engano, uma piada de mau gosto. Talvez a mãe tivesse razão toda vez que dizia que Bárbara era a ovelha negra da família, a desgarrada, a rebelde.

E pensar que tudo o que ela queria era ser admirada e reconhecida por eles. E pensar que ela se importava muito mais com a opinião deles do que gostaria e, certamente, do que eles acreditavam. E pensar que tudo o que eles faziam e diziam – e até o que nunca falavam – afetava a vida dela de um jeito que ela simplesmente não sabia controlar ou administrar.

Pensou em Samantha enquanto se sentava à mesa. "Será que tem alguma deusa que possa me ajudar a lidar com tudo isso?", perguntou-se.

– E a Sofia, como está? – Cida interrompeu seus pensamentos.

– Está bem. Trabalhando bastante. O restaurante tem ido muito bem. Não sei o que eu faria sem ela.

– Mas você também sempre trabalhou muito. Até estragou seu casamento por isso!

– Imagine, mãe! Meu casamento não terminou por causa de trabalho!

– Ah, sei lá. Eu te avisei que aquele cara não prestava. Por mim, você teria se casado com o João, um rapaz da igreja, família boa. A chance de aprontar era bem menor.

– Eu e o João não tínhamos nada a ver! E o Pedro não me traiu, mãe!

– Ah, tá! Você realmente acredita nisso? Que homem que não trai? Que homem que não engana a mulher? É tudo igual, menina! Tudo farinha do mesmo saco!

"*Começou...*", pensou Bárbara e tentou mudar de assunto.

– Conheci uma velhinha linda, hoje, no Mercadão! Muito doce e engraçada!

– Ah, é? Que velhinha?

E Bárbara contou o que havia acontecido.

Cida desatou a rir e Bárbara pensou que finalmente tinha mudado a energia da casa. Mas a mãe logo se recompôs e destilou seu rancor:

– Certamente era viúva, porque sexo só é bom quando a gente não faz, né?

– Mãe!!! Que horror! Você fala como se transar fosse um castigo.

– Não! Eu não acho que seja, mas homem é nojento, Bárbara! Estraga tudo o que Deus deixou de bonito. Cuidado você agora, separada, viu? Eles só pensam em sexo. Chegam se fingindo de interessados, elogiando e tal... mas se você cai na conversa deles e vai para a cama, acabou. Desaparecem. Homem não quer saber de mulher fácil. Abre seu olho!

"*Puta que o pariu!*", gritou Bárbara mentalmente. "*Não preciso de mais essa*", pensou. E num rompante de indignação, raiva, tristeza e arrependimento, levantou-se da cadeira onde havia sentado, perto da pia, sem nem se dar conta do movimento violento que fez. Percebeu apenas quando a cadeira virou, tombando no chão e fazendo um barulho que assustou a mãe:

– Ei, menina, cuidado! Assim vai me matar do coração! – Cida gritou, dando um salto para trás.

Ao perceber sua própria reação diante da "mesma ladainha de sempre", Bárbara se conteve. Pediu desculpas, colocou a cadeira no lugar e retomou a voz neutra e despida de si:

– Mãe, preciso ir! Sofia está me esperando no restaurante! – mentiu, já que tinha se organizado para almoçar com os pais.

– Já??? Pensei que ia ficar para o almoço!

– Infelizmente, não posso! Fica para uma outra hora!

– Tá bom, então. O Gabriel vem pelo menos três vezes por semana, e o Neto passa todo domingo. Só você que some! Vê se dá notícias de vez em quando. Quero só ver se eu morro e você nem fica sabendo! – dramatizou Cida.

– Ok, mãe, pode deixar. Vou ligar mais vezes. – beijou a mãe rapidamente e correu para a sala, para se despedir do pai.

Quando bateu o portão atrás de si, já do lado de fora da casa, Bárbara suspirou profundamente. Sentia um misto de alívio por ter saído dali e, ao mesmo tempo, um vazio pesado, um abismo entre ela e os pais, que doía no fundo de sua alma.

Correu para o carro, deu partida e saiu, sem nem saber para onde estava indo. Decidiu ir mesmo para o restaurante e, quando menos esperava, sentiu as lágrimas escorrendo pelo seu rosto.

– Que merda! Eu não devia ter vindo! – falou em voz alta dando um tapa na direção.

Por mais que nunca tivessem sido o triângulo papai, mamãe e filhinha mais bonito do mundo, ainda se lembrava de quando se sentia bem menos sufocada ao lado deles. Tinha mais paciência para os comentários prolixos da mãe e insistia mais diante das respostas lacônicas do pai.

Mas, ultimamente, estava cada vez mais difícil sustentar as conversas que não faziam sentido nenhum para ela. Queria tanto se sentir diferente, aceitando os pais como eram, sem julgá-los, sem esperar sempre uma outra palavra, um outro gesto, um outro olhar.

E quanto mais pensava, mais chorava. Sabia que estava soluçando e que a cena, vista de fora, devia estar ridícula. Manteve o olhar congelado para frente ao parar no semáforo. E quando voltou a acelerar, soluçou mais ainda, sentindo-se uma idiota por não conseguir se autorizar nem a chorar dentro de seu próprio carro.

"*Onde é que fica aquele maravilhoso botão do 'foda-se' que Theo sempre me manda apertar? Por que o dele é tão acessível e eu sequer sei onde fica o meu?*", fantasiou e continuou seu diálogo interno.

"Escuta aqui, dona Cida, abre o olho você! A Samantha disse que nem todo homem só quer sexo, que nem todos são nojentos! E é por pensar assim que você vive infeliz e reclamando da vida! E ainda ousa falar do meu casamento! E o seu? Não passa de uma grande farsa! Uma enorme mentira. Nada funciona! Nem o sexo é bom! Eu, pelo menos, tive a decência de me separar em vez de passar a vida toda xingando e reclamando do Pedro!"

Olhou-se rapidamente pelo retrovisor e sua aparência estava lastimável. Abriu o porta-luvas rezando para encontrar uma caixa de lenços. Bárbara estava se desmanchando de frustração por não ter coragem de falar o que pensava para a mãe. Por nunca retrucar, nunca expor sua verdadeira opinião sobre o que dona Cida, ao contrário, nem hesitava enfiar em sua garganta e empurrar goela abaixo sem se preocupar com o que lhe causava, sem sequer perguntar o que é que ela pensava sobre sexo, sobre os homens e sobre casamento.

"Quer saber, dona Cida? Eu vou dar para quem eu quiser, na hora que eu quiser e do jeito que eu quiser! Você não manda na minha buceta! Eu faço com ela o que eu bem entender, está me ouvindo?"

Continuou sua discussão mental e irracional com a mãe e quanto mais gritava por dentro, mais desandava por fora. Assoou o nariz com força quando parou novamente no semáforo. Dessa vez, nem se lembrou que poderia estar sendo vista por alguém.

"E tem mais, seu Sérgio, você também não manda mais em mim! A vida é minha e se eu quiser fazer tudo o que não devo, eu faço e pronto. Você não pode mais me reprimir nem me repreender. Essa sua cara feia de fome não me assusta mais! E também não quero saber dos seus discursos sobre ética, respeito e a puta que o pariu, está me ouvindo?"

– Me deixem em paz vocês dois!!! – gritou Bárbara dentro do carro e se assustou com a intensidade de sua raiva!

Estava chegando ao restaurante e precisava se recompor. Respirou fundo algumas vezes, enxugou o rosto e arriscou se questionar de um jeito mais inteligente e menos enlouquecido:

"Por que é que eu simplesmente não falo o que penso para eles e pronto?" – e pensou um pouco.

"Não consigo!" – era a única resposta que conseguia se dar naquele momento.

Decidiu que falaria sobre isso na próxima sessão com Samantha. *"Acho que vou precisar de duas horas para falar tudo o que preciso, mas agora, o melhor é trabalhar e esquecer esse episódio com a dona Cida".* – disse para si mesma. Estacionou o carro, respirou profundamente mais algumas vezes, olhou-se pelo espelho retrovisor e ficou aliviada por ter usado um rímel à prova d'água naquela manhã. Esperou um pouco até sentir seu coração desacelerando e entrou no bistrô.

O *Temperos & Palavras* era um charme à parte, ainda que a região fosse bem servida no quesito bares e restaurantes e o espaço fosse relativamente pequeno, especialmente se comparado com algumas outras opções daquela rua.

O salão principal ocupava boa parte da frente, e os 40 metros quadrados de fundo eram ocupados pela cozinha. O bar separava os dois ambientes com uma parede repleta de bebidas. Bem ao centro dessa parede, havia um recorte por onde se podia ver os pratos sendo preparados na cozinha. E à frente dela, ficava o balcão com seis bancos altos bastante concorridos durante a "hora feliz", como as duas "abrasileiraram" o fim de tarde. Era especialmente a partir das 18h que cervejas, vinhos e drinques combinados com petiscos também da cozinha tailandesa e italiana animavam a azaração de homens e mulheres entre 30 e 50 anos.

Ao lado direito do bar ficavam os banheiros masculino e feminino. A parede que protegia esse acesso exibia um suntuoso Buda Tailandês e, atrás dela, em frente às duas portas, tinha uma elegante pia rústica de madeira e um grande espelho que servia a todos. Ao lado esquerdo, uma porta de madeira modelo vai e vem dava acesso à cozinha, de onde saíam as delícias que chegariam às mesas ou ao balcão, para a alegria e o deleite dos seus fiéis clientes.

O espaço era interligado a uma tradicional e também muito charmosa livraria através de uma imponente porta de madeira e vidro, no estilo rústico chique, bem ao centro da parede lateral direita. Aliás, a *Vida em Versos* tinha sido um dos motivos mais inspiradores para as duas escolherem o nome do restaurante. Instalada naquele endereço há mais de 10 anos, era especializada em livros de poetas consagrados de todo o mundo. Dentre os preferidos da dupla, estavam Pablo Neruda, Vinícius de Moraes, Jorge Luís Borges, Carlos Drummond de Andrade, Clarice Lispector, Shakespeare, Rainer Maria Rilke, entre outros que elas iam descobrindo aos poucos.

Inclusive, muitas frases desses poetas – escritas à mão por um artista plástico – decoravam as paredes do salão e dos banheiros. No mais, outros objetos trazidos da Tailândia, como pequenos castiçais e incensários de madeira, davam um toque requintado ao local. Já a iluminação, garantida por um notável lustre ao centro do espaço com pé direito alto, e complementada por velas em todas as mesas, conferia romantismo e delicadeza.

A edificação era rente à calçada, sem recuo frontal. Vistos da rua, o bistrô ficava à esquerda e a livraria, à direita. Cada qual contava com uma grande porta de madeira ao extremo de seus lados, tornando as entradas bem separadas. O restante da parede era pomposamente preenchido por três janelas altas e largas em esquadrias de madeira escura e imponente. Os oito metros de frente do *Temperos & Palavras* eram pintados de um amarelo forte, "da cor do curry", como costumava explicar Bárbara, destacando discretamente o letreiro preto acima da porta. Já a parede da *Vida em Versos* era branca, e com seu antigo letreiro em vermelho, conferia jovialidade ao bem frequentado conjunto.

Bárbara ouviu a voz de Theo assim que entrou no *T&P*.

– Ei, gataaaa!

– Theeeeo! Não sabia que viria hoje! Que bom que está aqui! – foi dizendo enquanto se dirigia para a direita, de onde veio a voz ao chamá-la.

Ele estava numa mesa de canto, em frente à última janela, já devidamente acomodado com Sofia. Outras três ou quatro mesas também já estavam ocupadas, mas o movimento começaria mesmo dali cerca de 40 minutos, hora do almoço para a maioria dos escritórios e lojas próximas.

Abriu os braços para abraçar o amigo que rapidamente se levantou para recebê-la. Depois beijou Sofia, sentando-se ao lado dela e de frente para Theo.

– E aí, minha gostosa, acabei de falar que você almoçaria com seus pais! O que houve? Como você está? – perguntou Sofia.

52

– Ah! Mais ou menos! Mas não quero falar de mim. Quero saber de vocês! Theo já te contou a novidade? – quis saber, virando-se para Sofia.

– Claro que contei, né? Por que você acha que vim pessoalmente? – respondeu ele mesmo e os três riram da cara de pilantra que Theo adorava fazer.

– Aliás, preciso muito da ajuda de vocês! Estou muito envolvido, e isso não é bom!

– Por que não? – perguntou Sofia.

– Vocês não se lembram de como fiquei arrasado quando terminei meu último relacionamento? Eu sou um caso sem solução! Não sei se consigo ter uma relação madura, sem inventar alguma novidade que assuste o bofe e o faça sair correndo de mim!

– Ah, Theo, claro que consegue! Sem contar que isso faz tempo, né? Você mudou muito depois que decidiu crescer, virar homem, ganhar dinheiro, fazer sucesso e lotar o consultório, para a felicidade de seus pacientes! – comentou Bárbara.

– Que história é essa de virar homem? Tá me estranhando, gata? – provocou Theo para aliviar o tom sério que usou anteriormente.

Elas nem deram bola para a tentativa de fuga dele e Sofia continuou:

– Para com isso, Theo. Você está com medo do que está sentindo e já começou a inventar caraminholas. Como é o nome dele, para sabermos de quem estamos falando?

– Leandro, lindo e loiro! Meu Lelo! – e fez cara de apaixonado!

– Então, aproveita. Nada de inventar problema onde não existe. Você já disse que o cara é bacana e também está envolvido. É só deixar rolar... – Sofia ensinou.

– Hummm, falou aquela que enfarta antes de deixar rolar! – gargalhou Theo.

– Mas eu estou aprendendo – defendeu-se Sofia. – Mandei uma mensagem para o Cássio ontem de manhã e ele me respondeu somente à noite. Acreditam que nem comi as unhas? Se fosse antes, comeria até os dedos – contou orgulhosa de si.

– Uau! Que evolução! Estou achando que dessa vez sai casamento!

– Não exagera, Bá. Nada de apressar as coisas. É para isso que serve o floral do momento. "Um dia de cada vez. Ficar no presente" – repetiu Sofia duas vezes, como quem não pode esquecer.

– Ai, ai, não sei mais o que fazer com vocês duas. Uma é depressiva e a outra, ansiosa – zombou Theo, divertindo-se com a conversa.

– Ah, e ele é o quê? – perguntou Sofia olhando para Bárbara, como quem busca cumplicidade.

– O histérico, claro! – E os três gargalharam e brindaram o encontro. Assim que Bárbara chegou, Adriana havia trazido a terceira taça para que bebesse com eles o refrescante Chardonnay que Sofia tinha escolhido.

– Falando sério, Sô, como está com o "nosso Cassiosão"? – quis saber Theo, referindo-se à abreviação que tinha feito de "Cássio, o gostosão", já que o rapaz era forte, corpo sarado, surfista e cabelos longos, bem ao estilo preferido de Sofia.

– Ah, está tudo indo bem. Às vezes, entro na expectativa de que ele faça planos e fale se gosta de crianças, se quer ser pai, enfim... mas sei que preciso dar tempo ao tempo. Ainda é cedo e as melhores relações são construídas tijolinho por tijolinho, como diz a Magda. Sem contar que eu ainda nem sei o que realmente sinto por ele!

– Ahhh, é verdade, agora ela tem a Maga dos Florais – Theo apertou a mão de Bárbara, como quem procura uma aliada para seu comentário.

Bárbara riu, reforçando:

– Magda, Theo. A terapeuta da Sofia se chama Magda!

– Sim, isso mesmo: Maga. Maga dos Florais de Sofia! – e elas já sabiam que esse seria o apelido de Magda.

– Sô, e vocês têm trabalhado a questão da maternidade, seus medos e tudo o mais nesses tais encontros holísticos ou ela foca só na ansiedade em si? – Bárbara retomou o tom sério da conversa.

– Não! Ela trabalha tudo o que você imaginar. Temos falado bastante da relação com a minha mãe, do quanto a gente foi se misturando e eu fui ocupando o lugar de mãe enquanto ela ia para o lugar de filha – detalhou Sofia. – Uma zona generalizada, mas que tem ficado cada vez mais clara. Além dos florais, ela também joga tarô e aplica o reiki, que eu adoro. Ela é muito sensitiva e tem me ajudado bastante a compreender melhor por que tenho tanto medo de não conseguir ser mãe.

– Que bom, Sô! Agora falando sério: apesar de ser psicólogo, acredito que tudo o que propicia o autoconhecimento é válido. Mas ainda acho que esse trabalho não substitui um processo psicoterápico. Quando você quiser, indico um amigo meu. Porque, como já te disse, para além da relação com a sua mãe, você precisa trabalhar a relação com o pai, e acho que um terapeuta homem facilitaria – enfatizou Theo mais do que Sofia esperava.

Ela se remexeu na cadeira e tomou um longo gole de vinho. No fundo, sabia que Theo tinha razão. O fato é que precisava olhar, pela primeira vez com real comprometimento, para a relação que nunca existiu com o pai, mas que, da mesma forma, causou profundas marcas no seu modo de ser, de sentir e de viver seus relacionamentos.

– Ai, Theo, uma coisa de cada vez, senão fico maluca! – defendeu-se.

– Será, gata? Você diz que seu maior desejo é engravidar, ser mãe. E o que te deixa assim, ansiosa e desesperada, é a idade. Tem medo de não conseguir por já estar com 35. Então, por que esperar mais? Você está muito aberta neste momento. Te sinto bastante disponível para se questionar, mudando horrores mesmo. Será que não seria esse o melhor momento?

Sofia ficou em silêncio, olhando para baixo e girando a taça numa das mãos. Bárbara e Theo se entreolharam, em silêncio, como que dando espaço à reflexão da amiga. Afinal, Bárbara concordava com ele.

– Pode ser. Vou pensar sobre isso. – soltou a taça, levantou os olhos e segurou nas mãos de Theo e Bárbara, sorrindo. – Obrigada por se importarem comigo. Amo muito vocês!

Bárbara imediatamente levou as mãos ao rosto, numa tentativa fracassada de conter as lágrimas:

– Ah, não, Sô! Não fala assim. Hoje especialmente não estou podendo! – falou rindo e chorando.

Os dois rapidamente se ajeitaram para abraçar a amiga:

– Ah, assim eu também vou chorar – ameaçou Theo, agora visivelmente empático com a amiga.

– Ei, Bá! Estamos aqui para você. Você sabe, né? – e Sofia passou o braço por trás do pescoço dela, para que se sentisse acolhida.

– Eu sei. Eu sinto. Vocês são lindos – falou aproximando-se de Sofia e contendo o choro. – Nossa, ando tão à flor da pele que, às vezes, nem eu me aguento. Choro toda hora! Que horror!

– Faz parte, Bá. Tem fase que a gente fica assim mesmo.

– Eu sei, mas tem hora que é um saco se sentir tão vulnerável! Já me acabei de chorar vindo para cá!

– Por quê? O que aconteceu? – perguntou Theo.

– Ah, meu dia começou muito bem. Acordei superdisposta, às 5h da manhã e, vocês sabem, não faço isso nem por amor – falou rindo. – Mas como era para ir ao Mercado Municipal e fazia tempo que eu não ia, estava feliz da vida.

– Urgh! Que programa de índio – comentou Theo. – Tá, mas conta como foi!

– Bem, já no primeiro box de especiarias em que parei, aconteceu mais uma daquelas coisas que só acontecem comigo! – e contou sobre Zizi.

– Uau! Adorei! Quero que ela seja minha vó! – disse Theo.

– Bá, que incrível! – Sofia gargalhava gostosamente! – Tomara que ela venha almoçar ou jantar com a gente. Vou amar conhecer esse serzinho iluminado!

– Pois é, mas daí fiquei tão comovida com o jeito dela, o abraço e o carinho com que ela me tratou que senti saudades da dona Cida e decidi passar na casa dela.

Theo desatou a rir alto, colocando a mão na barriga e batendo na mesa. Bárbara ficou séria, olhando para ele e esperando até que parasse com aquela cena.

– Desculpa, Bá! Mas é que, às vezes, a ingenuidade das suas conexões neurais ainda me espanta. Desde quando carinho e espontaneidade têm a ver com a dona Cida?

– Ai, Theo, seu insensível! – repreendeu Sofia.

– Insensível, não! Realista. Vai vendo a merda que essa história vai dar!

E Bárbara falou do quanto se sentiu mal por não conseguir ser ela mesma com os pais. De como não conseguia falar o que pensava, assumir seus valores e contestar as ideias que a mãe defendia com tanta insistência que, talvez mesmo sem ser a sua intenção, faziam tanto mal a ela.

– Fala sério, Bá, você acha mesmo que adiantaria discutir com ela, contestar, mostrar o que você pensa e sente?

– Não sei. Provavelmente, não!

– Claro que não! Você já tentou antes. Me lembro muito bem de quando você se separou e fez a imensa bobagem de passar uns dias na casa deles. Você bem que tentou conversar sobre outras maneiras de ver os relacionamentos. Lembro até que tentou abrir a cabeça dela sobre esse machismo todo que ela usa para falar do seu pai, de sexo e, claro, para fazer sexo também.

– Tinha me esquecido disso! – lamentou Bárbara.

– O verdadeiro problema não é a dona Cida nem o seu Sérgio, acredite em mim. – pediu o amigo.

Sofia só ouvia. Não conhecia a família de Bárbara tão bem quanto Theo e nem saberia o que dizer naquela situação, a não ser acolher a amiga e se manter atenta a tudo o que ela quisesse dizer.

– Como assim? Qual é o verdadeiro problema, então?

– É a imagem que você internalizou deles, entende?

– Não, não entendo! Me explica, pelo amor de Deus. – implorou Bárbara.

– Seguinte: claro que eles fizeram tudo o que você conta. Claro que sua mãe tem crenças limitantes sobre amor, homens e sexo. E claro também que seu pai é conservador, com fortes traços machistas e muito rígido. Você não é maluca. Tudo isso é verdade mesmo! E você cresceu nesse ambiente, aprendendo como ser gente com eles. Então, é natural que você tenha trazido todas essas questões!

Bárbara estava profundamente interessada na explicação de Theo. Adorava quando ele encarnava o psicólogo sério com ela.

– Mas eu tenho duas ótimas notícias para te dar! – continuou ele.

– Fala, Theo!!! – Sofia e Bárbara pediram juntas.

– A primeira é que graças a todos os deuses, santos, anjos, fadas, bruxas e gnomos, você começou a se incomodar e a questionar tudo isso em algum momento. Isso mostra que você está amadurecendo e se permitindo se tornar você de uma vez por todas. Está lutando desesperadamente pelo seu lugar dentro dessa casa, dessa família e, principalmente, na sua própria história. Isso é bárbaro, minha querida Bárbara! – não podia perder a oportunidade do trocadilho.

– Faz sentido! E a segunda?

– A segunda é que, para nossa completa e total felicidade, depois que a gente cresce os pais não têm mais o poder de nos submeter ou nos dar ordens. Eles não mandam mais na gente!

– Eu sei disso, Theo! Mas por que ainda sinto que mandam? Por que, por mais que eu não viva como eles gostariam, sinto como se estivessem me repreendendo o tempo todo, me criticando, me condenando e até me castigando?

– Mesmo quando eles nem falam nada, não é? Mesmo quando nem estão por perto e mesmo quando nem sabem o que exatamente você anda fazendo, certo?

– Sim, que droga! Isso mesmo! Basta me lembrar deles e já me sinto julgada e condenada. E muito mais ainda, se a dona Cida fala alguma coisa ou seu Sérgio me olha com aquele olhar gelado. Pronto! Aí, sim, eu me sinto mortificada, arrasada!

– É exatamente isso que significa "os pais de dentro", a imagem deles que você internalizou. Veja que, na verdade, muito antes deles e independentemente do que eles possam falar ou fazer, é você quem se critica, se condena e se coloca numa prisão emocional!

Bárbara e Sofia se entreolharam e ficaram em silêncio.

– Se a dona Cida disser para você não transar com mais ninguém sem antes ter certeza de que o bofe quer se casar com você, você vai obedecer?

– Claro que não! – reagiu Bárbara. – A dona do meu corpo sou eu! – contestou, agora usando um termo menos agressivo do que usou no carro, quando saiu da casa da mãe atordoada.

– Pois é, mas quando você ficou com aquele seu amigo gostoso, não parecia assim, tão certa de que é a dona da perseguida. Mesmo me contando que a noite tinha sido espetacular, você estava se sentindo péssima no dia seguinte, se perguntando o que ele iria pensar de você, se tinha agido certo e blá, blá, blá – desafiou Theo.

– Putaquilamerda, pior que foi assim mesmo! Como sou idiota! E o mais interessante é que se qualquer amiga viesse me contar a mesma história, imediatamente eu diria que obviamente ela não tinha feito nada de errado, afinal, são dois adultos, disponíveis e que se conhecem, se respeitam e são amigos, e que quiseram ficar juntos... – engatou Bárbara numa série de justificativas.

Theo imediatamente levou a mão perto da boca dela, dizendo:

– Ei, gata, olha a dona Cida um pouco melhorada falando aí dentro de você! Pelamor! Ouça o que você está dizendo!

– Por que dona Cida? Minha mãe jamais aprovaria sexo casual com um amigo e por uma única noite!

– Sim, eu sei. Por isso que se trata de uma dona Cida menos carola! Mas ainda é dona Cida, quando precisa de tantas justificativas para concluir que sua amiga não teria feito "nada de errado".

Ela começou a entender o que ele queria dizer. Pegou-se em flagrante, atolada nos mesmos moralismos e hipocrisias que tanto detestava, só um pouco mais polidos.

– Bárbara, quem é dona do próprio corpo e, mais do que isso, da própria vida, transa com quem escolhe transar. Ponto-final. A grande diferença é que, quando aprende a se conhecer e a reconhecer seus desejos, você ganha consciência do seu prazer e dos seus verdadeiros sentimentos. Sem precisar ficar inventando mentiras para se sentir melhor.

Sofia aplaudiu, adorando o rumo daquela prosa. Theo continuou:

– E isso não tem nada a ver com promiscuidade! Veja bem, não estou sugerindo que você saia por aí transando com todo mundo. Estou falando de se dar o direito de escolher. De fazer o que você tem vontade, de saber de si e ser responsável pela própria vida e pelas consequências dos seus atos, sem ter de se guiar pelas regras do papai ou pelas crenças da mamãe, entende?

– Nossa! A Samantha tem falado tanto sobre isso, sobre fazer escolhas! Parece que vocês combinaram!

– Sim, eu e a Grande Mãe temos um complô – brincou Theo.

– Estou começando a entender essa tal de "mãe de dentro". Como se não me bastasse a dona Cida e o seu Sérgio reais, eu ainda inventei mais um de cada. Meu Deus, ninguém merece!

– Sabe como te vejo agora? – provocou o amigo.

– Como, Theo?

– Como se você estivesse repleta de mãos que imploram e de bocas famintas dentro de si. Como se seus ouvidos estivessem entupidos por muitas vozes confusas e perturbadoras. Como se seus olhos estivessem embaçados, desfocados, enganados por uma inconsciência de quem você é. E isso te impede de enxergar a sua verdade, de perceber que você não é a dona Cida e nem o seu Sérgio! Que você pode ser e realmente é muito diferente deles! E tem todo o direito de trilhar o seu próprio caminho, como bem entender e quiser!

– Nossa, Theo, que profundo! Que lindo! Vocês são demais. Estou sacando um monte de mim mesma nessa conversa. Continuem! – pediu Sofia.

– Realmente foi forte isso, Theo. Triste, mas real! Como faço para sair dessa inconsciência!

– Na verdade, você já está saindo, Bá. Acho até que peguei pesado. Você estava assim no final do ano passado, quando insisti tanto para você procurar ajuda. Já avançou um monte.

57

Para ser justo, acredito mesmo que você esteja muito perto de se ver, através da sua linda e sábia consciência.

– Poxa, e eu que achei que o dia estava perdido! Obrigada por essa lucidez! – puxou as mãos de Theo para si e beijou uma de cada vez. Depois abraçou Sofia, como que agradecendo por tanta energia boa que recebia dela.

– Pelo jeito, viemos aqui só para beber e conversar, né? Comer que é bom, nada! Eu estou faminto, gatas cozinheiras. O que vocês têm para mim hoje?

E de repente se deram conta de que o restaurante estava cheio porque tinham se aproximado uns dos outros instintivamente e aumentado o tom de voz para conseguirem se ouvir.

– Quem sugere primeiro? – perguntou Sofia olhando para Bárbara.

– Pode começar, lindona, já que seus pratos são irresistíveis!

– Os seus também – retribuiu Sofia. – Bem, Theo, com o meu risoto eu me garanto, né? Mas não sei se você está a fim de italiano ou tailandês hoje!

– Convençam-me! Quero ouvir as sugestões das duas!

– Então, hoje elegi o dia do figo. Portanto, as opções são risoto de figo com gorgonzola ou risoto de queijo brie com figos caramelizados. Se você não gostar de figo, posso pedir para trocar por damasco.

– Nossa, como assim? Amo figo! Jesus, como essa mulher ainda não se casou? É por isso que eu sou viado! Porque os homens são muito burros. – zombou Theo mais uma vez, fazendo as duas rirem gostoso.

– Agora me escuta para decidir logo, porque também estou faminta! Sugiro ensopado de cogumelos com pasta de amendoim, curry e leite de coco ou minha moqueca vegetariana thai, com abóbora, gengibre e coco. Na moqueca também posso pedir para colocar cogumelos, se você quiser. Mas eu sou suspeita, porque amo cogumelos!

– E agora? Vocês complicaram minha vida! Bá, você sabe, também sou louco por cogumelos e todos esses temperos maravilhosos que você sabe combinar como ninguém! Como escolher? Os pratos são individuais, né?

– São sim. Mas como você se superou hoje com essa terapia fora de hora, deixo você escolher dois pratos e fazemos meia porção de cada. Quer?

– Uhuuuu! Mesmo? Jamais teria coragem de pedir isso! – gargalhou Theo, sabendo que as amigas nunca acreditariam em algum recato seu.

– Seu cínico! Pede logo! Quais você quer? – apressou Sofia!

– Vou querer o risoto de brie com figos caramelizados de entrada e depois o ensopado de cogumelos com pasta de amendoim. Meu Deus, isso é uma orgia gastronômica. Como sou sortudo de ter vocês em minha vida, dando tanto prazer ao meu estômago. Certeza que virei mais vezes aqui! – e levantou a taça para brindar às duas.

Bárbara chamou Adriana, que anotou os pedidos. Depois voltou sua atenção para a mesa e passaram o almoço todo rindo e conversando amenidades. Até que Theo se foi, Sofia saiu para resolver algumas coisas na rua e ela se recolheu na cozinha, entre seus potes para guardar as especiarias e as ervas que tinha comprado naquela manhã.

Estava se sentindo melhor, embora sua aguçada intuição lhe sussurrasse que a guerra contra seus piores inimigos estava apenas começando. Inocentemente, ela acreditou,

58

até bem pouco tempo atrás, que tais inimigos estivessem tramando seus planos para feri-la, bem escondidos em suas devidas casas, algumas de endereço conhecido, como a dos pais, por exemplo, e outras de lugares desconhecidos, como as dos homens de seu passado e até dos homens do seu futuro.

Que tola tinha sido. Os inimigos sempre estiveram muito mais perto do que ela jamais poderia ter imaginado. Estiveram usando, sorrateiramente, sua própria voz para fragilizar suas convicções. Seu próprio corpo para reprimir suas sensações. Sua própria alma para escandalizar sua essência e expor seus piores medos.

A ANGÚSTIA E A GLÓRIA DA METAMORFOSE

Lua Crescente
São Paulo, Brasil
Quarta, 05 de julho de 2017

Acordou de sobressalto, assustada com o sonho que acabara de ter. Vitória chorava muito e pedia ajuda, mas não falava do que se tratava, apenas repetia algo como "Você sabe! É o mesmo de sempre! Você sabe!" e chorava...

Bárbara se virou de barriga para cima e ficou na cama por algum tempo. Primeiro, observando seu corpo. O coração estava acelerado, os músculos tensos e a respiração ofegante. Depois, pensando em Vic e no quanto vinha evitando encontrá-la ou sequer falar com ela.

Com tudo o que vinha acontecendo em sua vida, sentia que muita coisa estava mudando. Bárbara sabia que seus valores, suas crenças e o modo como lidava com sua história estavam em plena e intensa metamorfose. Fantasiava que estava vivendo algo muito semelhante ao que experimentam as borboletas, quando passam pelo estágio da crisálida.

Em volta delas, nasce a pupa, aquele casulo feio e que em nada se parece com a beleza que em breve vai surgir dali de dentro. Nesse período, enquanto lagarta, ela praticamente não consegue se mexer, tão intenso que é o seu processo de crescimento e diferenciação sexual.

Fazia tanto sentido! Era exatamente assim que Bárbara se sentia muitas vezes: paralisada, sem conseguir fazer o próximo movimento, sem conseguir tomar a próxima decisão. A sensação era de impotência, mas Samantha costumava vir em seu socorro esclarecendo que, na verdade, ela nunca havia sido tão potente em toda a sua vida. Nunca tinha tido tanta coragem e nunca tinha se submetido a tantas e profundas transformações ao mesmo tempo. Ela ainda não conseguia se ver com essa clareza, mas adorava ouvir a previsão da "Grande Mãe" – o que fazia Bárbara transbordar em um deslumbre de alteridade, ouvindo sua própria voz vinda não sabia de onde:

"Com um pouco mais de paciência e determinação, minha querida, você assistirá ao espetáculo magnífico do abrir de suas asas. E quando isso acontecer, você vai estar forte e pronta para voar".

– Preciso ligar para Vitória. Pelo menos ligar... – pegou-se falando em voz alta, sozinha.

E se lembrou de que, na última sessão, tinha ido determinada a contar seu segredo para Samantha, mas a conversa sobre a fome e as deusas tinha sido tão intensa que ela terminou esquecendo. "E nem teria dado tempo", pensou, tentando se desculpar consigo mesma.

Desta vez, quando clicou em "ordem aleatória" antes de sair para sua corrida matinal, a resposta veio através do ABBA, com "Dancing Queen". Bárbara adorava essa música. Pelo menos enquanto ouvia, sentia-se feminina, íntegra, digna de seu reinado. Era exatamente assim que queria se sentir, todo o tempo e o trabalho interior que vinha se propondo a fazer tinha esse objetivo principal, pensou.

Saiu confiante pelas ruas próximas de onde morava. Infelizmente, não tinha pista de ciclismo ou algum parque onde pudesse correr com mais segurança, mas resolveu que esse não seria um motivo para desistir daquele esporte que tanto bem vinha lhe fazendo.

Decidiu voltar antes de completar os cinco quilômetros. Pensar em Vitória e no sonho que teve fez com que Bárbara mergulhasse numa angústia dilacerante. Sentiu seu estômago revirar e suas entranhas desandarem. Era seu corpo reagindo à agonia de suas emoções, especialmente do medo. Medo de decidir errado. De tomar alguma atitude da qual poderia se arrepender para o resto da vida. Porque se falasse e Vitória não a perdoasse, ela perderia uma pessoa fundamental na sua história. Definitivamente, não queria isso. Não suportaria.

Conheceu Vic quando tinha dez anos de idade e ela, oito. A família havia se mudado para uma casa ao lado da de seus pais. Certa tarde, enquanto brincava na rua com outras crianças da vizinhança, Bárbara viu Vitória sozinha, em frente ao seu portão, um tanto tímida por não conhecer ninguém. Ela rodopiava em seu bambolê lindamente. Era fera nessa brincadeira. Ninguém ganhava dela, mas Bárbara ainda não sabia disso.

Aproximou-se e convidou-a para se juntar a eles porque estavam montando dois times para jogar queimada. Vitória sorriu um sorriso tão receptivo e feliz que Bárbara segurou na mão dela enquanto a levava até a roda de crianças no meio da rua. Desde então, suas vidas e suas histórias se entrelaçaram de um jeito que, independentemente dos acontecimentos, das fases, das diferenças e até das brigas, elas não tinham dúvidas: estavam conectadas para sempre!

Vitória tinha uma memória invejável e isso fazia com que se lembrasse muito mais de tudo o que viveram durante a infância e adolescência do que Bárbara. Por isso, via na amiga uma espécie de diário de si mesma. Vibrava toda vez que Vic desatava a contar episódios dos namoros que Bárbara teve na adolescência, das paqueras que recusou por timidez, de sua braveza com os meninos e de tudo o que aprontaram escondidas da dona Cida e do seu Sérgio. Se bem que, como ela mesma brincava, "Bárbara sempre foi cagona na hora de subverter as regras". E as duas riam de si mesmas.

Não que Vitória fosse a mais ousada do universo, mas como podia contar com a cumplicidade do pai, o amoroso e aventureiro Roberto, certamente se sentia mais corajosa. Caso fosse pega em flagrante pela mãe, seria rapidamente defendida por ele. Milena era muito brava e até batia em Vitória algumas vezes, mas somente quando Roberto não estava por perto. Caso contrário, ele jamais permitia.

Imersa nessas lembranças da infância, Bárbara chegou em casa apreensiva. Pegou o telefone e procurou pelo número de Vitória. Durante alguns segundos, ficou olhando e sofrendo, ao que sua voz interior ordenou: *"Vai, Bárbara, liga! Você precisa fazer isso!"*

– Oi, Nanaaaa! Nossa! Que alegria receber sua ligação! Já estava ficando preocupada! Você sumiu. Liguei algumas vezes e você não atendeu e nem me retornou! Está tudo bem? – Vitória perguntou.

"Como era bom ser chamada de Nana", pensou. Era o apelido carinhoso que Vitória deu a ela quando, certa vez, resolveram fingir que eram irmãs, numa festa junina na escola de Vitória. Passou grande parte de sua infância pedindo uma irmã para os pais, mas a cada nova gravidez, chegava mais um menino. Ela tinha três irmãos mais novos, então resolveu seu problema com a amiguinha Bárbara.

– Oi Vic! Que saudades! Está tudo indo... comecei a fazer terapia, ando trabalhando bastante, para variar. Enfim, sem grandes novidades. E você? Como anda a vida? – despistou Bárbara, tentando não ter de explicar o evitamento.

– Mas você está brava comigo? Fiz alguma coisa que te chateou?

– Não! De jeito nenhum! É só a correria mesmo. Mas vamos marcar um jantar para colocarmos as fofocas em dia, falar da vida, quero saber de você! Como estão as crianças, o Claudio?

– Estão todos bem, na medida do possível. Você sabe, né, amiga, a doideira de sempre. Mudei de turno no hospital, Felipe não vai muito bem na escola e a Mariana sempre cobrando minha atenção. Eu me desdobro para dar conta de tudo, mas nem sempre consigo.

– Imagino, Vic. É muita coisa mesmo. Eu já estaria completamente doida no seu lugar. Admiro sua capacidade de lidar com essa rotina intensa. Mãe, esposa, profissional, filha, neta, sobrinha, madrinha. Você tem sido o eixo da sua família, né?

– Nem me fale, Nana! Acho que terminei ocupando o vazio gigantesco que meu pai deixou depois que se foi. Ele era o centro, a alegria da casa, quem estava sempre socorrendo todo mundo, ajudando, juntando. Sinto tanta falta dele! Você lembra como ele era, né?

Claro que se lembrava. Sentiu um frio percorrer sua espinha e imediatamente o coração disparou.

– Sim, ele realmente era incrível! – falou sem pensar e logo depois se arrependeu.

– Pois é, ele amava você! Estava sempre inventando algum passeio diferente ou alguma de suas aventuras para fazermos nós três juntos! – relembrou Vitória, com notável alegria. – Tinha o dia dos meninos e o dia das meninas, lembra?

Bárbara definitivamente não queria falar sobre isso. Sem contar que, se fosse para reviver as memórias do passado, preferia que fosse pessoalmente.

– E o Claudio? Como vocês estão? – perguntou e imediatamente se deu conta de que não queria falar sobre isso também. Aliás, começava a se arrepender de ter ligado.

– Estamos bem. Ele é um querido! Me dá muita força, está sempre do meu lado. Ainda bem que acertei na escolha do marido, senão acho que não aguentava o tranco, não, viu?

Vitória era casada com Cláudio há dez anos e, apesar de algumas crises por conta da chegada das crianças e da mudança de ritmo na vida deles, formavam um casal admirável. Quando se conheceram, Vitória estava estudando loucamente para passar em Medicina. Ele a incentivou bastante e passava vários finais de semana ao lado dela, organizando material e criando testes para avaliar seu nível de conhecimento. Essa cumplicidade tinha sido determinante para Vitória se casar com ele mesmo antes de terminar a faculdade, o que sempre havia dito que não faria de jeito nenhum.

Casaram-se quando ela estava terminando o segundo ano da faculdade. Felipe nasceu três anos depois, sem que eles tivessem planejado. Num descuido, terminou vindo antes do esperado. Depois do baque, terminaram decidindo ter o segundo filho. Veio a Mariana quase dois anos depois. Vitória se desdobrava para estudar, enquanto Claudio sustentava a casa e ajudava com os pequenos.

Bárbara não conviveu muito com Vitória nesse período porque já estava casada e sua relação sempre fora conturbada. Foi uma época em que as duas se viram muito pouco. Mas sempre se falavam ao telefone e a amiga tinha sido sua confidente, uma das poucas

63

pessoas com quem Bárbara conseguia se expor e falar de tudo o que acontecia no seu casamento. Vitória era uma ótima ouvinte e, mesmo não palpitando muito, ajudava Bárbara a suportar o caos interno e externo pelo que passava.

Nessa época em que estava com Pedro, Bárbara não costumava se lembrar de tudo o que havia acontecido. Mas antes de Roberto falecer, ela viveu um drama interior, amargou bastante culpa, embora ainda reverberasse nela tudo de bom que havia sentido e vivido. E agora, nos últimos tempos, o incômodo havia voltado. Algo dentro dela pedia por transparência e autenticidade. Sentia que estava passando sua vida a limpo e precisava ser o mais honesta possível. Mas não sabia ainda se contar para Vitória era o jeito mais inteligente de lidar com o assunto.

– Que bom, Vic. Cláudio é mesmo demais! Invejo sua esperteza para escolher marido – brincou Bárbara e as duas riram.

– Nana, sério mesmo, amei sua ligação. Agora, só falta a gente se encontrar. Quero te ver. Depois que se separou, a gente só se viu duas ou três vezes, e a última foi na festa de dois anos do *T&P*, em outubro do ano passado.

– Nossa! Verdade. O tempo está voando. Nem acredito que já se passou tudo isso. Vamos marcar, sim. Veja quando consegue passar no *T&P* e me avisa!

– Ai, nem fale. Morta de vontade de comer aquelas delícias! Mas você sabe como é difícil sair com as crianças e até mês passado eu ainda estava trabalhando à noite. Agora, com a minha mudança no hospital, acho que vai ficar mais fácil, porque no consultório eu me organizo mais fácil, embora minhas gravidinhas sejam imprevisíveis, né? Mas pode deixar que vou falar com Claudio e propor uma noite com os amigos! Eu vejo você e ele sai com os dele.

Vitória era ginecologista e obstetra e Bárbara tinha muito orgulho da profissional maravilhosa e competente que ela era.

– Ótimo! Então, por que não aproveita para deixar as crianças com sua mãe e a gente coloca a conversa em dia? – sugeriu Bárbara torcendo para que aquele encontro não acontecesse tão cedo. Agora mais do que nunca sabia que precisava de mais tempo.

– Adorei a ideia, mas as crianças vão ter que ficar com a minha vó ou com a babá, se ela puder dormir aqui.

– Por que não com a Milena? – quis saber Bárbara.

– Ah, Nana, você sabe como é minha mãe, né? Nunca teve muita paciência com crianças e adora estudar, fazer novos cursos. Está sempre inventando alguma coisa para ficar longe da gente. – explicou Vitória, relembrando Bárbara de que nunca foi muito ligada à mãe.

– E por onde ela anda dessa vez?

– Foi para um Congresso na Argentina e resolveu ficar por lá. Já não estava satisfeita com o trabalho por aqui e terminou sendo convidada por uma amiga para trabalhar na clínica dela. Por um lado, até prefiro. A gente se dá bem melhor quando ela está longe do que quando está por aqui!

– Entendo perfeitamente, amiga! – e se lembrou do episódio na casa dos pais, uma semana antes.

Milena sempre foi uma mulher difícil. Era a típica "Atená", pensou Bárbara, agora sabendo mais sobre as deusas. Nem entendia por que havia se casado e tido quatro filhos.

64

Mas, enfim, lembrou que desde quando eram pequenas, via Milena distante, sempre viajando, fechada em seu próprio mundo. Era dermatologista e passava mais de 14 horas por dia no consultório. Quem cuidava dos filhos era Roberto e as muitas ajudantes e babás que passaram pela casa.

– Então vou combinar com o Claudio e te aviso, tá bom?

– Tá bom. Adorei falar com você. Te amo muito, Vic!

– Eu também, Nana. Muito mesmo! Sinto sua falta. Não some de novo, tá?

– Pode deixar. Beijos – Bárbara desligou e se jogou sobre a cama, suspirando aliviada por ter terminado a conversa.

"E agora? Como saio dessa? Será que Afrodite ajuda também nessa situação?", pensou Bárbara e riu. Apesar dos sentimentos confusos em relação ao passado, estava feliz por ter falado com Vitória. Só naquele momento se dava conta de como sentia falta da amiga. Precisava resolver esse assunto entre elas. Assunto do qual, aliás, Vitória não tinha a menor ideia.

Lua Cheia
São Paulo, Brasil
Segunda, 10 de julho de 2017

– Como posso sentir tanta raiva dos meus pais? Isso é terrível. Me sinto péssima! Tenho até vergonha de falar, mas é para isso que você decidiu ser psicóloga, não é? Para ouvir esse tipo de insanidade – riu Bárbara depois de contar como tinha sido desastrosa sua última experiência na casa dos pais.

– Bem, primeiro que não tem nada de errado em sentir raiva, ainda que seja de pai, de mãe, de filho, seja lá de quem for. Não tem nada de errado com nenhum sentimento. Todos eles estão a serviço de nos mostrar algo muito importante para nossa consciência, essencial para nosso amadurecimento. E depois, querida, você acha mesmo que essa raiva que sentiu era, em última instância, realmente deles?

– Não? Era de quem, então? Do Pedro? Dos homens em geral? Do sexo? Da minha repressão sexual? Ou de tudo isso? – suplicou.

Samantha ficou em silêncio, olhando para ela sem expressar nada. Um olhar esvaziado de qualquer julgamento – o que era bom – mas também de qualquer ajuda – o que era desesperador. Bárbara logo soube que teria de encontrar a resposta sozinha e fechou os olhos para tentar enxergar melhor a bagunça causada por sua tormenta interior. Depois de algum tempo, falou quase gritando:

– Hummm... Claro! Como não? De mim! A raiva era de mim mesma! – repetiu Bárbara e se espantou, como quem abre a caixa de Pandora e não sabe se fica satisfeita ou apavorada.

O rosto de Samantha se acendeu. Ela amava assistir o despertar de Bárbara. Sentia como se toda a sua carreira de mais de vinte anos tivesse valido a pena. Não sabia explicar, mas apesar de ter um carinho imenso por todos os seus pacientes, com Bárbara tinha sido diferente desde o início. Desejava ardentemente que aquela linda e fascinante mulher conseguisse se ver como ela a via. Sabia que Bárbara ainda se surpreenderia com sua própria luz.

– E por que acha que era de você mesma?

– Ah, porque sou uma ridícula – começou se criticando, mas Samantha rapidamente interrompeu.

– Bárbara, você não é ridícula! Tente ser um pouco mais generosa consigo mesma!

– Tá bom. Não sou ridícula... sou apenas devagar. Melhor assim? – disse ela, sorrindo e ganhando um sorriso de volta.

– Melhorando...

– Bem, acho que senti raiva de mim porque não consigo falar o que penso, porque tenho medo do julgamento da dona Cida, das palavras ferinas dela. Porque não sou eu mesma, me sinto covarde, uma farsa diante dos meus próprios pais. Enfim, motivos não me faltam, me parece. – e dessa vez seu sorriso era nervoso.

– Isso, querida. É por aí. Você sentiu raiva de si mesma por causa do que você mesma pensa sobre si, do modo como você se vê. Seus pais, se a gente olhar do ponto de vista deles, estão apenas vivendo a vida deles, do jeito que sabem, do jeito que acreditam ser o melhor. Inclusive com você, eles certamente fazem aquilo que acham que vai te proteger do sofrimento, do erro, da vergonha ou seja lá o que for perigoso, na opinião deles.

– E por que é tão difícil sentir dessa forma? – seu rosto queimava e as lágrimas começaram a rolar. – Faz muito sentido tudo o que você está falando, mas quando estou lá, na frente deles, tudo parece pessoal, como se quisessem me atacar de propósito. Como se quisessem me machucar, sabe? Não entendo por que ela tem tanta necessidade de sempre falar mal dos homens, de sexo, do casamento e, claro, mal de mim também. É sempre a mesma ladainha, as mesmas teorias radicais. E o pior é que ela nunca pede minha opinião, nunca pergunta como eu estou me sentindo. Jamais, em toda minha vida, me lembro de ela realmente querer saber como eu estava me sentindo. De perguntar e simplesmente ouvir, sem criticar, sem interferir e sem me ofender dizendo que sou boba, ingênua e que ainda vou sofrer muito na vida.

– Bárbara, essa é a maneira que ela sabe ser. É o jeito que ela sabe amar você. Porque não resta dúvida de que ela ama você. Mas é assim que ela é. E, no final das contas, você só sente tudo isso desse jeito, com esse tom de acusação, porque você termina repetindo exatamente a mesma dinâmica que eles sem perceber.

– Aff, como assim repito a mesma dinâmica?

– Do mesmo modo que você está dizendo que ela não se importa com o que você sente e está sempre pronta para criticar, você também faz isso consigo mesma! Você também não se dá espaço, não se dá ouvidos, não se dá voz. Olha o que você fez da última vez que esteve lá! Você se expulsou dali sem se dar o direito de entrar na conversa. E tem mais, do mesmo jeito que seu pai faz com ela, permanecendo calado frente às ofensas e reclamações, você fez no seu casamento, com o Pedro. E continua fazendo exatamente igual com sua mãe.

Como doía ouvir aquilo. Em vez de chorar, Bárbara tinha vontade de gritar, se jogar no chão e se encolher. Mantinha os olhos baixos e apenas esticou o braço para alcançar a caixa de lenço que ficava na mesinha ao lado de onde estava sentada.

"Queria ser um tatu-bola nesse momento. Que merdaaaaa!!!" gritou para si mesma. E Samantha continuou:

– Percebe como, a despeito do que sua mãe faz, é você que não se autoriza? É você que não ocupa o seu espaço? Porque, convenhamos, você não é mais uma menininha que pode apanhar ou ser castigada, se falar o que pensa. Você é uma mulher, Bárbara. Acreditem seus pais ou não, acredite você ou não, você é uma mulher e é responsável por aquilo que faz ou deixa de fazer, por aquilo que fala ou deixa de falar! E quando você se dá conta disso em alguma instância aí dentro, desse cadeado com que aprisiona a sua essência, você explode em raiva e vontade de sumir!

"Como ela consegue traduzir tão bem o que eu sinto e faço?", pensou Bárbara e sentiu vergonha de sua infantilidade por um instante.

– E sempre que pode, você dá mesmo um jeito de fugir e encontrar um culpado. Ou alguns culpados. Você já cresceu, sua Coré já desceu ao submundo e se transformou em Perséfone. Já aprendeu o caminho de volta ao mundo superior, à consciência. E, no seu caso, não foi sua mãe quem te resgatou. Foi você mesma, com toda a sua sensibilidade, com toda sua altivez. Não tenho dúvidas de que você já sabe passear entre seu mundo interno e o externo, Bárbara!

– Será? Não sinto que subi. Não acho que já sei o caminho! – contestou.

– Se não tivesse aprendido e percorrido esse caminho pelo menos uma vez, ainda estaria naquela relação abusiva, naquela dinâmica cheia de violência psíquica com o Pedro! Não teria conseguido sair, colocar um ponto final.

– Pior que às vezes me pergunto se realmente saí dessa relação.

– Bem, o ponto definitivo só o tempo vai nos mostrar, mas ao menos não está mais com ele.

– Isso é verdade! E só eu sei o quanto foi difícil conseguir fazer as malas dele e colocá-lo para fora! Até a fechadura tive que trocar! Credo! Não gosto nem de lembrar!

– Pois então, será que nem reconhecimento por toda essa coragem você merece? – desafiou Samantha.

– Sim, mereço! Acho que ando muito brava comigo, mesmo. Mas, olha só, até esqueci de te contar. Outro dia, fiz aquele exercício de passar creme no corpo para me acolher, sabe?

– Ah! Que bom! Parabéns! Viu só? Você não é uma farsa, querida!

– Ufa! – suspirou. – Mas queria falar sobre mais dois assuntos ainda hoje. Será que temos tempo?

– Vamos lá. Temos um bom tempo. – Samantha falou, enquanto olhava para o relógio que ficava na mesinha ao lado de sua poltrona.

– A primeira é que venho percebendo que sou muito reprimida sexualmente. Queria me sentir mais livre, solta, quem sabe, talvez, até um pouco parecida com a maravilhosa Afrodite? – riu, olhando para Samantha, que também achou graça.

– Como seria se sentir mais livre e solta? Fale mais sobre essa fantasia e esse desejo.

– Ah, sei lá... não queria sentir um mal-estar, uma tensão... um constrangimento toda vez que estou com um homem e que sinto a possibilidade de me envolver sexualmente. E tudo fica ainda pior se realmente transo. Não consigo aproveitar de verdade, me abrir para o prazer... – e parou por um instante, tentando encontrar as palavras.

– Por que você concluiu isso? Me fala mais sobre como você se comporta?

– Ah! Fico tentando controlar. Parece que preciso fazer alguma coisa para convencer o cara de que não sou uma qualquer, de que não sou fácil. Enfim, falando isso tudo agora parece uma enorme bobagem, mas não quero mais me importar com o que um homem pode pensar de mim se eu for para cama com ele. Acho que é isso! – concluiu Bárbara.

– Você costuma gozar, Bárbara?

Por essa ela não esperava. Tentou não demonstrar sua surpresa, mas foi inevitável se ajeitar no sofá e engolir seco.

– Nem sempre... Ou melhor, acho que quase nunca! – tossiu. – Na verdade, acho que gozei mesmo só na minha primeira vez, por mais incrível que pareça! Depois disso, não tenho certeza. Costumo ficar em dúvida, como se não soubesse exatamente...

Não podia acreditar que estava falando aquilo. *Cacete! Eu tenho 34 anos. Que porra é essa de não saber quando gozo e se gozo!*", pensou, mas não teve coragem de dizer.

– Consegue me descrever como é o seu gozo ou como imagina que seria? Ou seja, como acha que deveria acontecer para que você tivesse certeza?

"Que ousada essa Grande Mãe! Quando eu contar para o Theo que ela me fez essas perguntas, ele vai chorar de tanto rir da minha cara", e quase riu de seu próprio pensamento.

– Bem... deixa eu ver como posso dizer isso... Hummm... É assim: tenho a impressão de que vou ficando excitada e a coisa vai esquentando. Mas como minha cabeça não para de pensar e eu fico tentando controlar meus movimentos de acordo com os movimentos do cara, chega um ponto em que não consigo ir adiante, entende?

– Não. Explica melhor!

"Putaqueopariu! E agora? Por que fui começar esse assunto?", criticou-se Bárbara mentalmente, mas decidiu ir até o fim.

– É como se o prazer fosse crescendo, crescendo e, de repente, travasse. Sabe quando alguém mergulha fundo e começa a sentir que vai perder o fôlego? E daí começa a subir de volta, cada vez mais rápido, para tomar ar? Então... sinto como se estivesse nessa subida, cada vez mais em busca desse prazer, que em vez de ar seria o gozo, mas quando chego no limite da água, antes de colocar a cabeça para fora, algo acontece que travo. Não consigo passar. Não consigo alcançar o ar.

– O gozo, no caso?

– Sim, o gozo! Acho que posso dizer que aí, nesse limite, foi o máximo que consegui chegar até hoje. E isso é muito frustrante. Não que o sexo seja ruim. Claro que tem outros momentos prazerosos. As preliminares, a própria penetração e todo o envolvimento que é muito bom, mas a sensação é de que sempre fica faltando alguma coisa, sabe? Que chego quase lá, mas não chego!

– Sei... – e ficou em silêncio por alguns segundos. Depois olhou demoradamente para Bárbara e continuou. – Por que você precisa se preocupar com seus movimentos, com o que o cara possa pensar a seu respeito? Se fantasiasse o que ele poderia pensar, o que seria?

– Ah! Que não sou uma mulher séria! Que transo com todo mundo, com o primeiro que aparecer. Que não sou uma mulher com quem ele se comprometeria, casaria, enfim...

– Ei, engoliu o gravador da dona Cida? Quem está falando tudo isso? Você mesma ou sua mãe?

E imediatamente Bárbara se lembrou de Theo falando sobre a "mãe de dentro". Garga-lhando de nervoso, Bárbara respondeu:

– Acho que engoli. Meu Deus! Falei exatamente como ouvi ela falar a vida toda! Justo eu que sempre odiei esse jeito dela de ver as coisas, agora tenho que admitir que é exata-mente como ela fala que me sinto. A única diferença é que não me casei virgem e nem transei com um homem só, como ela implorou a vida toda que eu fizesse.

– E se arrepende disso?

– Claro que não! Se bem que foi por pouco, né? Quase me casei com um namorado da adolescência, mas felizmente desisti antes de cometer o que seria um erro terrível!

– Que bom! Viu como você consegue ser você mesma? E agora, então, me conta como foi a sua primeira vez, já que falou que gozou com tanta segurança? – perguntou Samantha!

Bárbara se sentiu congelar! Não estava pronta para responder àquela pergunta. Rapi-damente, saiu pela tangente:

– Antes, vamos terminar essa história sobre o que penso que os homens pensam?
Samantha riu e concordou.

– Vamos, sim. Me conta qual é a sua fantasia?

– Por que você usa essa palavra, "fantasia"?

– Porque é isso que é. Você não tem como saber o que uma pessoa pensa se ela mesma não disser. Tudo o que você pensar que o outro está pensando ou poderá pensar, não passa de mera fantasia sua. Ou também poderia usar a palavra "projeção", mas acho que com-plicaria mais ainda, não?

– Complicaria. Mas agora também quero saber por que "projeção"? – e as duas riram da curiosidade de Bárbara.

– Porque toda vez que você pensa que sabe o que uma pessoa está pensando e, mais do que isso, age como se fosse isso mesmo que ela está pensando o que, na verdade, é você quem está pensando, então você está projetando, entende?

– Como se pegasse o meu próprio pensamento e colocasse na cabeça dela?

– Não. Isso seria transmissão de pensamento, literalmente. Projeção é quando você aposta que sabe o que o outro está pensando ou vai pensar, mas não se dá ao trabalho de perguntar, de verificar, de se certificar se é isso mesmo ou se você está "viajando" – e fez o movimento das aspas com as mãos de novo.

– Hummm, acho que entendi. Então, quer dizer que eu me projeto nos homens? Que eu penso que sei o que eles estão pensando, mas não sei porra nenhuma. É isso? – riu Bárbara.

– Mais ou menos isso, querida! – e Samantha riu também. – O que acontece é que tem um modelo de homem pronto dentro de você, mas não é o seu modelo, não foi você quem cons-truiu essa imagem. A questão é sua, interna, mas a sua imagem sobre quem são os homens ainda não foi elaborada. Porque é claro que existem homens machistas e que realmente não se importam com os sentimentos de suas parceiras, mas esse "homem mau" que está cons-telado dentro de você não é o seu homem. – esperou um pouco para continuar, percebendo que Bárbara estava quase se afogando com tanta informação. E então continuou:

– O fato de se incomodar tanto com o que sua mãe fala sobre eles e sobre o que pensam das mulheres que se permitem viver sua sexualidade, é porque você ainda não se permitiu questionar qual é a sua opinião sobre eles. Qual é a imagem que você faz deles, a partir das suas experiências, das suas percepções. – fez questão de enfatizar: – Quando ela empurra o modelo dela na sua garganta, goela abaixo, você pode até não gostar, mas não questiona. Simplesmente, abre a boca e engole, sem mastigar, sem sequer digerir, percebe?

Bárbara permaneceu muda, estarrecida com toda aquela maluquice que realmente existia dentro dela e que ela nunca tinha se dado conta.

– Assim, realmente fica difícil gozar! Porque o gozo tem a ver com soltar, se desprender das amarras mentais. Tem a ver com se permitir, com estar tão inteira em você mesma que o outro passa a ser o veículo para você chegar até lá e não o absoluto responsável por essa experiência, entende?

– Acho que estou começando a entender. Deve ser por isso que, mesmo quando o cara se esforça e se dedica para me dar prazer, tem algo dentro de mim que não me permite, que me trava! – considerou Bárbara. – Fico tão preocupada com o outro, projetando minha insegurança e meus pensamentos de merda, tentando controlar o incontrolável, que perco o contato com os meus sentidos...

– Exatamente. O desejo é despertado por algo que acontece entre o corpo e a mente. Nunca é exclusivamente sensorial. Tem a ver com pele, toque, cheiro, mas tem a ver também com a história de cada um, com as crenças, os valores e os sentimentos. Todos os sentimentos. É alquímico.

– Naquela sessão em que falamos das deusas, você citou aquela maravilhosa, que eu quero ser, dizendo que ela não é nem virgem e nem vulnerável, e sim alquímica!!! Tem a ver com isso? É por isso que Afrodite é tão poderosa?

– Isso mesmo, querida! Lembra que ela é a deusa do amor, da beleza e da sensualidade? Afrodite nasceu quando Cronos arrancou os genitais do próprio pai, Urano, durante uma briga pelo poder, e os atirou ao mar. O mito conta que uma espuma branca se formou em volta dos genitais imortais de Urano, de onde surgiu Afrodite, a mais bela e desejada deusa do Olimpo.

– Uau, trágico, mas lindo! E como faço para despertar a Afrodite dentro de mim? Não que eu não goste da Perséfone. Ela é uma fofa! Não quero fazer desfeita, mas estou precisando de uma forcinha de Afrodite, né? – riram juntas.

– Todas nós precisamos de Afrodite, Bárbara! Ela realmente facilita muito a nossa vida. Mas precisamos estar em harmonia com ela e consciente de sua atuação em nós.

– Pronto, já começou a dificultar. Estava bom demais para ser verdade! – gargalhou Bárbara.

– Pois é, porque mulheres personificando Afrodites inconscientes existem muitas. Mulheres que não se reconhecem e terminam usando seu corpo e sua força sexual de uma forma manipuladora e muito pouco integrada. Que não aprenderam a se conectar com sua sexualidade sagrada, com sua sensualidade criativa. São mulheres que, apostando justamente no contrário, se deixaram engessar pela cultura e pela sociedade patriarcal e perderam sua natureza ardente e apaixonada, capaz de viver o sexo e o amor com profunda devoção, integridade e consciência.

– Nossa! Por que a gente não aprende tudo isso na escola? Será que ninguém tem noção do quanto nós, mulheres, sofremos por não saber de nada disso?

– Concordo plenamente com você. É uma pena crescermos tão alienadas de nossa verdadeira natureza selvagem, intensa e gloriosa. Tem um conto da maravilhosa Clarissa Pinkola que seria ótimo você ler. Fala justamente da perda dessa liberdade, da alienação do feminino. Se não me engano é o conto dos Sapatinhos Vermelhos. Ali ela mostra como uma mulher reprimida, tal qual um animal em cativeiro, pode se tornar triste, caindo numa ansiedade obsessiva sem sequer entender o que está acontecendo consigo. E daí, a tendência é que ela se agarre a qualquer coisa, à primeira coisa que lhe dê a ilusão de poder voltar a se sentir viva, pulsante, radiante.

– Nossa! Essa análise de por que muitas mulheres se relacionam de forma ansiosa, aceitando tão pouco, é realmente interessante! Você foi falando tudo isso e tive a sensação de que fiquei com Pedro justamente por isso. Eu queria muito sentir algo intenso, vibrante, despudorado. E foi assim que ele me pareceu. Era isso que eu achava que sentiria se passasse o resto da vida com ele.

– Como você se conheceram? – quis saber Samantha.

– Eu tinha 22 anos e fazia pouco tempo que tinha me formado em gastronomia. Na época, ainda não atuava na área porque pagavam muito mal para os estagiários e iniciantes. Então, continuava como assistente numa agência de imagens onde já trabalhava há 4 anos. Pedro era cliente dessa agência e passava por lá pelo menos duas vezes por semana. De cara eu o achei interessante. Não era lindo, mas era charmoso e envolvente. Ficava me olhando e puxando conversa até que me chamou para um café depois do meu horário e ficou me esperando. Eu adorava conversar com ele. Ele sempre tinha uma história interessante para contar. Tinha muitos amigos, viajava para a praia todo final de semana, era descolado, sabe? Eu queria viver aquilo. Queria uma vida intensa, com muitos acontecimentos, e definitivamente a minha vida não era assim. Seu Sérgio vivia pegando no meu pé, controlando meus horários e os lugares onde eu ia. E como, àquela altura, já não podia mais me proibir como antes, afinal eu trabalhava, era maior de idade e já pagava boa parte das minhas contas, comecei a sair com Pedro. Mas como ainda morava com eles, estava sempre tensa, tendo de inventar mentiras, omitir informações sobre onde estaria e com quem. Era muito cansativo!

– Até porque uma "boa menina" é obediente e não contraria a vontade do pai, não é mesmo? Como você poderia se sentir amada e aceita se confrontasse aquele homem que sempre exerceu tanto poder sobre você? – provocou Samantha.

Bárbara entendeu o recado e logo emendou:

– Daí a burra sai da casa do pai e entra na casa do Pedro, que era tão controlador quanto seu Sérgio e, pior, muito mais violento e opressor!

– De todo modo, querida, essa foi a sua escolha. Você se deu espaço para fazer o que teve vontade. E, como já falamos, foi esse movimento que possibilitou o início de seu amadurecimento.

– Sim, faz sentido! Se tivesse continuado na casa dos meus pais sem me permitir viver essa experiência, por mais dolorosa que tenha sido, provavelmente permaneceria como a "menininha boazinha" para sempre ou por muito mais tempo do que gostaria!

– Parabéns por se reconhecer, Bárbara! – aplaudiu Samantha.

– Obrigada! – e se sentiu feliz consigo mesma. *"Como era boa aquela sensação de se gostar"*, pensou por um instante e depois continuou:

– Mas, retomando o encontro com o Pedro, ele não foi violento desde o início. Afinal, eu me encantei por ele. Não que em algum momento ele tenha sido um exemplo de doçura, mas era intenso em muitos sentidos, inclusive sexualmente. E foi isso que fez com que eu me apaixonasse. Mas o que eu não sabia é que ele também seria intenso quando estivesse nervoso. Nos primeiros meses, a gente só saía, ficava, se divertia, então era só alegria. Depois de um tempo, decidimos namorar, mas ainda assim não era um namoro tradicional. Ele era muito livre, independente, não tinha isso de frequentar a casa dos meus pais, de cumprir os protocolos que eles tinham exigido a vida toda. Claro que a dona Cida e seu Sérgio detestaram tudo isso desde o início, mas ao lado de Pedro eu me sentia bem mais destemida para quebrar as velhas regras da casa. Aliás, dona Cida mataria o Pedro se pudesse – lembrou e gargalhou Bárbara.

E continuou:

– Depois de algum tempo de namoro, ele começou a ter algumas reações violentas, gritar comigo por motivos banais, provocar discussões que começavam sem eu nem saber o que tinha feito. Mas ele se revelou mesmo depois de uma semana que tínhamos nos casado. Chegou em casa um dia e notei que ele estava irritado. Percebi que ele tinha bebido e tentei descobrir se estava tudo bem. Daí, a merda toda – que eu nem tinha visto – foi parar no ventilador. Primeiro ele começou a me chamar de criança, irresponsável, mimada e carola. Depois, sem eu nem saber do que ele estava falando, me chamou de irritantemente simpática e disse que nenhum homem me levaria à sério porque eu vivia sorrindo, que eu parecia uma tonta!

Samantha ouvia atentamente a história de Bárbara, como se de repente uma série de peças de um grande quebra-cabeças fosse se encaixando.

– E o que você fez?

– Nada! Absolutamente nada! Fiquei tão assustada com aquela cena que segurei o choro, esperei ele terminar e corri para o banheiro. Liguei o chuveiro para fingir que estava no banho e chorei desesperadamente por uns 15 minutos. Não sabia o que fazer. Eu tinha acabado de me casar e não tinha a menor chance de pedir colo para a dona Cida ou para o seu Sérgio. Sem contar que eu estava me sentindo tão mal, tão impotente e frustrada, que não tinha nem vontade de contar aquilo tudo para alguém.

– E depois?

– Ah! Daquele dia em diante, eu fui percebendo que ele funcionava como uma gangorra emocional. E o pior é que eu não tinha a menor ideia do que fazia com que a gangorra fosse para o lado bom ou para o lado mau, exceto quando ele bebia, que daí era certo ficar agressivo. Mas às vezes, quando eu menos esperava, ele se tornava violento, me xingava, me acusava e me ofendia. Primeiro, era só entre nós dois, dentro de casa. Mas no final, chegou a fazer isso em público, em voz alta, o que me fez sentir como se estivesse morrendo, sabe?

– Posso imaginar. O Pedro chegou a te agredir fisicamente?

– Nunca! Chegou a me ameaçar duas ou três vezes, quando comecei a reagir diante das ofensas dele, já no final do relacionamento. Mesmo chorando, eu comecei a falar que ele estava completamente maluco, que precisava de ajuda e que eu não aguentava mais e terminaria indo embora. Daí pronto! Era só eu falar em terminar que ele perdia ainda mais a cabeça e me ameaçava. Uma vez veio para cima de mim dizendo que me mataria, se eu o deixasse. E outra vez segurou meu braço com força e levantou a mão.

– E o que você fez?

– Nesse dia, nem sei de onde me veio coragem, mas eu olhei bem nos olhos dele e falei baixo, mas com muita firmeza: "Se você encostar um dedo em mim para me machucar, você vai conhecer uma Bárbara que nem eu conheci ainda, mas que tenho certeza de que está bem aqui, pronta para acabar com você, Pedro"!

– E ele?

– Imediatamente soltou meu braço, aliviou o tom e disse que jamais me machucaria. E entrou na mesma dinâmica de sempre. Ou seja, mais dias menos dias, mais horas menos horas, a gangorra ia para o lado carinhoso dele. Ele pedia perdão, me trazia presentes, fazia tudo o que eu queria ou que ele imaginava que eu queria e prometia que nunca mais perderia a cabeça daquele jeito. E pior é que ele sempre dava um jeito de falar, mesmo que nas entrelinhas, que só ficava nervoso por minha causa. Que eu era a culpada por aquele comportamento dele. Que eu tinha o dom de tirá-lo do sério.

– E o que você achava disso?

– Você acredita que por um período, principalmente no início, eu achava mesmo que fazia alguma coisa que o deixava daquele jeito? Cheguei a acreditar que a culpa era minha! Que absurdo, meu Deus! – confessou, Bárbara.

– Imaginei que teria passado por essa fase mesmo. É incrível como os relacionamentos abusivos seguem uma linha muito parecida. Essa instabilidade emocional é típica do abusador, assim como é típico daquele que se deixa abusar se julgar realmente responsável pelo comportamento do outro e merecedor de suas acusações! – explicou Samantha.

– Que loucura! Porque foi bem isso. Primeiro eu me sentia completamente perdida, confusa e impotente. Depois passei a me sentir uma coitadinha. Vítima dele, dos meus pais, da vida, do casamento, de tudo. E, por fim, comecei a me sentir culpada mesmo. Só bem no final é que me dei conta de que estava vivendo uma completa loucura e que terminaria num hospício, se não acabasse com aquilo.

– Essa é a grande armadilha desse tipo de relacionamento, querida. A pessoa que complementa o comportamento do abusador fica alimentando uma falsa esperança de que a lucidez e a estabilidade vão prevalecer, enquanto tenta ignorar ou minimizar o lado instável e agressivo. É praticamente como acontece com os adictos, usuários de drogas ou álcool.

– Nossa! Falando sobre tudo isso hoje, nem sei como pude ficar nessa relação por tanto tempo!

– Você estava entorpecida, Bárbara. Seu instinto e sua capacidade de colocar um fim naquilo tudo ficaram enfraquecidos.

– E o que será que me fez sair? O que será que me fortaleceu a ponto de, por mais difícil que fosse, eu conseguir romper, colocá-lo para fora?

– O que você acha que foi? Certamente algo aconteceu dentro de você! – perguntou Samantha e entrou no seu habitual espaço vazio, o silêncio que deveria ser ocupado por Bárbara.

Ela pensou, pensou e não encontrou nada. Nenhuma resposta. Nenhuma explicação. Não sabia o que tinha despertado "sua natureza selvagem e livre", como havia citado Samantha um pouco antes.

– Não se preocupe! Em algum momento, querida, você vai se lembrar! – garantiu a "Grande Mãe". – E agora me diga qual era o segundo assunto sobre o qual você queria falar!

O coração de Bárbara disparou. Não tinha mais como evitar. Chegou a hora de contar para Samantha o seu segredo. Aquele que somente Theo ouvira de sua boca, desde que tudo aconteceu, pouco depois de ela completar 21 anos de idade.

E contou. Palavra por palavra. Sentimento por sentimento. Ficou emocionada em alguns momentos, percebeu Samantha emocionada em outros e não parou de falar até que a história terminasse. Ao final, simplesmente disse:

– E agora o que mais me aflige é que eu não sei se devo contar para Vitória ou não. – e ficou à espera de uma resposta que lhe devolvesse parte substancial de sua paz interior.

– Você se arrepende do que fez?

"Por que ela nunca responde? Por que sempre faz outra pergunta em cima da minha pergunta? Urgh, como isso é irritante!", pensou e suspirou Bárbara.

– Sabe... até hoje de manhã, quando falei com Vitória ao telefone, achava que estava arrependida, sim. Mas agora que te contei tudo, que me ouvi, que ouvi a minha história em voz alta... e se interrompeu, profundamente emocionada.

Samantha manteve o silêncio.

– Não, não me arrependo! Foi verdadeiro. Foi lindo. Foi com muito respeito e eu diria até que com muito amor, do jeito que o amor podia ser naquele momento. E agora, me dando conta de tudo isso, sinto que fui privilegiada por ter vivido essa experiência.

– E por que acha que deveria contar para Vitória?

– Porque ela é minha amiga e, de certa forma, mesmo que indiretamente, essa minha história tem a ver com a história dela. Porque, se estivesse no lugar dela, acho que gostaria de saber. E também porque eu não sei se a mãe dela sabe. E se souber, vou passar a vida toda com medo de que Vitória saiba por Milena e não por mim. E eu me sentiria repugnante se ela descobrisse por outra pessoa, sabe?

– Sim, entendo.

– Só isso? Você não vai me dizer se devo contar ou não?

– Não preciso. A resposta está bem aí.

– Não, não está! Eu não sei se devo. Tenho dúvidas. Estou com medo.

– Estar com medo e ter dúvidas são duas coisas completamente diferentes. É absolutamente compreensível que você esteja com medo, afinal, não temos mesmo como saber qual vai ser a reação da Vitória, caso você decida contar. Mas em dúvida? Em dúvida, não, minha querida! Você sabe exatamente o que fazer. Apenas não quer assumir, não quer escolher. Está tentando fazer com que eu decida por você para ficar no lugar de menina, de Coré.

Bárbara ainda se espantava com a sutileza com que Samantha sabia cravar a espada em seu peito e só parar de empurrar quando ela acordasse.

– Trate de sair do lugar de vítima, do submundo de sua própria inconsciência, e venha para cima, para fora, para a luz de si mesma. E agora, sim, nosso tempo acabou. – falou se levantando e forçando Bárbara a se levantar também.

Bárbara precisava de ar. Resolveu tomar um café ali perto do consultório de Samantha antes de entrar no carro. Recusava-se a sentar e chorar de novo. Sentia que o casulo estava prestes a se quebrar. Por um instante, imaginou um movimento de suas grandes asas azuis e brilhantes querendo sair, bem no meio de suas costas. Era uma sensação extravagante. E se deu conta de que, sim, sabia exatamente o que fazer. Percebeu que havia algo em sua alma de mulher que não lhe permitia mais sobreviver de migalhas, implorar por algo que viesse de fora. Havia algo em seu coração que ardia e suplicava pelo seu grito de liberdade.

SERÁ MESMO QUE VOCÊ QUER?

Lua Minguante
São Paulo, Brasil
Sábado, 22 de julho de 2017

O dia no restaurante tinha sido intenso. Aos sábados era sempre assim, lotação no almoço e uma robusta lista de espera para o jantar. Era o dia em que elas mais trabalhavam. Estavam exaustas.

– Bá, vamos abrir um vinho? – sugeriu Sofia enquanto se atirava na cadeira atrás da mesa do escritório, depois de se despedirem do último cliente.

– Certeza que sim! Nós merecemos, né, Sô! Trabalhamos como gente grande hoje! Mas fico muito feliz e satisfeita toda vez que vejo a casa cheia, os clientes elogiando e as comandas aumentando! – riu Bárbara e saiu para buscar duas taças.

Ela só arriscava escolher o vinho quando Sofia não estava por perto. Caso contrário, confiava no dom que a amiga tinha de tocar a garrafa certa, de combinar perfeitamente o momento e o humor delas com o buquê que sua alma de felina parecia sentir de longe.

Enquanto pegava as taças, Bárbara pensou no quanto Sofia amava os felinos. Devia ter uns 50 tigres de pelúcia em casa, sem contar a foto ou a pintura deles em bolsas, quadros, camisetas e onde mais ela conseguisse encontrar, ou nos presentes dos amigos, já que era impossível ver um felino e não se lembrar dela.

Só não enchia a casa de tigres porque era proibido. Os muitos gatos até seriam permitidos, mas como trabalhava demais e amava viajar, sucumbiu aos encantos de apenas um lindo, grande e fofo gato. Não tinha raça, mas era o "arruaceiro" mais lindo que já tinham visto, "dono do pelo mais macio do mundo", como gostava de se gabar a mamãe dele.

Inclusive, estava com ela no dia em que, logo depois de inaugurarem o bistrô, caminhando ali por perto para conhecer as redondezas, Sofia deu um grito e apontou para o outro lado da calçada, dizendo "Meu Deus, que coisinha mais lindaaaaa!!!".

Bárbara não sabia do que ela estava falando, mas levou um susto tão grande que ficou só observando a amiga atravessar a rua correndo e se abaixar no canto de uma parede de um grande galpão que estava vazio, para alugar.

Resolveu ir atrás e saber do que se tratava, mas logo imaginou que tinha pelos e bigode, e que não era um homem. Não deu outra. Era uma bolotinha de um amarelo rajado encardido, com dois grandes olhos azuis assustados e uma boquinha cor de rosa que não parava de miar. O coitadinho, que não devia ter mais do que dois meses de vida, estava faminto, com sede, abandonado e com medo.

Sofia não teve dúvidas. Tirou o casaco e enrolou o gatinho para esquentá-lo e protegê-lo e, dali para frente, não conversou mais com Bárbara. Só falava com o bichinho. De vez em quando, virava-se para ela só para dizer algo como "ele não é lindo?", "não sei com quem vou deixá-lo, mas preciso desse bichano", entre outras colocações acerca daquele que viria a ser o irresistível Tigrão.

Voltou para o escritório com as taças nas mãos e sorrindo por causa dessa lembrança, mas a sócia nem percebeu. Estava completamente imersa na missão de escolher o melhor vinho para as duas. Mostrou a garrafa para Bárbara, detalhando:

– Um Brunello di Montalcino, safra 2006, digno de uma deusa despertando – e piscou para Bárbara, que não entendeu muito bem do que a amiga estava falando.

– Uaaaau! Está inspirada hoje, hein? Que delícia! E a que vamos brindar? O que estamos celebrando com esse vinho tão especial?

– Ainda não sabemos, mas até a garrafa terminar, saberemos! – profetizou Sofia. E Bárbara se empolgou.

– Então, vamos começar falando de que ou de quem? De você? Do Cássio? De sexo? – gargalhou Bárbara, sentindo-se descontraída e feliz por estar com a amiga que ela tanto amava.

– Não, minha gostosa! Vamos falar de você, pode apostar!

– Como assim? Que medo! O que foi que eu fiz?

– Não fez nada, e esse é o problema! Precisa fazer alguma coisa! – ordenou Sofia.

– Fazer o quê, meu Deus? Era só o que me faltava! Estou até ficando tensa. Fala logo o que está passando por essa cabecinha criativa e inspirada? Porque depois do vinho que escolheu, pode sair qualquer coisa daí, mas só coisa boa, né?

– Sim, só coisa boa. E eu estou falando de uma viagem.

– Que viagem? Para onde você vai agora? Acabou de voltar da África em maio! Desse jeito o Cássio vai perder o emprego – provocou Bárbara.

– É você quem vai viajar, Bá!

– Eu não! Não vou para lugar nenhum! Até gostaria. Aliás, adoraria, mas esse não é o melhor momento.

– E por que não? Posso saber?

– Ah, sei lá, Sô! Que conversa é essa? Estou terminando de pagar as dívidas pós-separação, sem contar que a festa de três anos do *Temperos* está chegando. Não! Nem pensar! E nem tenho um destino em mente...

– Será que não mesmo?

– Do que você está falando? Está muito misteriosa! Fala logo no que está pensando...

– Tá! Antes de continuar, vamos brindar? – terminou de abrir a garrafa e serviu a taça de Bárbara. – Você faz a prova!

– Hummm, quanta honra! Meu aniversário está longe ainda. O que é que você está aprontando?

– Prova logo que eu também quero beber! – repreendeu Sofia.

E Bárbara obedeceu, girando a taça, sentindo o buquê e sorvendo um gole do intenso vinho. Depois de degustar, sentindo todo o líquido preencher sua boca, engoliu e suspirou, dando seu veredito:

– Ma-ra-vi-lho-so! Aprovadíssimo! Você sempre acerta!

Sofia se animou. Completou a taça da amiga e se serviu, sentando-se na frente dela e prosseguindo com a ideia que tinha tido naquele dia e não via a hora de contar para Bárbara.

– Então! Lembra daquele dia em você me contou sobre as sessões com Samantha e falou das deusas gregas?

Bárbara revirou os olhos, resgatando a conversa em sua memória e depois consentiu. Sim, ela se lembrava.

– Pois é... naquele dia você comentou que adoraria conhecer a Grécia e a tal poderosa Afrodite.

Bárbara gargalhou ao se lembrar de seu comentário sobre se encontrar com a deusa do amor:

– Sim, eu disse isso mesmo, mas não estava me referindo a ir tão logo.

– Pois eu acho que você deveria ir agora. Olha só! Estamos ainda no final de julho. Você tem tempo suficiente para se planejar, ir e voltar antes da festa, que vai ser só no dia 30 de outubro.

– Nossa! Que maluquice é essa, Sô? De onde você tirou essa ideia?

– Bá, faz um tempão que você não tira férias, não descansa. Você passou por tanta coisa nos últimos anos, anda tão fragilizada. Só eu sei como uma viagem pode ser revigorante, pode reacender a chama da vida, a luz da alma, a paixão no coração... – e ficou olhando para Bárbara com seus olhinhos de menina sapeca e sorriso de amor.

Bárbara tentava organizar os pensamentos. Foi pega completamente de surpresa! Mas, de repente, percebeu que realmente adoraria ir para a Grécia o quanto antes.

– Nossa! De repente viajo para a Grécia? Como se fosse ali na esquina? – Barbara sentia um misto de excitação e apreensão.

– É. Assim. A vida pode ser simples, pelo menos de vez em quando... – brincou Sofia.

– Não sei se tenho grana para as passagens e para ficar lá! Nem sei de quanto tempo precisaria para fazer uma viagem que desse para conhecer alguma coisa sobre as deusas. Preciso pensar!

– Eu já pensei em tudo, Bá! Deixa comigo! – gargalhou Sofia.

– Caraca! O que é isso? Você não tem mais no que pensar, não? Vai cuidar do seu Cassiosão, como diria o Theo – e segurou na mão da amiga, rindo e sentindo gratidão. – Sô, você é tão especial. Sempre se preocupando com os outros, dando um jeito de fazer a gente feliz. Como aguentaria tudo isso sem você? – e beijou a mão de Sofia.

– Ah, você que é uma gostosa. Eu amo mesmo você, garota! E você merece! E tem mais, preciso dizer: nunca te falei, mas sou tão grata por você ter confiado em mim, compartilhado comigo seu sonho de abrir o *Temperos & Palavras*, ter me convidado para ser sua sócia. Eu não teria ousado tanto sozinha. Nem pensava em ter o meu próprio restaurante. Você me deu uma nova perspectiva de vida, me deu um chão, um lugar para onde sempre quero voltar, coisa que nunca tinha sentido. Queria viver no mundo, mas era um paradoxo, porque sentia muita falta de um porto para ancorar, sabe?

– Nossa, que lindo isso! Que bom saber! Não tinha ideia desse seu sentimento. Realmente, nosso encontro foi um reencontro. Você sabe, né?

– Eu sinto, Bá! Bem aqui dentro do meu peito, do meu coração. Somos velhas almas que já se encontraram em outras vidas, tenho certeza! – e dessa vez foi Sofia que beijou a mão de Bárbara.

– Tá! Então me conta o que essa cabecinha andou pensando! Estou mais empolgada do que consigo demonstrar! – e se ajeitou na cadeira para ouvir os planos mirabolantes da amiga.

– Bem, pensei que 15 dias seria um bom tempo. O que você acha?

– Acho ótimo! Tinha pensado nuns 10 ou 12.

– Não! 15 e não se fala mais nisso! Agora, a data de ida e de volta, você decide. Dá uma olhada na sua agenda, organiza suas prioridades e me fala.

– Combinado. Vou fazer isso. Nossa! Não estou nem acreditando que vou me encontrar com Afrodite na Grécia! Que loucura!

– E tem mais: as suas passagens serão compradas com as minhas milhas!

– Não, Sô! São suas. Você ama viajar. Guarda para quando decidir seu próximo destino.

– Isso não foi uma pergunta, dona Bárbara. Está decidido. Eu vou te dar as passagens. Tenho bastante milhas e quero muito te dar esse presente.

– Poxa, não sei nem o que dizer! É muito bom para ser verdade! – e seus olhos se encheram de lágrimas.

– Nada de chorar! Vamos brindar porque, como eu tinha dito, antes de terminar a garrafa, descobriríamos o motivo de tê-la aberto. Agora, já sabemos!

– Sua danada. Você sabia desde o início!

– A uma das mulheres mais incríveis que já conheci! À Grécia! E às magníficas surpresas que essa viagem reserva a você, Bárbara Dalmacio! – e as duas levantaram as taças num tom imperioso para brindar aquele momento de decisão e abençoar tudo o que estava por vir.

Passaram o resto da noite falando sobre as ilhas gregas, vendo fotos de possíveis lugares a visitar, rindo sobre as últimas descobertas de Bárbara acerca da deusa alquímica e tudo o que havia falado na terapia sobre sexo, homens, gozar etc...

Lua Nova
São Paulo, Brasil
Quinta, 27 de julho de 2017

Bárbara se sentia muito envolvida com a ideia da viagem. Tinha a impressão de que acordava e dormia pensando na Grécia e, sobretudo, em Afrodite. Sentia uma alegria inédita. Era uma espécie de júbilo, êxtase, como se tivesse sido tomada, desde aquela noite com Sofia, por uma fé inabalável de que a vida estava muito perto de ser o que ela sempre quis que fosse.

Intensificou seus encontros com Samantha, começou a ler alguns livros sobre a mitologia grega indicados por ela e mergulhou no universo arrebatador daquela deusa que representava toda a segurança e autoconfiança que ela tanto vinha buscando despertar em si mesma.

Em uma de suas pesquisas, encontrou um ritual para se conectar com a deusa do amor, de Claudiney Prieto. Foi logo copiando e mandando para Vitória, Sofia e Samantha:

Invoque Afrodite para: amor, paixão, sedução, sensualidade, beleza, harmonia, proteção em viagens, sexualidade, concepção, criatividade, equilíbrio, autoestima e proteção.

SÍMBOLOS concha, pomba, estrela, coração, maçã, pérola, rosa, guirlanda de flores, meia-lua.

DIA *sexta-feira.*
CORES *rosa e verde.*
AROMA *rosas.*

Numa sexta-feira, tome um banho de pétalas de rosas, vista-se de rosa e acenda um incenso de rosas. Percorra todos os ambientes de sua casa com o incenso, chamando por Afrodite. Deixe que o aroma invada todos os cômodos. Medite sobre os propósitos do amor, da união, da beleza, da harmonia. Acenda uma vela rosa e diga:

"Afrodite, Senhora do amor,
Nascida do mar,
Mais bela entre todas as Deusas,
Esteja comigo e me proteja."

Olhe para a chama da vela e visualize uma luz cor-de-rosa por todo o ambiente onde você está. Agradeça à Deusa e tenha a certeza de que a partir desse momento Afrodite estará com você.

E nem se deu conta das horas, enquanto meditava sobre os tais propósitos da união, sugerida no ritual. Até que, pouco antes da meia noite, o telefone tocou. Bárbara levou um susto e olhou no relógio. Quem poderia ser, tão tarde? Verificou a tela do celular. Era Pedro. Como sempre acontecia, ela sentiu o coração disparar. A respiração mudou de ritmo e imediatamente ela se lembrou de Samantha dizendo que ela tinha escolha. Num movimento automático, atendeu.

– Oi, linda! Tudo bom? Bateu uma saudade incontrolável de você! – disse Pedro, rindo com aquele tom irresponsável e embriagado que ela tão bem conhecia e tão dolorosamente temia.

Tentou se controlar. Perguntou-se o que devia fazer e se arrependeu amargamente de ter atendido. Pensou em desligar na cara dele, mas achou que seria pior. Na verdade, não conseguiu desligar. Sentiu medo e quis morrer por ainda se permitir viver aquele tipo de situação tão opressora. Mentiu:

– Pedro, eu já estava dormindo e achei que pudesse ser urgente. Se você está bem, vou desligar. – e nem acreditou no que disse.

– Como assim? É assim que você me trata agora, depois de tudo o que vivemos? Estou sendo carinhoso e você me retribui com essa desfeita, com essa grosseria?

– Por favor, Pedro. Você está bêbado e é quase meia noite!

– Bêbado, eu? Lá vem você com as suas bobagens. Você é mesmo uma idiota, né, Bárbara? Eu não estou bêbado, apenas estou sendo legal com você. Veja bem! Eu estou numa festa, rodeado de amigos, mulheres, música. E você? Você está aí, sozinha, sem ter para onde ir. Posso apostar que, depois que me deixou, voltou a viver aquela vidinha medíocre e sem graça que você tinha antes de me conhecer... – vomitava Pedro ao telefone.

Ao ouvir Pedro falando daquele jeito, um sentimento familiar e profundamente repugnante começou a tomar conta dela. Seus pensamentos começaram a se transformar em monstros gosmentos e gelados. E a voz, que não parava de falar dentro de sua própria cabeça, era assustadora, zombando e rindo da cara dela. Sentiu seu estômago revirar.

Permaneceu estática, paralisada. Seu corpo todo tremia e Bárbara de repente sentiu como se toda aquela alegria e toda aquela coragem que ela vinha experimentando nos últimos dias estivessem derretendo e escorrendo por entre seus dedos. Pensou que a grande verdade era que ela não tinha a menor condição de fazer uma viagem sozinha. Que ela era uma fraca... talvez Pedro tivesse razão e ela não passasse de uma idiota.

E Bárbara se encolheu, curvando a coluna e baixando a cabeça. Lá estava ela, mais uma vez, confundindo-se com a voz destrutiva e inconsciente que gritava em sua mente. Lá estava ela sucumbindo ao outro e entregando seu poder. Abrindo mão do seu direito de escolha. Abrindo mão da lucidez de sua consciência.

– Ei, babaquinha! Ainda está aí? Cadê seus machos? Você não se acha a bolacha mais gostosa do pacote? Não me abandonou? Por que está em casa agora, sozinha? E ainda se acha no direito de me maltratar? De dizer que prefere dormir do que falar comigo? – rosnava Pedro do outro lado da linha.

Bárbara continuava estarrecida, sem conseguir reagir, sem conseguir desligar, sem conseguir acabar com aquele pesadelo de uma vez por todas. Seu coração parecia que ia pular para fora do peito. O fiapo de presença que ainda a segurava implorava para que ela fosse forte. Se ela realmente sabia percorrer o caminho entre seus mundos interno e externo, se ela realmente tinha aprendido algo com a Perséfone que despertou dentro dela, como Samantha havia garantido, agora seria o momento perfeito para lançar mão de qualquer sabedoria disponível.

Respirou bem fundo. Mudou sua postura física. Esticou a coluna, ergueu a cabeça, jogou os ombros para trás e sentiu como se estivesse acordando. De repente, como se uma luz forte ofuscasse seus olhos, ela sentiu como se estivesse saindo dali. Logo depois, ouviu uma voz. Era uma voz doce e suave, mas extremamente firme e segura, que tinha algo muito pontual a lhe dizer:

"Ei, Bárbara! Aquilo que você é não pode ser devastado por ninguém. Quem você realmente é não pode ser ferido, magoado ou humilhado por ninguém. Você está protegida por sua estupenda essência e por sua magnífica e indispensável singularidade. A divindade da Grande Deusa está dentro de você. E por isso, por tudo o que você é, você pode e deve se dar todo o respeito e todo o amor que sempre mereceu!"

Aos poucos, ela sentiu como se estivesse voltando de algum lugar para onde nunca tinha ido antes, mas absolutamente conhecido. Ouviu a voz de Pedro ao longe, mas já não conseguia entender o que ele dizia. Estranhamente, era como se ele falasse em outra língua. Uma língua completamente irreconhecível aos ouvidos dela.

Sem pensar, ela o interrompeu e falou com aquele mesmo tom da voz que acabara de ouvir – firme e seguro:

– Pedro, escuta bem o que vou te dizer! Eu não quero saber dos seus sentimentos, da sua vida ou de qualquer coisa que tenha a ver com você. Nossa história acabou. Sou muito grata por tudo o que vivemos juntos e por tudo o que pude aprender e ainda estou aprendendo sobre mim mesma por causa do que compartilhamos durante todos esses anos. Mas agora eu cuido da minha vida. Sozinha. Você não faz mais parte da minha jornada. Por isso, nunca mais me ligue. Não tenho mais absolutamente nada para falar com você. Seja muito feliz. Adeus.

E calmamente baixou o celular e apertou a tecla desligar. Respirou fundo mais uma vez, ainda atordoada por toda aquela situação, e foi se acalmando aos poucos. Olhou para o livro da Clarissa Pinkola que estava aberto sobre a cama, numa página aleatória, e saltou-lhe aos olhos:

"...*Entre os sufis, existe um ditado, ou melhor, uma oração que pede a Deus que nos magoe: 'Dilacere meu coração para que se crie um novo espaço para o Amor Infinito'...*"

Caiu num choro profundo, mas desta vez não queria fugir, nem se encolher. Soluçava e ria ao mesmo tempo. Claro! Era isso! Deus acabara de magoá-la profundamente. Acabara de dilacerar seu coração. E por causa disso, ela tinha tido coragem de se colocar, de se posicionar, de, enfim, se respeitar e se amar como sempre mereceu! E agora, nada mais a impediria. Um novo espaço para o Amor Infinito começava a se abrir dentro dela.

Rodopiou pelo quarto, dançou consigo mesma e, por fim, fechou os olhos, ergueu os braços e, em silêncio, agradeceu. A Deus, às deusas e àquela voz que veio do mais profundo recôndito de seu coração. Agradeceu até mesmo a Pedro, por ter ligado e dado a ela a chance de se despedir daquela relação para sempre.

Foi para a cama, deitou-se de costas olhando para o teto, relaxou o corpo e sorriu para si mesma, sentindo o prazer do toque de sua pele no lençol macio. Naquele momento, preenchida por seus instintos e por sua intuição feminina, Bárbara falou em voz alta, como quem pela primeira vez se autorizava a estar no mundo e a ser feliz:

– Escuta aqui, encantadora Afrodite! Eu sou uma mulher incrível, inteligente, leal, bonita e muito disposta a viver um grande amor. Estou pedindo apenas um homem, um companheiro que me ame e me respeite como eu mereço. Vamos combinar que não é muito! Meu desejo é bem razoável e tenho certeza de que você pode me ajudar a encontrá-lo. Portanto, essa conversa é só para avisá-la de que estou fazendo a minha parte! Faça a sua, ok?

E dormiu em profundo estado de graça. A graça de se autorizar feminina e conscientemente pela primeira vez.

Lua Crescente
São Paulo, Brasil
Domingo, 30 de julho de 2017

Aos domingos, o *Temperos & Palavras* servia apenas almoço. Às 16h, elas fechavam as portas e esperavam até que o último cliente saísse. Estavam finalizando as contas para fechar o caixa do dia, quando o celular de Bárbara tocou.

Ela até pensou em não atender, mas Sofia insistiu para que ao menos visse quem era. Bárbara se esticou até a bolsa, que estava sobre uma banqueta no canto do pequeno escritório e pegou o aparelho.

– Nossa! É meu pai! Ele nunca me liga. – estranhou Bárbara.

– Então, atende! – insistiu Sofia.

83

– Oi pai! Tudo bom? Aconteceu alguma coisa?

– Sim, sua mãe... – e se interrompeu.

– Fala pai! O que tem a mãe? – exaltou-se Bárbara!

– Ela passou mal. Estava com muita dor na barriga, vomitando muito. Resolvi trazê-la para o hospital!

Bárbara sentiu um sopro gelado percorrer todo seu corpo e prendeu a respiração, numa tentativa de parar o tempo.

– Como ela está? O que ela tem? – tentou manter a calma.

Sofia arregalou os olhos, percebendo que havia algo errado e colocou as mãos sobre os ombros de Bárbara, para que ela se soubesse amparada, fosse lá o que estivesse acontecendo.

– O médico ainda não tem certeza, mas suspeita que pode ser algo grave. Estão fazendo os exames e eu estou aqui, aguardando. – explicou o pai.

– Está sozinho? Cadê os meninos? Ninguém almoçou com vocês hoje? – quis saber Bárbara.

– Ninguém apareceu. Já faz um tempo que eles não aparecem! – delatou Sérgio, desmentindo a história da mãe sobre os irmãos estarem sempre por lá.

– Tá bom, pai. Em que hospital você está? Estou indo para aí agora!

Ela conhecia aquele hospital. Desligou o telefone e olhou apreensiva para Sofia. Contou o que o pai havia lhe dito e Sofia se ofereceu para ir com ela.

– Não, querida, não precisa. Você está cansada. Vai para casa e te dou notícias assim que souber o que está acontecendo.

– Tem certeza? – insistiu.

– Tenho, sim. Já percebi que a vida está me testando. Preciso encarar mais essa sozinha! – garantiu Bárbara, lembrando da última ligação de Pedro.

Levantando-se, beijou Sofia e saiu. Cerca de 20 minutos depois, entrou no hospital apreensiva, dirigindo-se à recepção do Pronto Socorro e procurando por Sérgio. Avistou o pai cabisbaixo, recostado numa cadeira, bem no canto da fria sala de espera.

– E aí? Novidades? Como ela está? – perguntou depois de abraçar o pai e beijar sua bochecha.

– Nada bem. O médico veio aqui agora há pouco para me dar um primeiro parecer do quadro dela.

– E aí, pai, o que ele disse? – pressionou Bárbara.

O pai olhou para ela, desolado, e falou devagar:

– Estão suspeitando de câncer no intestino. – falou Sérgio e virou o rosto, tentando esconder seu desamparo da filha.

Bárbara sentiu suas pernas amolecerem. Ficou muda e deixou-se desabar numa cadeira dura e gelada que, felizmente, estava bem perto dela.

"*E agora? E agora? O que eu faço?*", repetia-se ela mentalmente, sem parar. E imediatamente foi invadida por uma lembrança inesperada. Foi uma das pouquíssimas vezes em que viu a mãe realmente feliz e espontânea. Bárbara devia ter seus 6 ou 7 anos quando voltou da rua, onde passava horas brincando com outras crianças, e encontrou a mãe ouvindo música num volume mais alto do que o habitual. Ou melhor, nem era habitual ter música na casa. E como se já não fosse de se estranhar, ela também estava dançando pela sala, no espaço amplo que havia entre o pequeno sofá e a tevê.

Adorando a cena, Bárbara havia corrido para onde estava a mãe, querendo participar daquela festa. Cida havia sorrido de um jeito tão amoroso, levantando Bárbara em seus braços e abraçando-a de um jeito tão quentinho e gostoso que ela teve certeza de que era ali onde queria ficar para o resto de sua vida. Depois de dançarem bem juntinhas por algum tempo, a mãe a colocou no chão e, segurando suas duas mãozinhas, rodopiaram pela sala até caírem juntas no sofá, gargalhando e ofegantes.

A lembrança fez com que ela suspirasse profundamente, sentindo um aperto tão grande no peito que as lágrimas logo vieram e ela escondeu o rosto entre as mãos, tentando evitar que o pai a visse daquele jeito. Percebendo que não conseguiria se conter, levantou os olhos e procurou por um banheiro por perto. Avistou uma placa no corredor em frente e correu para lá.

Entrou numa das cabines, fechou a porta, encostou na parede e tapou a boca para ninguém ouvir o seu medo desesperador de perder a mãe. Para ninguém ver a dor que rasgava o seu peito por tudo o que nunca se permitiram viver. Para ninguém descobrir o amor visceral que sentia por aquela mulher que ora lhe parecia uma completa estranha, de tão longe que se sentia dela, ora lhe parecia o seu próprio casulo, de tão dentro que se sentia dela. Ficou ali enquanto deixava transbordar tantos excessos, tantas faltas, tantos buracos de uma relação que ela não era capaz de compreender. Talvez quando fosse mãe. Talvez nunca. E soluçou uma tristeza acumulada por mais tempo do que ela imaginava...

Precisava voltar para ficar com o pai. Não sabia como ele estava se sentindo, mas certamente também ele tinha seus medos, suas lembranças e qualquer que fosse o tipo de amor por sua companheira de vida há quase quatro décadas. Foi até a pia, lavou o rosto e, enquanto se secava com o papel toalha, pensou que sua vida parecia ter sido sacudida desde quando resolveu aceitar a sugestão de Sofia e fazer a viagem à Grécia. Balançou a cabeça tentando não pensar na viagem naquele momento e voltou para a sala de espera. Encontrou Sérgio sentado, de cabeça baixa e sem expressão.

Ao se aproximar do pai, ele sugeriu:

– Filha, vai para casa descansar. Eu fico aqui e mando notícias assim que souber mais sobre os exames. – disse levantando os olhos para ela.

– Não, pai. Vou ficar. Quero vê-la!

– Hoje não vai ser possível, Bárbara. O médico já deixou bem claro que não vai permitir visitas hoje e que ela está na UTI. Nem eu posso entrar. Só amanhã e isso se ela estiver melhor.

– Ah... – e ficou parada por alguns instantes na frente do pai, sem saber o que pensar, o que dizer, o que fazer ou para onde ir.

– Vai, filha. Não vai adiantar nada ficar aqui e você deve estar cansada.

– Quer que eu traga roupa, comida, alguma coisa para ela ou para você? – insistiu Bárbara.

– Talvez amanhã. A gente se fala. Me liga quando acordar! Eu também vou para casa mais tarde. Vou só aguardar o médico trazer mais detalhes dos exames.

– Tá bom. Então eu vou. Mas manda notícias e se precisar de qualquer coisa, me liga?

– Ligo, ligo! Fica tranquila. Vai dar tudo certo. – falou ele enquanto abraçou a filha mais demoradamente do que ela jamais se lembrava, o que a fez se emocionar de novo.

Soltou-se dos braços do pai e, sem dizer nada, seguiu para o carro. Atendeu à ligação de Sofia e de Theo pelo viva-voz, enquanto voltava para casa. Queriam saber da dona Cida, do seu Sérgio e, principalmente, dela. Mas ela falou pouco. Não estava disposta a se prolongar naquele momento.

Chegou em casa, tomou um banho e se deitou. Estava exausta. Queria dormir para esquecer que aquilo tudo estava realmente acontecendo. Não podia ser. Dona Cida com câncer? Não! Não era possível. *"Ela é tão forte, saudável e 'marrenta'. Não é o tipo de mulher que permitiria que uma doença estúpida como essa a derrubasse"*, pensou Bárbara. Chorou mais um pouco, pediu a Deus que protegesse a mãe e terminou adormecendo.

Lua Crescente
São Paulo, Brasil
Segunda, 31 de julho de 2017

Acordou assustada, às 6h da manhã. Sentou-se na cama acreditando que fosse bem mais tarde e que tinha perdido a hora. Tinha se planejado para correr antes da sessão com Samantha, mas desabou de novo na cama, completamente sem energia para pensar em corrida e até mesmo em terapia.

Pensou em ligar para o pai, mas era muito cedo e não sabia se ele ainda estaria dormindo. Verificou o celular em busca de notícias, uma ligação perdida ou uma mensagem de texto. Nada!

"Notícia ruim chega logo, Bárbara", pensou e fechou os olhos, tentando dormir mais um pouco. Impossível. Pensou na mãe, no pai, nos irmãos e em si mesma. Sempre se dera muito bem com Neto, o irmão mais novo. Da família, era com quem Bárbara mais se expunha, era quem conhecia sua vida com mais intimidade. Mas desde o casamento dele, haviam se distanciado um pouco. Ele trabalhava muito, a esposa era ciumenta e ela não queria atrapalhar.

Já com Gabriel, tiveram fases boas e algumas complicadas. No momento, viam-se e falavam-se pouco, mas quando acontecia, era bom. Suas conversas não eram profundas, mas eram divertidas. O irmão mais velho tinha um senso de humor aguçado, era o mais brincalhão da família, embora Bárbara não gostasse de algumas de suas brincadeiras por considerá-las bobas e, às vezes, até de mau gosto.

Perguntou-se se eles já sabiam da mãe. Decidiu mandar mensagem. Logo depois, Neto respondeu dizendo que já tinha falado com o pai e que passaria no hospital mais tarde para vê-la. Combinaram de almoçar juntos, torcendo para que dona Cida estivesse melhor. Gabriel não respondeu. Mas Neto garantiu que ele também já estava sabendo. "O pai ligou primeiro para ele e depois para mim", escreveu ele.

Bárbara mandou mensagem para Samantha contando rapidamente o que havia acontecido e tentando remarcar a sessão daquele dia para outro qualquer da semana. Samantha logo respondeu dizendo que a esperaria na quarta, às 10h, e colocou-se à disposição, caso Bárbara não ficasse bem. Ela agradeceu, confirmou na quarta e se levantou. Começou a se arrumar sem saber ainda se iria direto para o hospital ou se deveria passar na casa dos pais ou em algum outro lugar antes. Sentiu-se aliviada por ser seu dia de folga e, assim, não sobrecarregar Sofia com sua ausência. Elas não abriam o bistrô na segunda.

Enquanto estava no computador para pagar algumas contas pessoais, o pai ligou. O médico passaria logo após o almoço para dar um parecer definitivo sobre o diagnóstico e prognóstico da mãe, mas ela já tinha saído da UTI e poderia receber visitas a partir das 10h. Combinaram de se encontrar no hospital.

Assim que entrou, avistou Gabriel com o pai na recepção. Os dois conversavam e Bárbara teve a impressão de que o pai estava bem menos amuado que no dia anterior. Talvez fosse pelo fato de que era com o irmão mais velho que seu Sérgio melhor se relacionava. Não que se tornasse extrovertido e falante, mas ao menos elaborava frases mais complexas e sobre assuntos mais diversificados, como política, a situação do país, entre outros que não envolvessem sentimentos e intimidades.

Sentiu-se mais aliviada com aquela cena familiar. Aproximou-se sorrindo:

– Oi, Gabi. – cumprimentou, beijando e abraçando o irmão. – Tudo bem?

– Na medida do possível, né, mana? – retribuiu ele apertando a irmã.

– E o Neto, já chegou? – perguntou ela.

– Ainda não, mas deve estar chegando. A visita começa daqui a pouco. – respondeu o pai no mesmo instante em que ouviram a voz do caçula e se viraram para se certificar de que era mesmo ele.

Neto chegou cumprimentando a todos com seu jeito carinhoso de ser. Dos cinco da família, era o que mais demonstrava afeto, sem dúvida.

– Oi, Maninha! Que saudades. Você está linda! – deixou Bárbara por último e manteve um dos braços atrás do pescoço dela, evidenciando a ligação mais estreita entre eles.

Logo depois, a enfermeira avisou que dona Cida estava sendo trocada pelas auxiliares, mas que eles já podiam entrar. O pai pediu para Bárbara ir primeiro e ver se a mãe precisava de ajuda. Eles iriam assim que Bárbara avisasse que ela já estava pronta.

Por um instante, Bárbara sentiu o coração apertado, como se estivesse com medo de ver a mãe. Empurrou a porta devagar, colocando primeiro a cabeça para dentro do quarto para avisar sua chegada:

– Ei, mãe? – e sorriu para uma dona Cida abatida, deitada na cama e rodeada por duas mulheres que juntavam as roupas de cama e arrumavam os últimos detalhes para deixar o quarto em ordem.

– Ei, menina! Entra! Estão me maltratando aqui, desde ontem. – protestou e riu.

– E aí, como você está? Que susto deu na gente, hein? – Bárbara se aproximou, beijando a testa da mãe e pousando suas mãos no braço livre dela. O outro recebia soro e medicamento através de uma agulha espetada.

– Acho que ainda não chegou minha hora – divertiu-se com sua própria situação.

– Claro que não, mãe. Você é forte e teimosa. Não se rende a qualquer dorzinha de barriga – falou, tentando motivá-la.

– Cadê seu pai? – foi logo perguntando dona Cida.

87

– Está lá fora com os meninos. Achamos que você estivesse sendo trocada ainda. Vou lá avisar que podem entrar.

– Não! Espera... – e segurou a mão de Bárbara.

– O que foi? Precisa de alguma coisa?

– Preciso. Falar com você. Sozinha. Só eu e você.

Bárbara estranhou aquele pedido, mas puxou uma cadeira para mais perto da cama e se sentou, olhando para ela com um amor pouco experimentado, mas que transbordava. Queria ouvir seja lá o que a mãe quisesse lhe dizer.

– Minha filha! Não sei ainda o que eu tenho, mas pelo movimento dos médicos e das enfermeiras ontem, talvez seja algo grave. – falou num tom calmo, sério e olhando dentro dos olhos de Bárbara.

Ela prendeu a respiração por alguns instantes, sem ter a menor ideia do que viria pela frente. Apertou a mão da mãe e ficou em silêncio, como quem está ali para o que der e vier.

– Antes que aconteça algo que me impossibilite de falar, quero que saiba de uma coisa... – e ficou visivelmente emocionada, o que raramente acontecia ou ela demonstrava. – Eu sei que sou dura com seu pai, com seus irmãos e com você! Sei que falo coisas que te magoam e te afastam de mim. Quando vejo, já falei. Às vezes, me arrependo. Outras vezes, acho que preciso falar para te proteger, para o seu bem. Mas, você sabe, não sei usar as palavras tão bem quanto você.

– Ah, mãe... – balbuciou Bárbara e sentiu as lágrimas surgirem sem pedir licença.

– Escuta, menina! Fica quieta! – e agora foi ela quem apertou a mão de Bárbara. – Quero que saiba que eu te amo demais. Que sou muito abençoada por ser sua mãe e tenho muito orgulho da mulher que você se tornou. Forte, decidida, bem-sucedida profissionalmente. Uma mulher que sabe o que quer e que não fica se lamentando dos próprios erros. Levanta e vai para a vida. Acaba com o que não está gostando e começa tudo de novo...

Bárbara continha o choro, para não se afogar nos próprios soluços. E a mãe continuou...

– É verdade que às vezes não concordo com o que você faz e com o que pensa da vida. Mas eu concordo muito mais vezes do que admito. Concordo e admiro muito mais vezes do que deixo você saber. Queria ter tido coragem de ser um terço dessa mulher que você é! E fico muito, muito feliz quando te vejo feliz. É tudo o que quero nessa vida, Bárbara! Ter certeza de que você está feliz! – e uma lágrima finalmente escorregou pelo canto do olho direito da dona Cida.

Bárbara se levantou da cadeira e baixou o tronco sobre o corpo da mãe, abraçando-a e chorando.

– Ah, mãe, eu também te amo muito! Me perdoe pela falta de paciência!

Cida acariciou as costas da filha, compartilhando com ela alguns segundos de um silêncio que curava muitas feridas das duas. Um abraço que era bálsamo no coração de mãe e filha. Um choro que era de amor, de perdão, de reconhecimento por tudo o que realmente sentiam uma pela outra.

E como quem já tinha exagerado em todos os sentidos, dona Cida afastou a filha e foi logo enxugando as lágrimas:

– Agora vai lá fora chamar aquele traste do seu pai e os seus irmãos! – ordenou ela, rindo de sua habitual dureza.

Bárbara também riu e, antes de obedecer a mãe, perguntou se ela queria que entrassem todos de uma vez ou se queria conversar com algum deles em particular. Dona Cida foi categórica:

– Não, mande entrar os três de uma vez. Falo com cada um sozinho mais tarde. Uma choradeira de cada vez!

Bárbara obedeceu e, em seguida retornou com eles para o quarto, mas enquanto "os homens da dona Cida" conversavam e riam das piadas de Gabriel, que foi logo zombando do abatimento da mãe, seus pensamentos foram para longe dali.

"Primeiro a ligação de Pedro. Agora, essa situação com a dona Cida. O que é que está acontecendo? Será que cada acontecimento é um teste para avaliar o quanto estou realmente determinada e pronta para uma nova fase? Um teste para avaliar quanto eu aguento sustentar um desejo tão meu?", pensava Bárbara.

"Será que falo sobre a viagem com a mãe? Será que conto para alguém da família? Melhor não. Provavelmente, precise adiar ou desistir, porque se dona Cida estiver mesmo doente, obviamente não vou sair daqui", perguntou-se e já se respondeu, encerrando aquele assunto por enquanto.

Ficaram os quatro ao redor da mãe por mais algum tempo, até que Gabriel avisou que precisava ir para o trabalho. "Me mandem notícias", pediu ele antes de fechar a porta do quarto atrás de si. Bárbara e Neto aproveitaram para almoçar. Além disso, ela achava que deveria deixar os pais sozinhos um pouco. Provavelmente dona Cida tinha algo a dizer ao marido também.

– Que coisa terrível isso, né, Bá? – comentou Neto assim que se sentaram para almoçar num restaurante próximo ao hospital. – Nunca imaginei a mãe assim, derrubada. Ela é sempre tão forte, tão durona!

– Nem me fale. Também pensei nisso ontem, enquanto tentava dormir.

– Mas e você? Como você está? Sinto tanta falta das nossas conversas. Me fala da sua vida, do restaurante, dos namorados... – perguntou e riu, provocando a irmã.

Bárbara não deu bola para o último comentário de Neto e começou contando sobre o sucesso do *Temperos & Palavras*, a terapia, a corrida e os exercícios. Por fim, contou sobre as duas últimas ligações de Pedro e como havia se comportado de um jeito completamente diferente em uma e na outra.

– Aeeeee, maninha! Parabéns! Até que enfim deu um "chega pra lá" definitivo naquele imbecil. – comemorou Neto.

Bárbara sorriu, satisfeita consigo mesma e muito feliz por estar ali com o irmão, a quem ela tanto amava.

– E você? Também quero saber da sua vida! Alguma novidade?

Neto falou sobre o progresso no trabalho e o quanto estava feliz por isso, comentou sobre a rotina no casamento e também sobre seu desejo de ser pai. Disse que ele e Roberta já não estavam mais se prevenindo e que, a qualquer momento, Bárbara poderia se tornar tia de novo. Os dois riram e conversaram sem parar durante todo o almoço. Quando terminaram, voltaram ao hospital para ouvir o que o médico tinha a dizer sobre a mãe.

Estavam os quatro no quarto, quando o médico entrou.

– Tenho boas notícias! – foi logo dizendo e todos suspiraram, aliviados e felizes.

Parou diante da cama da paciente e continuou:

– Dona Cida não tem nada grave, como chegamos a suspeitar! Não tem tumor nenhum na região do abdome. Porém... – continuou o Dr., agora olhando direto para ela – ... a senhora está com diverticulite, dona Cida.

– É grave, doutor? – quis logo saber seu Sérgio.

– Ainda não é, mas pode se tornar se não se tratar direitinho. Ela chegou aqui com febre e com muita dor abdominal ontem e isso nos preocupou bastante. Mas como melhorou com os medicamentos, vamos mantê-la aqui por mais um dia, ver como ela reage com o antibiótico e se não aparece nenhuma complicação nesse meio tempo.

– O senhor está confiante de que ela vai melhorar? – quis garantir Bárbara.

– Não temos como saber! O que posso dizer é que se não houver uma resposta positiva ao tratamento clínico ou surgir alguma complicação, a cirurgia pode ser a melhor opção para fazermos a lavagem do peritônio e a remoção da área doente do cólon.

Mesmo sem entender aqueles termos médicos, Neto insistiu:

– Tá, mas se ela reagir e melhorar, vai ficar curada?

– Se a febre for embora e ela melhorar, muito provavelmente vai, sim. E, neste caso, vamos manter alguns medicamentos, mas ela pode se tratar em casa mesmo. Além disso, vou prescrever algumas mudanças na alimentação e na rotina, porque embora sejam cuidados simples, serão determinantes para a saúde dela daqui para a frente. – explicou o médico.

– Não disse que não tinha chegado a minha hora? – sorriu Cida e piscou para a filha.

Neto e Bárbara se despediram depois de algum tempo com os pais e cada um foi cuidar de sua vida. Estavam felizes por poderem descartar a possibilidade de uma doença tão triste quanto à suspeitada pela equipe médica na noite anterior.

Bárbara aproveitou o resto do dia para descansar e ler. De tempos em tempos, lembrava-se da conversa com a mãe e ficava emocionada. Ora, ria sozinha. Ora, apertava os olhos para conter alguma lágrima teimosa que insistia em querer escorregar. Pegou-se fantasiando se, por acaso, a deusa da maternidade não havia acordado na dona Cida, já que a sua Perséfone vinha sendo tão trabalhada, tão ouvida... Falaria disso com Samantha. E voltou aos livros. Gostava de ler dois ou três ao mesmo tempo. Em geral, selecionava estilos diferentes, mas naquele momento, todos eram sobre mitologia grega e o sagrado feminino.

A VERDADE QUE DÓI E LIBERTA!

Lua Crescente
São Paulo, Brasil
Quarta, 02 de agosto de 2017

Saiu do consultório de Samantha se sentindo muito bem consigo mesma. Agora conseguia reconhecer perfeitamente sua capacidade de sair da inconsciência para a consciência. De caminhar do submundo para o mundo superior. De fato, podia sentir que havia feito a jornada de Perséfone. A forma como reagiu à ligação de Pedro e diante de seus desaforos, e também a conversa com a mãe, eram sinais de que a deusa estava constelada nela de um jeito harmonioso e criativo.

Nem falaram de Vitória aquele dia, porque depois de tudo o que vinha acontecendo, o foco do processo tinha sido naturalmente direcionado para o despertar de sua Afrodite. Samantha considerou fantástica a decisão dela de viajar para a Grécia. Mostrou o quanto todos aqueles acontecimentos realmente tinham a ver com essa chance que Bárbara resolveu se dar de ficar consigo mesma, de se presentear, de entrar em contato com um mundo sagrado que fazia todo o sentido naquele momento de sua história, de sua busca.

Samantha frisou também sobre o movimento interno em sintonia com o movimento do Universo e como um e outro sempre conspiram a favor dos desejos legítimos. "É assim que se movimenta a engrenagem da vida. Em direção à concretização daquilo que almejamos com força de alma o bastante para transformar a nossa realidade".

Além disso, ela tinha dito:

"Não tenha dúvidas, Bárbara! A deusa está procurando por você com a mesma urgência com que você a está procurando. A fome que você está sentindo neste momento é do seu espírito criativo. Do espírito criativo e transformador de Afrodite".

Incentivou Bárbara a determinar as datas e comprar as passagens o quanto antes e depois explicou:

"A vida sempre está acontecendo a seu favor! Faça a sua parte! É compreensível sentir medo, mas vai assim mesmo. O medo vai se tornar menor quanto mais determinada for a sua atitude na direção daquilo que deseja e em que acredita".

Bárbara compreendia com cada vez mais clareza que seu movimento e o do Universo precisavam estar sincronizados. De nada adiantaria a vida acontecer se ela continuasse presa ao medo, duvidando de si mesma, questionando sua capacidade e, principalmente, seu merecimento.

"Enquanto não entrar em ação, Bárbara, a vida vai continuar colocando você à prova. Além disso, acredito piamente que tanto a ligação de Pedro quanto o sentimento que o adoecimento repentino da sua mãe provocaram em você estiveram a serviço de uma constelação muito importante. Afinal, eram duas relações que estavam incomodando e fragilizando você. Era hora de se colocar, fosse finalizando definitivamente com o Pedro, fosse entrando em contato com a mãe real, com quem a dona Cida de fato é. Você não estava conseguindo sentir o amor de sua mãe e, por isso, não constelava sua própria Demeter, aquele instinto cuidador que deveria defender e cuidar de sua Perséfone, ou seja, de si mesma sempre que precisasse".

E antes de sair da sala da "Grande Mãe", ela havia olhado nos olhos de Bárbara e dito, como se fosse uma profecia:

"Acredite no que vou te dizer. Ou melhor, simplesmente acredite em você! Porque não resta dúvidas de que você tem todas as habilidades e meios necessários para alcançar aquilo a que aspira mais profundamente!"

Bárbara pensava em tudo isso enquanto seguia para o *Temperos & Palavras*, depois de usar o restante da manhã para resolver questões bancárias e fazer algumas compras para o bistrô. *"Espero que os testes tenham acabado. Parece que tenho me saído bem. Agora, é só parar de adiar, deixar o medo num cantinho qualquer, e decidir as datas. Ah! E comprar as passagens, claro. Isso faz toda a diferença, Bárbara"*, disse a si mesma, sorrindo mentalmente, feliz por estar cada dia mais próxima do embarque.

E como não havia nada que relaxasse mais a sua mente e alegrasse mais o seu coração do que literalmente "meter a mão na massa", chegou e foi direto para a bancada da cozinha preparar seu famoso bolo de café com passas, uma receita que aprendeu com uma tailandesa que visitou o *T&P* logo que abriram as portas e o endereço começou a fazer sucesso nas mídias especializadas.

Era meio da tarde e quando avisou que faria sua deliciosa receita, ficaram todos em polvorosa na cozinha. Fazia tempo que Bárbara não se inspirava e o bolo tinha até caído em esquecimento. Quando pensou em pedir ajuda a Ricardo, ele já estava bem atrás dela, pronto para participar daquela rara ocasião. Bárbara foi falando do que precisaria enquanto prendia os cabelos, colocava a toca e lavava cuidadosamente as mãos:

– Batedeira, copos e colheres medidoras, espátula, assadeira redonda e aquela minha frigideira antiaderente onde não gruda nada, nem se cozinharmos com cola. – gritou ela rindo de sua piada boba.

"Deve ser influência do encontro com Gabriel", pensou e riu de novo de si mesma. Estava visivelmente feliz com o rumo que sua vida vinha tomando.

– Pronto! Tudo em cima da bancada, Chef! – respondeu Ric depois de separar os utensílios e ao mesmo tempo em que fazia o movimento de quem bate continência ao seu superior.

– Agora os ingredientes, meu querido súdito. – entrou ela na brincadeira.

– Pode falar! Eu estou pronto! – agora em posição de sentido!

Sofia, Adriana e Fred assistiam à cena e gargalhavam, parados um ao lado do outro na porta dos fundos. No final das contas, todos queriam mesmo é se deliciar com o bolo.

– Vamos esperar essa iguaria ficar pronta para tomarmos o café da tarde mais saboroso dos últimos tempos! – avisou Sofia, ouvindo as palmas e os urros dos demais.

Bárbara sentia acender dentro de si o fogo da alegria. Estava cheia de vontade de criar, transformar e trazer à tona beleza, sabor e todas as sensações maravilhosas que sabia que iria despertar com uma receita deliciosa como aquela.

– Vamos lá! Trigo, açúcar, dois ovos, leite, manteiga, fermento e... – olhou para eles fazendo suspense! – Tchan, tchan, tchan, tchan!

– Fala, Bá! implorou Adriana.

Gargalhando, ela completou:

– Café instantâneo, passas e amêndoas em lascas.

– Hummm! – fizeram em coro.

– Ah! Falta ainda o açúcar mascavo e, claro, a canela para eu preparar o crocante! Canela é afrodisíaca, vocês sabem, né? Não sei como alguém pode cozinhar sem canela! A vida jamais seria a mesma se essa especiaria não tivesse sido descoberta! – poetizou a Chef.

– Hummmmmm! – fizeram de novo, agora com mais intensidade e gargalhadas ao final.

Bárbara pegou a frigideira e foi para o fogão. Depois de acender o fogo, esticou a mão para Ric, pedindo:

– Manteiga! – e levou para derreter. – Trigo, açúcar mascavo e canela! – juntando, mexendo e deixando cozinhar por uns cinco minutos.

Pediu para que Ric continuasse mexendo a mistura e foi verificar os demais ingredientes que ele havia separado. Quando começou a borbulhar, ele gritou:

– Acho que está queimando, Bá!

– Não está, não! Apenas mexa um pouco e pode desligar, por gentileza, meu súdito preferido. – Agora essa delícia vai esfriar e endurecer. Mas na hora que precisarmos dela, a gente aquece de novo e ela fica perfeita. Agora, liga o forno para mim, Ric?

– Claro, Chef! Seu pedido é sempre uma ordem!

– Com certeza! – zombou Fred, adorando ver o amigo mandão obedecendo às ordens de Bárbara.

Numa tigela, Bárbara misturou o trigo, o café solúvel, o fermento e pediu uma pitada de sal, que Ricardo rapidamente juntou à mistura.

Depois, pegou a vasilha da batedeira e juntou a manteiga e o açúcar, deixando Ric bater até conseguir o creme esbranquiçado que, segundo ela, estava "no ponto". Acrescentou os ovos, sempre dando um intervalo entre um ingrediente e outro. Depois o leite e a mistura dos ingredientes secos que estavam na tigela.

– Bata por uns dois minutos, tá bom? – ordenou Bárbara enquanto pedia um copo de água para Adriana. Estava sentindo calor e sede e pensou que era por causa de seu "fogo da alegria".

Quando Ricardo desligou a batedeira, ela acrescentou as passas e misturou tudo usando a espátula.

– Ric, enquanto vou amolecer o crocante da frigideira, pode untar a forma para mim? – e ele correu para fazer a sua parte.

Bárbara despejou a massa do bolo na assadeira e, depois, usou a colher medidora para espalhar pequenas porções do crocante sobre a mistura batida. Por fim, cobriu tudo com as amêndoas em lascas e levou ao forno.

– Agora, esperamos cerca de 40 minutos e estará pronto o rei do nosso café da tarde! – anunciou Bárbara aplaudindo sua brilhante ideia.

Quem estivesse por ali naquela hora se daria bem, porque ela e Sofia sempre ofereciam um pedaço generoso de suas criações vespertinas aos clientes do restaurante e também da livraria, para degustarem. O pessoal que trabalhava na livraria também se deliciava e costumava dizer: "Quando tem bolo, é dia de sorte"!

O aroma que vinha da cozinha era espetacular e tanto os que estavam do outro lado da parede quanto os que estavam no *T&P* começaram a se aproximar do balcão para descobrir o que sairia daquele portal do sabor. Como o movimento estava baixo, Bárbara convidou a todos para juntarem algumas mesas e se sentarem para provar o bolo.

Foi uma tarde deliciosa. As pessoas pareciam velhas amigas, conversando, rindo, comendo e bebendo. Pediram café, suco, água e alguns salgados. O bolo terminou sendo apenas o convite para uma espécie de despertar dos sentidos.

"O despertar de Afrodite. Só pode ser!", pensou e riu Bárbara de sua própria loucura. Agradeceu aos céus pela mãe, pelo pai, pelos irmãos, por Samantha, pelo *T&P*, Sofia, Adriana, Ric, Fred e todas aquelas pessoas que ali estavam. Sem dúvida, era um dia para celebrar.

Lua Cheia
São Paulo, Brasil
Domingo, 13 de agosto de 2017

– Aaaaaaaai! – gritou Bárbara levando a mão ao tornozelo, estatelada no meio do Minhocão, um conhecido elevado no centro da cidade, onde acontecia a corrida anual patrocinada por uma famosa marca de energético.

Ela havia feito sua inscrição para correr 10 quilômetros e começou muito bem. O dia estava lindo, mas de repente o vento virou e começou a chover. Talvez por nunca ter corrido na chuva ou por estar num percurso maior do que o de costume, Bárbara estava bastante cansada e terminou caindo.

Rapidamente foi socorrida por alguns organizadores da corrida e levada para o hospital. Ouviu os rapazes conversando entre si e dizendo que ela provavelmente tinha torcido o tornozelo. Agora, restava esperar o resultado do Raio-X para saber se era algo simples ou se teria de imobilizar a perna.

"Ah, não!!!", pensou. Não podia acreditar! Mais um teste? Só podia ser! *"Era o que me faltava ter de imobilizar a perna agora, prestes a viajar!"* lamentou-se ela mentalmente, quase chorando. Sim, estava doendo bastante, mas a dor maior era a do risco de não conseguir prosseguir com seus planos gregos.

"Será que é porque ainda não comprei as passagens? Bem que Samantha me mandou fazer a minha parte o quanto antes! Por que eu procrastino tanto? Por quê? Ainda se fosse algo ruim ou que eu não quisesse? Mas eu quero muito! E mesmo assim não comprei ainda! Merda! Merda! Merda!", gritava para si mesma, em silêncio.

Essa era uma importante lição que precisava aprender de uma vez por todas. Costumava adiar tudo o que sabia que lhe daria prazer e alegria, como se duvidasse de que realmente poderia dar certo, como se fosse bom demais para ser verdade. Jurou para si mesma que essa teria sido a última vez que fazia aquilo consigo mesma. Nunca mais adiaria a própria felicidade.

E foi em meio a esses pensamentos determinantes que ouviu a voz da amiga:

– Aí está a corredora do ano!

– O que você está fazendo aqui, Sô? Como soube que me machuquei? – assustou-se Bárbara.

– Você me colocou como contato de emergência no formulário de inscrição da corrida, minha gostosa de pé torto! – gargalhou Sofia, beijando a amiga.

– Meu Deus, estou sempre te dando trabalho!

– Depois você me paga em bolo de café com passas! – escolheu Sofia.

Esperaram até que a doutora voltasse com a sentença:

– Bárbara, você sofreu ruptura parcial dos ligamentos e por isso vai precisar usar uma bota imobilizadora por duas semanas. Vai tomar anti-inflamatório e analgésico nos próximos dias e, embora provavelmente consiga andar com a ajuda de muletas, o melhor mesmo é que fique em repouso pelo máximo de tempo que conseguir. – falou a dra. Helena.

– Putz! Sério mesmo? Não tem como reduzir esse tempo? – perguntou Bárbara.

– Até posso reduzir, mas você correria o risco de estar instável e complicar sua recuperação. Se decidir andar antes, sugiro que intensifique a fisioterapia. Posso indicar uma profissional brilhante e que atende próximo da sua casa, a dra. Juliana – falou a médica enquanto olhava para a ficha de Bárbara, confirmando seu endereço.

– Vai ficar quietinha, dona Bárbara. Vou vigiar você pessoalmente. – garantiu Sofia, pegando o contato da fisioterapeuta com a médica.

Bárbara não tinha forças para contestar. Naquele momento, só queria voltar para casa e descansar. Ao que pensou: *"como vou tomar banho sozinha?"*. Mas antes mesmo de qualquer manifestação, como se lesse seus pensamentos, Sofia foi logo avisando:

– Vou dormir na sua casa e ficar com você enquanto não pode pisar no chão!

– Ai, Sô! Não quero atrapalhar sua vida. E o Cássio? E o Tigrão?

– Ei, para com isso! Vou dar um jeito em tudo. Ninguém vai ficar sem mim. Tem Sofia para todo mundo! – respondeu ela.

E Bárbara se lembrou de que era exatamente assim que Sofia sempre fazia. Desdobrava-se para cuidar de todo mundo. Decidiu parar de resistir e aceitou o carinho da amiga.

Bárbara dormiu praticamente o domingo inteiro. Quando acordou, perto das sete da noite, Sofia foi logo perguntando:

– Ei, gostosa, você já comprou as passagens para sua viagem?

– Não! Mas vou comprar agora mesmo! Não vou adiar mais nem um minuto! – respondeu enquanto se puxava para cima, tentando encontrar uma posição confortável para se sentar na cama.

Sofia correu e colocou mais travesseiros nas costas dela, empurrando aqui e ali até que Bárbara ficasse confortável.

– Aí, sim! Gostei da resposta! Essas deusas realmente fazem milagres! Daqui no máximo 15 dias você vai estar ótima. Que dia pensou em ir?

– Pensei de 15 a 30 de setembro. Vamos ver as passagens agora?

Sofia correu até a sala para pegar o computador. Sentada na cama, ao lado de Bárbara, acessou o site da companhia aérea. Escolheram juntas o voo de ida e ela finalizou a compra com suas milhas.

– Pronto! Você embarca em Guarulhos, às 15h05 do dia 15 de setembro. Chega em Madri no sábado, às 6h30 da manhã. Às 10h30 decola para Atenas e chega às 15h no país das suas deusas! – detalhou Sofia, sorrindo satisfeita para a amiga.

– Nossa! Que sensação incrível de desejo cumprido. Não se trata mais de dever, como sempre foi na minha vida! Agora, neste exato momento, com essa ação, sinto que estou sendo eu de verdade! – e retribuiu o sorriso satisfeito de Sofia.

– Agora, falta a volta. Porque não quero nem pensar de você encontrar seu deus grego por lá e não voltar mais – e as duas gargalharam.

Sofia mostrou algumas opções e Bárbara apontou o dedo, escolhendo sua volta.

– Feito! Você sai de Atenas no sábado, dia 30 de setembro, às 17h50. Chega em Zurique às 19h35. Depois pega um voo para o Rio de Janeiro e chega às 05h35 do domingo na cidade maravilhosa. O voo para SP sai às 08h05 e chega em Guarulhos às 09h15.

– Perfeito! Nem acredito! Estou me sentindo tão corajosa, Sô! Para você que viaja o tempo todo pode parecer bobagem, algo muito pequeno, mas para mim que nunca viajei sozinha e que costumo adiar meus sonhos e vontades mais genuínas, isso marca realmente o nascimento de uma nova Bárbara, uma nova mulher!

– Eu sei muito bem disso, Bá! Vejo mudanças maravilhosas acontecendo em você nos últimos meses e, principalmente, nas últimas semanas. Parece que finalmente você se descobriu, se permitiu. Estou muito orgulhosa e feliz por você!

– Eu também estou orgulhosa de mim! Agora, assim que conseguir, começo arrumar as malas. Mas já vou montando meu roteiro enquanto não posso andar.

– Quero saber de tudo, hein? Essa viagem promete! Vai se deliciando aí com suas fantasias gregas enquanto preparo uma salada para nós duas. – comentou Sofia levantando-se para guardar o computador. – Você tem muçarela de búfala em casa?

– Tenho, sim. Está na geladeira. – respondeu e suspirou de felicidade, relaxando o corpo para sonhar melhor com sua "lua de mel consigo mesma".

Lua Minguante
São Paulo, Brasil
Quinta, 17 de agosto de 2017

Os dias foram passando e Bárbara não parava de pesquisar as ilhas gregas para saber onde poderia conhecer mais sobre a encantadora Afrodite. Alguns dias em Atenas era certo, mas estava em dúvida entre Rodes, Citera e Chipre. Rodes era muito longe e a chegada até lá era difícil, por isso tendia mais para Citera ou Chipre. Se bem que, apesar da proximidade com as ilhas gregas, esta última era uma república independente e só estava na lista porque vários posts que havia lido elegiam o país como lugar de nascimento da deusa da beleza. Mas, o que chamou mesmo sua atenção tinha sido uma citação de Polis, província de Akamas, onde se descrevia uma piscina natural, escavada na pedra e alimentada pela água que escorria das próprias rochas, onde Afrodite se banhava depois de suas aventuras amorosas.

A dúvida sobre ir até lá ou não se tornou maior quando descobriu que era proibido mergulhar nessa piscina decorada por uma luxuriante vegetação. Restaria a ela o outro lado da encosta, onde havia uma pequena praia de cascalho e águas transparentes que serviam "muito bem" para a prática do banho de Afrodite, que era também um culto ancestral que se fazia à deusa do amor, divindade protetora da Ilha.

Já sobre Citera, leu que se tratava da ilha de Afrodite porque, de acordo com a lenda de Hesíodo, era por onde a mais bela deusa do Olimpo havia passado depois de nascer. E quando buscou um lugar onde pudesse participar de algum culto à deusa ou inventar o seu próprio, encontrou uma referência de que os fenícios instalaram um Templo em uma das muitas partes do anfiteatro da ilha, a 253 metros de altitude.

Adorou saber também que esse Templo de Afrodite havia sido uma referência para poetas e artistas durante o século XVIII, por considerarem o local idílico, propenso aos amantes. Gostou da palavra "idílico" e se lembrou de tê-la lido num dos livros da *Vida em Versos* e que significava algo como ambiente campestre, propício ao amor suave e terno.

Estava sendo ótimo fazer aquelas pesquisas e descobrir tanto sobre uma terra encantada, cheia de simbologias, arquétipos, mitos e referências a tantos deuses e deusas. Imaginou que jamais poderia ser a mesma depois de pisar num lugar tão rico e belo. E de repente se deu conta de que toda essa imersão grega só estava sendo possível por conta de seu acidente.

"E não é mesmo que esses deuses sabem o que fazer para preparar uma discípula?", questionou-se sorrindo, entre uma pausa e outra para tomar água ou simplesmente ajeitar o corpo.

**Lua Nova
São Paulo, Brasil
Quarta, 23 de agosto de 2017**

– Oi Nana! – falou Vitória assim que Bárbara atendeu ao telefone.

– Oi, Vic! Como você está?

– Eu estou bem e quero aproveitar minha folga para te visitar hoje. Liguei para avisar que estou indo, tá bom? – disparou a amiga de infância, pegando Bárbara desprevenida.

– Claro, venha. Estou te esperando. Sofia deixou uma comidinha pronta. Acho que é suficiente para nós duas. Podemos almoçar juntas. – disse ela, sentindo o coração pular.

– Não se preocupe com isso! Vou passar depois do almoço. Levo aquela torta vegana de banana com canela que você adora, para tomarmos um café.

– Eba! Combinado. Estou te esperando. – forçou-se a responder com a voz animada e desligou em seguida.

Suspirou, recostando-se no sofá. *"E agora? Acho que de hoje não passa a nossa conversa!"*, refletiu. E alguns segundos depois, autorizou-se mais uma vez: *"Essa decisão está nas suas mãos, Bárbara! A escolha é sua"*.

Vitória chegou, deixou a torta na cozinha e foi se aninhar no mesmo sofá em que Bárbara estava. Beijou e abraçou a amiga, reclamando de como sentia saudades dela e fazendo biquinho depois de perguntar em voz alta como podiam ficar tanto tempo sem se ver. Tirou os sapatos, puxou uma ponta do cobertor de Bárbara e se cobriu, encolhendo as pernas em cima do sofá.

Passaram algum tempo conversando sobre o dia a dia delas, Bárbara comentou rapidamente sobre a terapia, falou das deusas, de Pedro e da mãe. Mas ficou aliviada quando Vic desatou a falar, porque sua mente parecia passar por um vendaval, de tantos pensamentos que tentava administrar ao mesmo tempo. Mal ouviu o que Vitória estava falando quando, de repente, interrompeu a amiga:

– Vic, faz um tempo que estou querendo ter uma conversa com você, mas não sabia como e nem por onde começar. – falou e imediatamente se deu conta de que agora não tinha mais como voltar atrás. Sentiu sua barriga doer e se encolheu no sofá.

– O que foi, Nana? Você ficou pálida de repente? Aconteceu alguma coisa?

– Sim, aconteceu! Mas não agora. Já faz 13 anos.

– Nossa! Menina! Do que é que você está falando? – espantou-se Vitória.

– Vic, só me escuta. Vou te contar do começo ao fim e depois você fala, tá bom?

E a amiga já estava muda, tomada de curiosidade e apreensão, sem tirar os olhos de Bárbara.

– Não sei se você vai se lembrar de tudo, mas como sua memória é ótima, acredito que sim. Você se lembra das férias de janeiro de 2004? Você namorava o Cláudio fazia alguns meses, estavam muito apaixonados e viajaram para a praia no primeiro final de semana depois do Ano-Novo para você espairecer e relaxar um pouco. Andava estudando horrores para passar no vestibular de medicina e precisava respirar outros ares. Eu só soube disso quando fui até a sua casa te procurar na sexta à tarde. Tinha discutido com o meu pai e não estava muito bem, precisava conversar. Quando cheguei lá, o Roberto estava sozinho em casa. – disse isso e parou por um segundo, pensando se seria melhor chamá-lo mesmo de Roberto ou de "seu pai".

Resolveu não pensar nesses detalhes e deixar a conversa fluir. Continuou, sem tirar os olhos da amiga:

– Sua mãe tinha viajado em novembro para um curso de verão em Ibiza e resolveu voltar somente no meio de janeiro. Seu pai achou um absurdo ela não voltar naquele momento tão importante para você e não aceitou o convite para se encontrar com ela lá. Decidiu ficar porque você ainda tinha mais uma fase do vestibular, mas seus irmãos foram.

Bárbara precisava baixar os olhos em alguns momentos, porque não suportava a inocência no olhar de Vitória. Não tinha a menor ideia de qual seria a reação da amiga. Mas continuou:

– Então... o Roberto disse que estava fazendo o jantar só para ele e que seria ótimo ter a minha companhia. Eu adorei, já que as conversas com ele eram sempre tão esclarecedoras, e aceitei o convite. Conversamos bastante, eu fui melhorando, jantamos e decidimos assistir a um filme. Terminou ficando tarde e eu adormeci no sofá. Ele mesmo avisou meus pais que eu dormiria lá. E como isso já havia acontecido milhares de vezes antes, eles nem se importaram.

Bárbara ocultou da amiga que eles tomaram um vinho durante o jantar e que a partir daquele momento, talvez por conseguir entrar mais em contato consigo mesma diante da flexibilidade que o álcool dava ao moralismo e às regras sociais, ela percebeu que estava olhando para ele de um jeito diferente. Não sabia, ou não tinha coragem de admitir, que Roberto tinha deixado de ser, nos últimos anos, o pai de sua amiguinha para se tornar um homem que Bárbara admirava e amava profundamente. Sim, ela o amava desde pequena, mas agora era diferente. Agora ela sentia seu próprio corpo, seu olhar e sua energia de um jeito lascivo, autônomo, quase indomável. Afinal, não tinha mais 10 e sim 21 anos.

Vitória continuava muda, sem desviar os olhos de Bárbara.

– No dia seguinte, fomos juntos à feira, eu o ajudei a fazer o almoço e fui ficando. A conversa estava ótima e ao lado dele eu me sentia acolhida, ouvida, considerada. Podia falar dos meus sentimentos sem me sentir julgada.

Vitória se ajeitou no sofá, como quem começava a se sentir incomodada. Bárbara percebeu e desviou o olhar para não perder a coragem de continuar.

– À tarde, pegamos as bicicletas e fomos até aquele parque que sempre íamos com ele aos sábados. Falamos de como você fazia falta e paramos naquele lago que você adorava. De repente, começou a chover forte e voltamos para casa o mais rápido que conseguimos.

Ocultou também da amiga que eles se divertiram muito e até caminharam de mãos dadas em alguns momentos, cada um na sua bicicleta, equilibrando-se e rindo. E também não contou que, na volta, pedalando na chuva, ela tinha se desequilibrado e caído em cima de Roberto. Não tinham se machucado, mas para Bárbara, o impacto do corpo dela sobre o dele tinha deixado marcas e sensações das quais não conseguiu se livrar. Ela ia contando e se lembrando dos detalhes, dos sentimentos, dos olhares. Lembrou, inclusive, de que naquele dia, depois do episódio na chuva e de sentir seu corpo arder de desejo por ele, ela ainda não tinha a menor ideia se Roberto estava sentindo o mesmo que ela.

Ficou preocupada se estava dando pausas muito longas entre o que contava a Vitória e o que se lembrava sem dizer. Tentou se concentrar, mas estava realmente difícil.

– Chegamos em casa e ele me mandou correr para o banho quente, para não ficar doente. – e imediatamente se arrependeu de ter dito isso.

Aqueles detalhes, que obviamente ela não tinha contado nem para o Theo e nem para Samantha, vinham à sua mente com tanta nitidez que Bárbara começou a suar. O calor era tanto que ela tirou o cobertor de cima de si sem nem se dar conta. Lembrou que Roberto tinha voltado para o banheiro para entregar uma toalha para ela e a encontrou nua. Quando isso aconteceu, os dois se assustaram, ele jogou a toalha em cima dela e rapidamente saiu, fechando a porta atrás de si. Mas ali o enredo do encontro certamente havia mudado para ele também. Ela saiu do banho e percebeu que Roberto começou a evitá-la. Já quase não falava e chegou a insinuar que era hora de ela ir para casa. Mas, definitivamente, ela não queria ir para casa e foi ficando, fingindo não entender a indireta dele. Enquanto ele foi para o banho, Bárbara começou a preparar uma comidinha para os dois e abriu uma garrafa de vinho. Roberto adorava sua comida, mas quando voltou para a cozinha, disse que não era para ela mexer ali, usando um tom ríspido e que Bárbara não esperava. Ela havia começado a chorar e Roberto ficou completamente desconcertado, sem saber o que fazer. Pediu desculpas e disse que ela podia continuar, que seria ótimo saborear mais uma de suas criações gastronômicas, sempre maravilhosas. Serviu o vinho e ficou por ali, visivelmente constrangido e sem saber o que dizer. Bárbara sugeriu que ele colocasse uma música e ele concordou, como se fosse um robô, de tão tenso que estava. Ela estava adorando se sentir no controle da situação e, de verdade, não acreditava que aquela história terminaria como terminou.

"Ou será que, inconscientemente, eu já sabia?", perguntou-se e voltou-se para Vitória.

– Terminei ficando e esse foi meu grande erro! – disse e ouviu Vitória soltar um gemido. Quando olhou para ela, seu semblante era de horror. Ela levou a mão na boca, como se preferisse não ter que dizer nada, mas ainda assim falou:

– Bárbara! O que foi que aconteceu? Fala!

E Bárbara começou a chorar.

– Ele me mandou embora, Vic. Desde a tarde, ele me mandou embora várias vezes, mas eu não fui. E quando nos demos conta... – e se interrompeu. Não precisava mais continuar. Vitória já tinha entendido.

– Não! Não é possível! O meu pai, Bárbara? O meu Roberto? E a minha mãe? Meus Deus! Como você pode? Como vocês dois puderam? – e Vitória desabou num choro desesperado.

Bárbara fez um movimento em direção a ela, mas ela colocou a mão na frente, impedindo a amiga de se aproximar.

– Vic, o casamento deles estava péssimo há muito tempo. E ele estava profundamente magoado com Milena por não ter voltado de Ibiza. Você mesma vivia dizendo que não entendia por que eles continuavam juntos... – mas parou quando se deu conta de que estava piorando a situação.

Ficaram assim, sem nada falar, por algum tempo. Bárbara achou melhor deixar a amiga assimilar tudo aquilo no ritmo dela. Vitória foi se acalmando e depois ficou em completo silêncio, encolhida, olhando para os próprios pés. Até que, num rompante ela perguntou:

– Fala mais. Como foi?

– Como assim, como foi, Vic? Não faz isso comigo! Sei que está magoada, mas não sei mais o que dizer!

– Você dormiu lá? Foi para o quarto deles?

– Claro que não, Vitória! – gritou Bárbara, tentando espantar os fantasmas que assombravam a amiga. – Ficamos na sala!

– E foi bom? – insistiu, num desejo inconsciente de torturar a amiga.

– Vitória!!!

– Fala! Quero entender! Não consigo acreditar que isso tenha acontecido. Se bem que agora muita coisa começa a fazer sentido. Eu realmente percebi que vocês dois tinham mudado, que a relação não era mais a mesma, mas sei lá, nunca imaginei isso! Nunca!

– Vic – recomeçou Bárbara. – Você sabe como seu pai era maravilhoso! A alma dele era feita de amor e alegria. Eu acho que ele pressentiu mais do que eu o que poderia acontecer se eu não fosse embora, mas de verdade eu achei que a situação estava sob controle. Claro que eu sentia que tinha algo diferente no ar, mas não achei que deixaria algo desse "porte" acontecer. – estranhou a palavra que usou, mas não encontrou outra melhor.

– Bárbara! – gritou Vitória tão alto que Bárbara bateu o cotovelo no copo com água que estava no braço do sofá. Ao se espatifar no chão, nenhuma das duas se incomodou.

– O queee?

– Você era virgem! Tinha terminado seu namoro com o João e você não tinha transado com ele, apesar dos três anos juntos!

Bárbara ficou em silêncio, olhando para Vitória, enquanto suspirava e sentia mais uma lágrima se soltando de cada um de seus olhos.

– Meu Deus! Você perdeu a virgindade com o meu pai! Por isso que nunca quis falar sobre isso. Toda vez que eu questionava como tinha sido perder a virgindade com o Pedro, você dava um jeito de desconversar. Eu achava que era timidez. Como sou burra! A gente falava sobre tudo. Por que você não me contaria sobre sua primeira vez! – gritava Vitória, agora de pé, andando pela sala de um lado para o outro.

Vitória calçou os sapatos, pegou sua bolsa e foi saindo, para completo desespero de Bárbara. Abriu a porta e, antes de sair, falou em voz baixa, contida pela evidente raiva:

– Essa conversa não acabou. Mas, neste momento, não tenho condições de continuar. – e bateu a porta com força.

Bárbara desatou a chorar. Soluçava de tristeza por ter magoado a amiga, mas sobretudo de alívio por ter sido sincera. Estranhamente, não sentia mais medo de não ser perdoada. Não se sentia e, de fato, não estava mais pedindo perdão. Sentia-se absolutamente em paz consigo mesma e com sua experiência do passado. Feliz por ter se permitido vivenciar o seu desejo. Realizada e preenchida com tantos sentimentos ao mesmo tempo.

Ficou ali, sentada, sentindo o rosto quente, os pingos caindo sobre suas mãos, e as lembranças jorrando em sua mente. Sentiu tanta saudade de Roberto naquele momento que se esqueceu da amiga. Rapidamente, fez as contas de quantos anos ele deveria ter na época e concluiu que seria 36 ou 37, já que tinha acabado de completar 18 quando teve Vitória.

Lembrou-se de que, durante o jantar, ele havia dito que tinha certeza de que ela seria uma Chef de cozinha famosa, talvez até internacionalmente conhecida, e que ele se sentiria para sempre honrado e orgulhoso por ter sido servido por ela numa noite tão especial quanto aquela. Já estavam menos tensos depois de algumas taças de vinho e riam enquanto Roberto contava sobre sua infância, as peraltices que aprontou e o quanto seus pais foram carinhosos com os filhos. Terminaram de jantar, limparam a cozinha juntos e decidiram assistir ao filme *Chocolate*, com Juliette Binoche e Johnny Deep. Bárbara já tinha ouvido vários comentários positivos sobre o filme e Roberto não tinha ideia do que se tratava.

Numa determinada altura, Bárbara sentiu frio por causa do ar-condicionado ligado e se aproximou de Roberto, encostando seu corpo no corpo dele para se esquentar, como ela e Vitória faziam quando eram pequenas. É verdade que havia alguns bons anos que aquele recurso tinha deixado de ser usado, pelo menos por ela. Mas quando viu, já estava com a cabeça no peito dele. Só então se deu conta de que a sensação era outra e em nada podia ser comparada com o que sentia quando tinha 11 ou 12 anos. Seu coração tinha disparado e em alguns minutos já estava sentindo muito calor. E mesmo estando do lado direito do peito dele, Bárbara podia sentir o movimento de sobe e desce, denunciando que o coração de Roberto também estava bastante acelerado.

Ele ficou completamente estático, sem mexer um fio de cabelo sequer. Só não parou de respirar porque seria impossível naquele momento. Bárbara tentou voltar aos velhos tempos pegando o braço dele e passando ao redor da cintura dela, mas arrependeu-se no mesmo instante em que sentiu o toque dele em sua barriga, tão perto de seus seios.

"Não! Na verdade, eu não me arrependi. Apenas não sabia o que fazer", pensou ela se dando conta de que, apesar de ser inverno agora, ela sentia o mesmo calor que naquele dia.

Não se lembrava exatamente de como tudo tinha começado, quem havia se mexido primeiro, mas estava nítida em sua memória a sensação que invadiu seu corpo no momento em que sua boca encostou na boca de Roberto. Daquele momento em diante, não eram mais a amiga e o pai de Vitória. Eram apenas um homem e uma mulher cujo vínculo se alargava e passava a incluir desejo, intensidade, entrega e, por que não dizer, uma paixão que ardia secretamente – ao menos em Bárbara – já há alguns anos.

Roberto puxou Bárbara para seu colo e depois escorregou para o chão, deitando-a sobre o tapete da sala. Em silêncio, eles se amaram por tanto tempo que perderam a noção da hora. Quando se deram conta, já passava das 3h da manhã. Ele acariciava o rosto dela quando, inocentemente, comentou:

– Deve ser estranho se relacionar com um homem tão mais velho que João... Ele certamente tinha mais fôlego do que eu! – e sorriu para ela enquanto beijava a ponta de seu nariz.

Bárbara tinha ficado muda, sem saber o que dizer ou como dizer que aquela comparação não fazia sentido. Mas seu olhar deve ter revelado seu sentimento, porque ele imediatamente se certificou:

– Você e o João transavam, né?

Ela continuou muda e Roberto entendeu a resposta, mas não podia acreditar!

– Bárbara! Por que você não me disse? Meu Deus! O que foi que eu fiz? – repetia ele.

– Ei, Beto, relaxa. Você só fez o que eu deixei. Eu queria. Aliás, arriscaria dizer que queria mais do que você! Pare de se culpar!

– Mas foi sua primeira vez e eu nem me dei conta! Na verdade, para ser bem sincero, cheguei a pensar nessa possibilidade no momento em que... – e parou de falar, atordoado com aquela descoberta.

– Ei! – e segurou o rosto dele, olhando dentro de seus olhos. – Você foi o homem mais delicado, carinhoso e preocupado com o meu prazer de que já tive notícias na vida. Minhas amigas sempre falaram de suas experiências com adolescentes apressados, ansiosos e que não sabiam bem o que fazer – e riu só de lembrar algumas histórias péssimas e engraçadas ao mesmo tempo.

Ele ignorou a tentativa de defesa dela, ainda surpreso com a situação:

– Eu deveria ter perguntado assim que desconfiei, mas me parecia óbvio que você e João transassem.

– Eu achei que sangraria e que você terminaria percebendo, mas acabei de descobrir que é verdade mesmo que nem todas as mulheres sangram ao perder a virgindade.

– Ah, de fato esse não pode ser um sinal determinante. Nem toda mulher sangra...

– Além do que você foi tão cuidadoso e incrível que cheguei a achar que talvez a Vic tivesse te contado que eu e João não tínhamos chegado a transar.

– Não! De jeito nenhum! Jamais pensei nessa hipótese. Vocês namoraram um tempão! Só na hora que... Nossa! Que loucura! Cheguei a pensar nisso quando te senti, mas rapidamente desconsiderei. Até porque você estava maravilhosa, entregue, uma delícia... – e apertou Bárbara contra seu corpo.

Ela sorriu, adorando se sentir tão mulher. Era ótimo ser olhada por ele com tanto desejo.

– Minha querida! Espero que você esteja bem – e beijou a testa dela, enquanto acariciava seu ombro.

– Eu não estou bem. Estou muito bem! – riu e pulou para cima dele, querendo aproveitar o máximo que pudesse, como se já intuísse que aquele final de semana jamais se repetiria.

Ficaram grudados até o meio-dia de domingo, quando Vitória ligou para Roberto avisando que estava de saída da casa de praia dos pais de Cláudio e deveria chegar em casa no final da tarde. Naquele momento, toda a pesada realidade deles desabou em suas consciências. Combinaram de nunca contar nada a ninguém e que aquele seria o segredo deles, para sempre. De certa forma, Bárbara gostou do combinado porque além de protegida, o fato de só os dois saberem dava a ela a impressão de que estariam ligados por algo muito especial e que era só deles. De mais ninguém. E passou algumas semanas flutuando, apaixonada, pensando em Roberto e extasiada pela experiência.

Lembrava de Vitória ter perguntado algumas vezes sobre o que tinha acontecido com ela, já que vivia no "mundo da lua", distraída e sorrindo à toa. Ela desconversava e fazia com que Vitória esquecesse o assunto. As aulas voltaram e ela viu Roberto poucas vezes depois. Lembrou-se de Vitória comentar que ele e Milena andavam discutindo muito e falando em separação. Mas Milena era uma mulher que se preocupava muito com as aparências, com o que os vizinhos poderiam dizer sobre ela e seu casamento fracassado. Então, ela adiava a partida de Roberto falando dos filhos, dos meninos que ainda eram adolescentes. Roberto era louco por eles e terminava desistindo da ideia.

Da mesma forma, lembrou-se também de certa noite ter ido até a casa deles com Vitória e ter visto Roberto sentado na sala, sozinho, com a luz semiapagada e um semblante triste ou preocupado, não soube identificar. Chegou a perguntar para Vitória se o pai estava bem, ao que ela respondeu que achava que não, mas que ele não falava qual era o motivo para tanta tristeza, por mais que Vitória perguntasse. Comentou que achava que era por causa das chantagens e brigas com Milena, mas que não tinha certeza. Naquela noite, Bárbara também havia se sentido profundamente triste e teve vontade de ir lá, conversar com ele, abraçá-lo e dizer o quanto ela o amava e o quanto ele era especial e importante na vida dela. Mas não teve coragem. Teve medo de que Vitória percebesse alguma coisa. E se fechou. Alguns meses depois, Roberto viria a falecer, vítima de um infarto fulminante.

Primeiro, Bárbara amargou várias semanas de muitos sentimentos dolorosos. Culpa, tristeza, saudades, medo e até solidão, sabendo que nunca mais poderia desfrutar da companhia e da luz daquele homem que fazia parte da vida dela há 12 anos... Depois, especialmente quando começou a namorar com Pedro, sem compreender por que razão, os sentimentos se transformaram em vergonha e arrependimento. Começou a questionar sua lealdade com Vitória e já não sabia o que fazer com aquele segredo. Terminou guardando seu amor por Roberto em algum lugar dentro dela mesma, como se fosse numa caixinha de música trancada dentro do seu coração. Agora, lá estava a caixinha aberta. A música que tocava era a mesma que Roberto tinha colocando na noite em que ela havia preparado o jantar para ele – "Ne me quitte pas", de Jacques Brel. Instintivamente, ela pegou o celular e selecionou a música no aplicativo, apertando o play.

Enquanto ouvia aquela maravilhosa canção, sentia-se invadida por uma energia feminina e poderosa que há muito não reconhecia em si.

"Que bom que me permiti viver essa história. Agora, depois de tudo o que passei durante todos esses anos, arriscaria fantasiar que aquele foi um instante repleto de presença, verdade e alegria na vida dele, tanto quanto foi na minha", concluiu Bárbara, sorrindo e chorando ao mesmo tempo.

Nem se deu conta de que Sofia havia entrado no apartamento.

– Ei, Bá, o que houve? – perguntou Sofia sem entender nada, quando viu o rosto molhado da amiga enquanto ela ouvia "Ne me quitte pas"...

– Nada, não, Sô! Não se preocupe! Está tudo bem! – respondeu Bárbara enxugando o rosto e baixando o volume da música.

– Como nada? Cadê a Vitória? Ela não vinha te ver? Achei que ficaria para jantar com a gente! Até saí mais cedo do restaurante para preparar alguma coisa especial para vocês...

– Ela já veio e já foi embora. Acho que fiquei emocionada porque falamos sobre o passado, nossa juventude... – e se interrompeu. Não queria dividir "o seu Roberto" com mais ninguém, nem com Sofia, por mais que a amasse.

Sofia ficou olhando a amiga e logo entendeu que ela não queria conversar. E como Bárbara já estava bem melhor, inclusive já andava sem as muletas, perguntou:

– Quer ficar sozinha, Bá? Posso ir para casa, sem problemas. Só vim porque achei que Vitória ainda estivesse aqui.

– Não, lindona! Essa casa é sua, você sabe! Fica à vontade, janta, faz o que você quiser. Desculpe por não ser uma boa companhia hoje. Preciso me deitar. Acho que por hoje já esgotei minhas energias... – falou Bárbara se levantando do sofá, beijando a amiga e seguindo para o quarto.

E quando entrou e fechou a porta, parou diante do espelho, olhando para si mesma e imaginando como Roberto seria agora, se estivesse vivo. E, de repente, como um relâmpago cheio de luz e vida, Bárbara se lembrou!

– Claro! Meu Deus! Como pude esquecer??? – falou mais alto do que percebeu e torceu para que Sofia não tivesse escutado.

Quando Samantha havia questionado o que aconteceu dentro dela para que conseguisse colocar Pedro para fora e acabar com aquela relação que estava destruindo sua autoestima e seu amor-próprio, ela não soube responder. E o mais incrível é que Samantha garantiu que ela se lembraria. Ela tinha dito exatamente essas palavras – e Bárbara repetia agora em sua mente:

"Não se preocupe! Em algum momento, querida, você vai se lembrar!".

E ela se lembrou. Queria pular de alegria, mas como ainda não podia fazer estripulias com o tornozelo, pulou com um pé só até a cama, se sentou e pulou sentada, sorrindo e ardendo de amor por aquele homem e pelo final de semana que passaram juntos.

Antes de voltar para casa, naquele domingo em que esteva com Roberto, ele segurou o rosto dela com as duas mãos, beijou seus lábios com muita delicadeza, olhou no fundo dos olhos dela, como quem queria falar com a alma, e disse:

– Bárbara, você é uma mulher maravilhosa, linda, inteligente, sensível, dona de um espírito único e de muita luz. Sorte do homem que souber reconhecer isso. Promete para mim, agora, que você jamais vai deixar um bocó qualquer te magoar, te ferir, te tratar com menos respeito e menos amor do que você merece? – e esperou que ela respondesse.

Como Bárbara apenas sorriu, ele insistiu.

– Promete para mim, agora, Bárbara! Eu quero ouvir você prometer! Nunca, jamais, você vai deixar um homem maltratar você!

E então ela respondeu:

– Prometo, meu amor! Eu prometo! – e o abraçou demoradamente, desejando nunca mais se soltar daqueles braços, onde ela tinha certeza de que estaria sempre protegida.

Mas o telefone tocou e ela aproveitou para se soltar e sair correndo. Não queria chorar na frente dele. Sabia que isso o deixaria arrasado e muito preocupado com ela.

"Sim, como pude esquecer? Foi essa promessa que fiz a ele que me deu força e coragem para colocar Pedro para fora de casa!", e se lembrou de ter sonhado com Roberto na noite anterior à saída do ex-marido.

Lembrar-se disso fez com que Bárbara experimentasse uma indescritível sensação de alegria e a certeza de estar em sintonia com seu coração e, por que não dizer, com

Roberto... com a sua história. Do alto de suas certezas, sabia-se pronta para viver algo que ela ainda não conseguia entender ou saber...

Antes de dormir, pesquisou a tradução daquela música francesa que Roberto havia escolhido para eles... A música deles: "Ne me quitte pas"... E ficou realmente tocada com o que leu!

ELA MESMA ERA O AMOR QUE ENCONTRARIA...

Lua Minguante
São Paulo, Brasil
Sexta, 15 de setembro de 2017

Fechou a mala. Deu uma última passada pelos cômodos para ver se não estava se esquecendo de nada. Fechou a porta atrás de si e desceu pelo elevador. Theo esperava por ela, sorridente e animado:

– E aí, gata? Preparada?

– Dos pés à cabeça. De corpo e alma. Para o que der e vier! – afirmou seguramente Bárbara, depois de beijar o amigo.

– Uau! Senti firmeza. Assim, é certeza que em vez de uma deusa, você vai é conhecer um deus grego – gargalhou ele.

– Estou achando que é você quem está querendo um deus grego, seu safado!

– Eu não! Já tenho o meu! – e fez o símbolo de coração com as mãos, rindo do seu cinismo romântico.

Tinha se despedido de Sofia na noite anterior. Ela não poderia acompanhar Bárbara até o aeroporto porque não conseguiu remarcar com a Magda e não queria perder a consulta, já que era dia de trocar de floral.

– Deixa eu ver seu roteiro, só para morrer de inveja? – pediu Theo.

– Claro! Mas nada de "olho gordo" na minha viagem – riu Bárbara.

– Gata, não estou entendendo isso aqui! Por que você vai para Atenas e, dois dias depois, para Chipre e depois volta de novo para Atenas? Por que não comprou passagem direto para Chipre e depois ia para Atenas?

– Ai, nem me fale! Foi uma vacilada minha. Demorei tanto para planejar a viagem que, no dia em que torci o tornozelo, decidi parar de adiar e comprei as passagens de ida e volta por Atenas. Só depois montei o roteiro e escolhi quais ilhas conheceria. São tantas que não foi nada fácil.

– Bem, mas com certeza terá muito o que conhecer em Atenas. Então, qualquer meio dia por lá rende uma vida, né?

Conversaram animadamente sobre os lugares que Bárbara pretendia conhecer, incluindo os Templos de Afrodite e de Zeus, "o todo-poderoso", disse ela e os dois fizeram careta de medo!

– Muito obrigada por me trazer, queridão! Você é um fofo! – ela agradeceu, enquanto Theo colocava suas malas no carrinho, em frente à porta de check-in da companhia aérea pela qual era viajaria.

– Gata, aproveita. Divirta-se muito, faça tudo o que tiver vontade. Se joga nessa experiência com todo o seu coração. Você merece muito essa viagem e eu tenho certeza de que vai ser simplesmente fantástica! – desejou Theo, enquanto abraçava Bárbara bem forte.

– Deixa comigo! Algo me diz que essa viagem será um "antes e depois" na minha vida – piscou ela e se foi.

Lua Minguante
Atenas, Grécia
Sábado, 16 de setembro de 2017

Bárbara não se cabia de felicidade quando botou os pés na linda Grécia. Pousou no horário previsto, mas até passar pelos trâmites do aeroporto, pegar as malas e chegar a Plaka, o antigo bairro do centro histórico de Atenas onde ficaria hospedada, já eram quase 17h30. Estava animadíssima para conhecer tudo, não se cansava de suspirar, sorrir e admirar as belas paisagens da cidade que via pela janela do Uber, a caminho do hotel. Mas seu corpo pedia pelo menos duas horinhas para se esticar, então pensou que poderia descansar um pouco e sair para jantar mais tarde. Afinal, tinha lido que aquele lugar era a parte mais colorida e atraente da capital grega.

Acordou às 19h45, cheia de energia e pronta para começar sua jornada. Talvez pelo clima de Plaka ou por tudo o que vinha estudando nos últimos meses, sentia-se como uma deusa, uma verdadeira diva, e estava adorando essa sensação. Era como se velhas luzes tivessem se acendido dentro dela depois de passarem muitos anos apagadas. Decidiu sair caminhando sem direção determinada. Queria deixar rolar. Ouvir sua intuição. Quando sentisse vontade de entrar em algum lugar para comer, simplesmente entraria. Caminhava olhando para todos os lados e pensando que não havia nada mais encantador do que conhecer um lugar novo, observar as pessoas e seus costumes, os comportamentos típicos daquela cultura, sentir os cheiros, ver as cores e, se possível, a textura das cosias. Sentir era o verbo de Afrodite. E era o que ela mais queria experimentar durante aquela viagem: seus sentidos! Todos os sentidos!

Entrou numa espécie de vila e ficou absolutamente encantada. Passeou devagar pelos corredores estreitos, com uma casa ao lado da outra, todas pintadas de branco, e muitas flores espalhadas pelas escadinhas e janelas. Descobriu que estava em Anafiótika, cuja arquitetura dava a impressão de se estar numa típica ilha grega, mas em pleno coração da cidade.

Continuou descendo e encontrou uma elegante taberna, onde se prometia um show de danças típicas. Parou ali mesmo e foi sensacional. A comida era deliciosa e o show realmente valeu a pena. Depois, caminhou mais um pouco e descobriu que precisaria voltar àquela região antes de ir embora, já que o lugar era repleto de lojinhas de presentes, artesanatos, antiguidades, cafés e muita arte. A boa notícia é que Plaka ficava no lado norte de Acrópole, e esse passeio já estava em seu roteiro.

Lua Minguante
Atenas, Grécia
Domingo, 17 de setembro de 2017

Sentia seu corpo excitado, desperto, cheio de energia. Decidiu que, para garantir amor, prazer e alegria durante toda a viagem, sua primeira visita seria ao Templo de Afrodite, na

Acrópole de Corinto. Portanto, às 10h36 em ponto, hora prevista da partida, estava muito bem-acomodada dentro do vagão do trem que a levaria da estação de Atenas até a estação de Corinto.

Bárbara adorava passear de trem e resolveu não perder aquela oportunidade. Acreditava que enquanto percorria aqueles trilhos, entrava em contato com a magia da história local e com os espíritos da ancestralidade grega. Sem contar que tudo pelo caminho remetia a um universo mítico, repleto de vestígios deixados há milhares de anos por deuses e deusas que ali viveram com poderes e permissões ilimitados.

Não tirou os olhos da janela. Queria captar todas as paisagens e, claro, todas as sensações. Mas quando faltavam cerca de 20 minutos para chegar à sua estação, resolveu pegar o mapa dentro da mochila e estudar a direção para onde deveria ir a fim de chegar à Acrópole, onde estava marcado – pelo menos para ela – o seu primeiro encontro com Afrodite.

Não saberia dizer se foi através de sua visão periférica ou de sua intuição, mas sentiu que alguém a observava logo adiante. Levantou os olhos, sem levantar a cabeça, e realmente tinha alguém olhando para ela, três bancos à frente, do lado oposto do vagão. E como aquele olhar estava decidido a não sair de cima dela, começou a estranhar. Depois de deliberadamente encarar aquela pessoa por alguns segundos, baixou novamente os olhos e pensou se seria alguém conhecido. Não, não era. Nunca tinha visto aquele homem. Decidiu se voltar para a janela, mas a energia estava posta. Era como se dos olhos e de todo o corpo dele tivesse sido construída uma ponte invisível, mas muito bem delineada, até ela. Olhou novamente para ele e até tentou sustentar o encontro silencioso, mas não conseguiu. *"Por que será que ele tanto me olha?"*, pensou.

Já não conseguia mais se concentrar no que via através da janela. Virou-se discretamente e, de novo, seus olhares se encontraram. Agora ele estava sorrindo para ela. Sem pensar, sorriu de volta e imediatamente sentiu-se tímida, desviando o olhar para fora. Não que nunca tivesse sido paquerada, mas daquele jeito? Fazendo que com que ela se sentisse nua? Não! Daquele jeito nunca! Porque não era seu corpo, era sua alma que ela sentia despida. Por ele.

"Ele quem? Quem seria aquele homem?", perguntava-se enquanto descobria que estava gostando daquela experiência mais do que teria imaginado.

"Preciso prestar atenção, senão termino perdendo minha estação", pensou ela. E alguns minutos depois, ouviu o anúncio de que a próxima era Corinto. Ficou decepcionada porque o "encontro" estava acabando e o "estranho misterioso" nem sabia. E já que estava para descer, desta vez olhou para ele disposta a guardar cada detalhe de seu rosto.

Sua pele era morena, talvez um pouco queimada do sol. Seus cabelos eram lisos e castanhos, penteados para trás. Seus traços eram marcantes, o que ficava ainda mais reforçado pela sobrancelha farta. O sorriso era leve, solto, intenso. Mas não parecia ansioso ou carregado de segundas intenções, como os que Bárbara já vira diversas vezes, quando era abordada por alguns homens. Era um sorriso... diferente. Ela não sabia explicar. E os olhos... os olhos eram levemente puxados, escuros e penetrantes. De uma profundidade quase assustadora. De uma certeza desconcertante, mas muito, muito atraentes.

E se deu conta de que o trem já estava parado por algum tempo. Havia se perdido no mundo dele e sequer saberia o seu nome. Sentiu um aperto no peito. Precisava descer.

Levantou rapidamente do seu assento, colocou a mochila nas costas e olhou para ele pela última vez. Agora, seu olhar parecia apreensivo.

"Será que ele percebeu que vou descer?", pensou. Teve a impressão de que ele se levantaria também, mas já não havia tempo para se certificar dos próximos acontecimentos. Partiu ao encontro de Afrodite.

A subida seria longa e, provavelmente, cansativa. *"Ainda bem que estou em forma por causa das corridas"*, disse a si mesma e começou sua jornada pela mais importante fortaleza de Peloponeso até a independência da Grécia, em 1821. A Acrópole mesmo ficava a quase 600 m de altura. Parou duas vezes durante a subida para apreciar a paisagem, tirar fotos e tomar um pouco de água, que felizmente havia trazido na mochila. Quando chegou, ficou impressionada com a altura das paredes. Leu, em algum lugar, que tinham quase 2 mil metros de comprimento.

"Meu Deus, as proporções do mundo, naquela época, eram muito diferentes do que é hoje. As pessoas realmente viviam para proteger seu território, numa guerra que se resumia a atacar ou se defender", pensou e continuou seu caminho.

Passou por vestígios de capelas e templos, alguns mais inteiros do que outros, e pode observar que em cada canto o nível de proteção e a linha de defesa eram diferentes, o que deveria fazer parte da estratégia dos guardiões de Corinto. Sentia-se numa outra dimensão, como se tivesse de fato viajado no tempo. *"De que forma será que Afrodite influenciou esse lugar?"*, pensou e torceu para que estivesse próxima do templo construído para cultuar a deusa.

Depois de passar pelo que seria o centro daquela cidade milenar, finalmente avistou o anúncio de que chegara. Num primeiro momento, ficou bastante desolada. Claro que já sabia que ali restavam apenas vestígios da construção, mas em sua imaginação, o Templo de Afrodite deveria ser um santuário repleto de esplendor, beleza, brilho... iluminado por alguma espécie de luz mágica, sagrada, encantada e poderosa. Mas nada mais avistou além de ruínas.

"De fato, não restou pedra sobre pedra", suspirou.

Mas rapidamente se recompôs de sua desilusão e, ainda dentro da área em que um dia fora o Templo, encontrou um lugar de onde tinha uma vista maravilhosa do horizonte e da cidade de Corinto, lá em baixo.

"Vai ser aqui mesmo" e se sentou para criar seu próprio ritual.

Cruzou as pernas na posição de lótus, o que dava a ela a sensação de maior conexão com o Universo Sagrado. Juntou as mãos na altura do coração e fechou os olhos. Pensou em sua vida, em sua história.

Lembrou-se dos momentos mais importantes e que certamente foram determinantes para que se tornasse aquela pessoa e pudesse estar ali, naquele momento. Sentiu um amor genuíno, cheio de graça e alegria por si mesma, pela mulher que havia se tornado. Seu desejo era o de reverenciar, agradecer e, de alguma forma, retribuir ao mundo tudo o que vivera de magnífico, vibrante e verdadeiro até aquela exata respiração que podia dar, do alto daquela escarpa.

Lembrou-se também das pessoas que mais amava e por quem mais se sentiu amada durante sua vida singular. Seus pais, sem dúvida, mereciam todo o seu respeito, toda a sua honra, toda a sua gratidão e todo o seu amor. Apesar das desavenças, Bárbara tinha plena convicção de que eram eles os maiores responsáveis pela lapidação do seu caráter, pela formação de sua personalidade e pela construção da base, do chão a partir do qual ela pode erguer o mundo onde escolheu viver. Depois, seus irmãos, seus parceiros de infância, de brincadeiras, peraltices e aprendizados. Amava Gabriel e Neto do fundo de sua alma. Vitória veio em sua mente e ela também se deixou tomar por todo o amor que sentia pela amiga. Nunca quis magoá-la, mas começava a compreender que era impossível passar por essa vida sem magoar algumas pessoas quando a gente decide ser a gente mesma, ainda que não seja absolutamente essa a intenção.

Também se lembrou de Roberto e sorriu. Se ele estivesse olhando para ela de algum lugar, certamente estaria feliz por vê-la tão corajosa, tão determinada a se fazer feliz. Pensou em Pedro e, naquele momento, sentiu uma enorme compaixão por aquele homem que, no fundo, não cresceu. Era um menino em busca de amor, de aceitação e de felicidade. Desejou que ele realmente encontrasse tudo o que buscava, mas de uma forma mais saudável, mais equilibrada. Ele não era mau. Apenas não acreditava em si mesmo e, por isso, reagia ao amor com violência e agressividade.

Foi se lembrando de velhos amigos, pessoas com quem já não convivia, mas que da mesma forma fizeram parte de sua história. Lembrou até de Zizi, a linda senhorinha do Mercado Municipal, e deu um largo sorriso.

"A vida tem seu jeito todo particular de nos trazer beleza e graça. Ou seria Afrodite?", sentiu seu corpo arrepiar.

Por fim, pensou em Sofia, Theo, Samantha e em todas as transformações pelas quais vinha passando com a ajuda desse trio. Cada um à sua maneira, eles eram fundamentais. Sem contar que, sem o incentivo deles, talvez ela não estivesse ali, na Grécia, no Templo de Afrodite. E se emocionou...

Terminou seu culto conectando-se com a Grande Deusa, a protetora de todas as mulheres, aquela que conhecia os mistérios, as dores e os ciclos femininos:

"Grande Deusa, peço me abençoe neste dia e nesta nova jornada que estou iniciando. Que Afrodite desperte em mim toda a sua natureza criativa, intuitiva, livre e selvagem. Que me preencha com sabedoria, sensualidade, alegria e intensidade. E que eu só viva o que for coerente com a minha verdade, com o meu desejo e com o meu coração! Amém!"

Abriu os olhos e, por um instante, sentiu como se o mundo todo existisse por ela e para ela. Inspirou profundamente, levantou os braços e disse em voz alta:

– Sou filha do Universo e tenho o direito de estar aqui! – e seguiu o seu caminho...

A visita à Acrocorinto tinha levado pouco mais de duas horas. Assim, ela aproveitou o resto do dia para conhecer alguns outros pontos que também remetiam à mitologia grega. Sua próxima parada foi no Templo de Zeus Olímpico, um dos maiores dedicados ao grande deus. Bárbara passou um tempo por entre aquelas paredes, ouvindo através do silêncio as muitas histórias que haviam sido vividas ali.

Continuou pelo Arco de Adriano, uma homenagem ao imperador que havia finalizado a construção daquele Templo, mais de 600 anos depois de ter sido iniciada. Visitou também o museu da acrópole e o estádio Panatenáico, cujas dimensões a impressionavam. Bárbara não sabia se todas as pessoas que visitavam aqueles pontos turísticos se sentiam tão tocadas e emocionadas quanto ela. Pensou que seu sentimento de intimidade devia-se ao fato de ter sido apresentada a muitos daqueles personagens num contexto onde suas aventuras e dores serviram de inspiração para toda transformação que vinha experimentando. Deixou para trás aqueles monumentos convicta de que toda a humanidade, desde o início dos tempos, merecia toda a sua honra e toda a sua gratidão.

Sentia-se renovada e pronta para continuar sua jornada grega. E já que tinha se programado para conhecer a imponente Acrópole de Atenas assim que voltasse de Chipre, resolveu passear pelas charmosas e movimentadas ruazinhas de Plaka. Era final de tarde quando chegou à Praça Monastiraki. Seus pés pararam de caminhar sem que sua mente tivesse ordenado. Eram seus olhos, completamente seduzidos pelas cores que enfeitavam o lugar e, principalmente, pelos aromas que perfumavam e preenchiam todo o ambiente. Frutas por todos os lados. Uvas, mexericas, peras, romãs e várias outras que despertaram a fome e a inspiração de Bárbara. Comprou algumas mexericas, pequeninas e extremamente doces, e continuou seu passeio observando as pessoas e suas alegrias, e também as bandeiras gregas espalhadas pelas lojas.

Ao se aproximar de uma área onde havia vários restaurantes, passou por uma pequena praça e viu uma Oliveira carregada. Sim, um "pé de azeitonas", iguaria que ela amava. Era a primeira vez que Bárbara via um pé de oliva. Sabia que não deveria experimentar já que de tanto gostar dessas bolinhas verdes, certa vez pesquisou porque só eram disponibilizadas em conserva. E descobriu que *in natura* elas eram azedas ou amargas e, por isso, impróprias para consumo. Deveriam passar pelo processo da conserva para ficarem deliciosas, como ela as considerava. Tirou algumas fotos da farta Oliveira e seguiu em frente. Passou novamente pelas ruas floridas e lindíssimas da Vila de Anafiótika, tirou mais algumas fotos e parou para apreciar algum prato típico do lugar.

Tinha lido que a culinária grega era uma das mais saborosas e saudáveis do mundo. Enquanto especialista, precisaria avaliar por si mesma. Não tinha dúvida, pelo que observou pelas ruas onde passou, que ali se podia encontrar muita fartura de ingredientes frescos e, claro, azeite, muito azeite.

Sentou-se numa das mesas forradas com toalhas coloridas, do lado de fora de uma encantadora taberna, cujas paredes ostentavam lindas flores. Provavelmente porque ainda era cedo para jantar e o restaurante estava bem tranquilo, o garçom rapidamente a atendeu. Mas certamente foi por causa da alegria extremamente sedutora e irresistível que Bárbara deixava aflorar sem medo que o rapaz se dedicou a apresentar pequenas porções das receitas "mais deliciosas da Grécia", segundo ele.

Avisou que antes de trazer cada prato, descreveria rapidamente como era feito, para ela decidir se queria ou não. Começou com o *Tzatziki*, um molho grego feito com iogurte natural de leite de ovelha, pepino, suco de limão, cebola, alho e azeite. Para acompanhar, o famoso pão pita. Em seguida, trouxe um prato com Avgolemono, uma sopa bastante tradicional feita com 'ovo-limão', caldo de legumes e engrossado com arroz e ovos.

Em seguida, disse que traria duas pequenas entradinhas: uma era o Gyros, um enrolado de pão pita recheado com tomate, cebola, um pouco de carne de cordeiro e, à parte, mais do molho Tzatziki, caso ela quisesse incrementar os sabores. E a outra era um pequeno pedaço de Spanakopita, uma espécie de torta recheada com espinafre, queijo e azeite.

– Está tudo delicioso! falou Bárbara com a mão diante da boca, já que estava cheia, agradecendo ao dedicado Heitor.

O rapaz ficou ainda mais motivado e voltou para dentro para preparar o próximo prato:

– Agora, nossa típica Salada Grega, conhecida mundialmente com esse nome. Já me disseram que tem até no Brasil – riu ele, enquanto colocava diante dela um prato com tomate, pimentão, pepino, cebola, queijo feta e muitas azeitonas, aproveitando que Bárbara havia contado sua experiência com a oliveira. Tudo isso regado a muito azeite e temperado com orégano e algumas outras ervas que ela ficou tentando identificar, uma a uma.

Já estava quase satisfeita e não tinha ideia do que ainda viria pela frente, mas não faria desfeita ao querido Heitor. Apenas pediu para que ele diminuísse ainda mais as porções para que ela desse conta de tudo. E os dois riram.

– Como não poderia faltar jamais, aqui está nossa maravilhosa Moussaka!

Era um tipo de lasanha, mas sem massa. Feito com berinjela intercalada com carne de cordeiro moída, tomate, cebola, molho branco e muito azeite.

– Meu Deus! Muito bom! Obrigada por essa festa particular, Heitor. Estou sendo tratada como uma deusa aqui! – e gargalhou.

– Quer experimentar uma de nossas bebidas típicas? – insistiu ele, já que Bárbara havia dito que só tomaria água.

A essa altura, totalmente envolvida na experiência gastronômica, ela aceitou.

– O que você vai me trazer?

– Primeiro, nosso Ouzo, uma bebida destilada feita com especiarias como anis, castanhas, feno, coentro, canela e cardamomo.

– Uau! Já adorei! Pode trazer uma garrafa! – empolgou-se Bárbara.

– Não! Toma-se pouco, minha deusa! Vou trazer um copo pequeno e com gelo, para você degustar como deve ser. – explicou Heitor.

Enquanto ficou sozinha, Bárbara contemplou um pouco mais da paisagem e se sentiu grata por estar ali. *"Que bom que Sofia teve essa ideia. Que bom que vim, apesar dos tantos desafios dos últimos dias"*, pensou.

Heitor reapareceu e, assim que deixou a bebida sobre a mesa, foi logo avisando:

– E depois vou trazer também o nosso Retsina, conhecido como o vinho grego. Tem um sabor muito bom, inconfundível. Você nunca mais vai nos esquecer depois de provar essa peculiaridade – garantiu ele.

Bárbara dispensou o Kebab e o Pastitsio, indo direto para a sobremesa. Escolheu a deliciosa Baklava, uma torta de massa folhada com nozes servida com sorvete.

– Minha noite foi realmente inesquecível, Heitor. Muito obrigada por esse amor com que você me serviu.

Bárbara se despediu abraçando longamente o rapaz, que retribuiu e gostou do carinho. Deixou uma gorjeta gorda escondida embaixo do pires que estava na mesa e seguiu caminhando bem devagar até chegar ao seu hotel.

Lua Minguante
Chipre
Segunda, 18 de setembro de 2017

Pegou o voo para Chipre às 10h e desembarcou no novo país às 11h50. Alugou um carro e seguiu para Pafos pela costa. As paisagens eram verdadeiras poesias. Para onde quer que olhasse, sentia-se presenteada pela vida e extremamente grata pela oportunidade de estar ali. A viagem levaria cerca de 1h30, mas com suas paradas para tirar fotos e apreciar as lindas praias pelo caminho, terminou chegando na cidade portuária pouco depois das 16h.

Bárbara logo pode constatar que o lugar transpirava Afrodite. Era ali o centro de peregrinação dos adoradores da deusa, na Antiguidade. Sem contar que toda Chipre era chamada de Ilha do Amor, rodeada pelas águas azuis cristalinas do Mediterrâneo e aquele clima inegável de romance. E, de repente, lembrou-se do "estranho misterioso" do trem e sentiu um friozinho na barriga.

"Seria ótimo se ele estivesse aqui", ousou desejar e adorou sua ousadia.

E enquanto caminhava pelas calçadas praianas completamente entregue ao que acontecia ao seu redor, deparou-se com um presente realmente inesperado: acontecia o Pafos Aphrodite Festival, um espetáculo de ópera ao ar livre em homenagem à deusa.

Era a 19ª edição do Festival que fazia parte do Programa de Eventos da Capital Europeia da Cultura e a principal atração daquele ano ficava por conta da obra-prima "O rapto de Serralho" de Mozart, uma das óperas mais populares e cativantes do grande compositor. Naquele momento, Bárbara era agraciada com a apresentação da Orquestra Sinfônica de Chipre.

Sentia-se realmente com sorte. Ou melhor, sentia-se conectada com a magia da mitologia, em sintonia com toda a beleza e todo o prazer que a vida podia lhe oferecer. E a noite seguiu encantada, despertando nela sentimentos pelos quais vinha buscando há muito tempo, mesmo tendo desacreditado da possibilidade de encontrá-los: leveza e alegria.

"A vida é realmente cíclica, surpreendente e imperdível! Que bom que não desisti de mim", pensou enquanto caminhava de volta ao hotel.

Lua Minguante
Pafos, Chipre
Terça, 19 de setembro de 2017

No dia seguinte, foi até a Velha Pafos visitar a Rocha de Afrodite, à beira-mar, local onde a lenda cipriota conta que a deusa emergiu de uma concha envolta em espuma do mar.

Colocava verdadeira intenção de conexão em cada passo que dava naquele lugar sagrado. Acreditava que nada era por acaso e estar ali jamais poderia ser considerado um evento como outro qualquer. Tratava-se de parte essencial de sua busca mas, mais do que isso, tratava-se de uma peregrinação rumo ao seu próprio centro, à essência que ela havia negligenciado por tanto tempo.

Passou o resto da manhã e o início da tarde desbravando pequenos recônditos que, direta ou indiretamente remetiam à deusa do amor e da beleza, da paixão e da intensidade. E para se despedir do berço da encantadora deusa, foi assistir ao pôr do sol numa das belas praias da região. Queria recarregar as energias com o Sol daquele lugar carregado de história e abençoado pelos deuses.

Lua Nova
Pólis, Chipre
Quarta, 20 de setembro de 2017

Depois de se deliciar com um farto café da manhã grego, Bárbara dirigiu-se tranquilamente até a Província de Akamas. Conseguiu chegar até a piscina natural escavada na rocha onde Afrodite se banhava depois de suas ostentações amorosas. Sentou-se ali por algum tempo, sentindo os sons, os cheiros e os movimentos do lugar. Imaginou a deusa se entregando aos deleites de suas incontáveis paixões e pensou que também ela merecia esse desfrute. Aliás, pensou que todas as mulheres do mundo deveriam experimentar sem culpa todas as sensações vividas e reverenciadas pela deusa.

E num momento de profundo êxtase, sem se importar com as pessoas que por ali passavam de tempos em tempos, Bárbara levantou os braços, respirou fundo e falou em voz alta:

– Encantadora Afrodite! Preencha todo o meu corpo, toda a minha alma e todo o meu coração com a sua essência apaixonada, intensa e irreverente. Que eu seja autêntica, ousada e livre como você. E que eu me permita viver com todo o desejo que pulsa no mais profundo de mim mesma!

E quando se sentiu conectada, agradeceu à oportunidade de estar ali e seguiu para o outro lado, onde ficava uma linda e convidativa praia. Tomou um banho de mar demorado, como que reproduzindo o ritual que era feito pelos ancestrais como um culto à deusa. Depois meditou enquanto se aquecia com o calor do Sol. Dormiu um pouco sobre as areias claras e convidativas de Pólis e acordou pronta para voltar a Pafos. Antes, porém, caminhou pelas ruas daquele lugar, almoçou e respirou os ares da mitologia tanto quanto pode, com toda a sua alma e todo seu coração.

Lua Nova
Atenas, Grécia
Quinta, 21 de setembro de 2017

Chegou de volta a Atenas ainda pela manhã e estava ansiosa para as novas descobertas. Preparou a mochila e saiu em direção à Acrópole. A caminho, aproveitou para conhecer o Propileu e o Templo de Atena Niké, monumentos construídos por Péricles para servirem de entrada à grande Acrópole e aos templos ali erguidos.

Conforme caminhava por aquelas construções milenares, ia se lembrando de cada um dos mitos contados por Samantha ou lidos por ela em algum material de pesquisa. Atena era a deusa da sabedoria e do conhecimento e Bárbara não queria perder a chance de absorver tudo de bom e o quanto pudesse de cada uma daquelas mulheres destemidas e poderosas, que viveram determinadas a constelar o feminino, apesar de todas as intrigas do Olimpo.

Ao começar sua subida pelas ruínas, sentiu uma emoção repentina. Apesar de toda a sutileza do local, naquele instante não havia nada em especial que pudesse ter despertado nela aquela súbita sensação de alegria.

"Talvez seja a energia ou a presença dos espíritos antigos", tentou se convencer. Mas o fato é que se percebeu diferente. Como se algo dentro dela tivesse sido delicadamente despertado para o que estava por vir.

Olhava ao redor e as cores pareciam mais vibrantes, o ar, transcendente. Estava plena, como há tempos não se sentia. Era Outono e essa estação do ano, fosse no Brasil ou em qualquer outro lugar, despertava em Bárbara uma certa obstinação pela felicidade. As folhas caindo, o vento soprando fresco e dançante faziam com que ela se sentisse pulsante.

"A vida parece ganhar um sentido mais profundo no Outono", pensou enquanto se aproximava do magnífico e suntuoso Partenon, o Templo construído por Péricles no século V a.C. e dedicado à deusa Atená.

Sua arquitetura se impunha de tal forma que era difícil não sentir a fugacidade da existência humana. Bárbara sentiu seu coração acelerar quando olhou para o alto. As colunas se elevavam a cerca de 10 metros de altura e mediam quase dois metros de diâmetro. Completamente absorvida, ela caminhava de uma coluna até a outra quando decidiu parar e girar ao redor de uma delas, tocando o mármore branco e sentindo a temperatura da pedra. Virou-se de costas e encostou todo o seu corpo na coluna, imaginando que estaria absorvendo energias mágicas. Por um instante, começou a observar as pessoas assombradas com o lugar, olhando para cima, apontando e comentando. Foi passeando com os olhos, de um lado para o outro, até que...

– Não acreditoooo! – falou alto e levou as duas mãos em sua boca, completamente estática e incrédula diante do que acabara de ver.

Era ele! Bem ali. Cerca de dez metros à frente dela. Conversava com um rapaz. Estavam rindo animadamente e, ao mesmo tempo, absortos num movimento de busca pela melhor imagem, cada um com uma câmera fotográfica em mãos.

"Ele é brasileiro!", gritou para si, desta vez mentalmente. *"E agora? O que faço?"*

Não conseguia pensar. Seu corpo todo reagia àquela cena. O coração havia disparado. As mãos suavam frio. Uma cólica parecia retorcer suas entranhas. Ela toda tremia. Por dentro e por fora. Não desviou os olhos deles, assim como não se mexeu pelo que lhe pareceu uma eternidade.

Depois de algum tempo, começou a se recompor. Precisava dar um jeito de ser vista. Respirou fundo, estralou os dedos e o pescoço e ordenou a si mesma:

"Vá até lá, Bárbara! Aproxime-se dele! Derrube uma coluna em cima dele se for preciso, mas faça-se presente!".

E ela se obedeceu.

Seguiu bem devagar por trás da coluna para onde os dois estavam voltados, completamente guiada por seus instintos. Quando chegou do outro lado e olhou para a direção onde ele estava, descobriu-se bem diante da mira de sua lente. Era como se ela tivesse invadido o exato enquadramento que ele acabara de fazer. Paralisou novamente. Sua respiração parou. O tempo parou. Viu quando ele começou a baixar lentamente a câmera, sem tirar os olhos dela. Pronto! Estava nua novamente, bem diante do "estranho misterioso" do trem. Ficaram se olhando em silêncio. Dessa vez, ele não conseguia sorrir. E ela, não conseguia acreditar naquele reencontro.

"Que brincadeira era aquela? Qual era a chance de se encontrarem de novo?".

Foi ele quem se aproximou.

– Você me seguiu até aqui? – perguntou em inglês e num tom tão sério que ela achou que ele estivesse mesmo desconfiando disso.

Bárbara riu de nervoso, de um não saber o que dizer ou o que fazer. E percebendo que ela estava atônita, ele falou:

– Eu sei que não me seguiu. Fui eu que pedi a todos os deuses e a todas as deusas do Olimpo para que trouxessem você de volta para mim, Joy! – ainda em inglês.

Ela estranhou o que ouviu e, sem pensar, perguntou em português:

– Do que você me chamou?

Ao que ele se espantou e afirmou, agora falando bem devagar e sem tirar os olhos dela:

– Joy! – e continuou também em português – Alegria, Júbilo, Prazer, Deleite, Entusiasmo, Felicidade...

– Você é o homem do trem! – afirmou em vez de perguntar, como era a sua intenção.

– E você é uma mulher fascinante e surpreendente. Muito prazer. Eu sou o Leo.

– Bárbara! – disse ela colocando sua mão em cima das duas mãos dele, que esperavam por ela em forma de concha.

– Bárbara! – repetiu ele enquanto se abaixava para beijar a mão dela.

Ele segurava a mão dela com uma força delicada o suficiente para despertar um novo tremor por todo o seu corpo.

O rapaz que estava com ele assistia àquele encontro sem ter a menor ideia do que estava acontecendo.

– Ainda não entendi. Vocês já se conheciam ou acabaram de se conhecer? – perguntou ele.

Bárbara e Leo responderam ao mesmo tempo, mas cada qual com um parecer diferente:

– Acabamos de nos conhecer – respondeu ela.

– Já nos conhecemos... há muito mais tempo do que imaginamos – respondeu ele. E se entreolharam, sem se importar por terem aumentado a confusão do rapaz.

– Esse é o Diego, um amigo que mora na Grécia há alguns anos. – apresentou Leo a Bárbara.

– Olá, Diego! Prazer. Belo lugar você escolheu para viver.

– Ainda mais para um aprendiz de fotógrafo. O que não me faltam aqui são motivos para clicar – justificou.

– Irmão, a gente se vê mais tarde, tá bom? – avisou Leo ao amigo, apertando a mão dele de forma camarada e voltando-se para ela.

– Já conheceu toda a Acrópole, Joy?

– Ainda não! – e riu, surpresa com a ousadia dele ao oferecer o braço para que enganchasse o dela.

– Então, terei a honra de acompanhá-la! – avisou.

E andaram pelos Templos e ruínas conversando animadamente, ainda admirados tanto com o reencontro quanto com o fato de serem brasileiros. Era sintonia demais e ambos se sentiam ainda mais íntimos por conta do que eles não ousaram chamar de coincidência.

Bárbara se divertia com as investidas dele, ora feitas com admirável sutileza, ora com uma atraente audácia, mas sempre com muito bom gosto, inteligência e respeito.

– Posso fotografar você? – perguntou a certa altura.

– Só não pode me publicar sem que eu autorize antes!

– Jamais. Não se expõe uma mulher, por mais que seja para regozijar o mundo com sua beleza, sem sua expressa autorização.

Bárbara estava secretamente apaixonada. Talvez ainda não soubesse, mas estava. Sentia. Não pensava. Só vivia.

– Vamos descer. Quero levá-la a um lugar especial, onde podemos parar para que eu possa descobrir mais sobre você.

Caminharam despreocupados e sem pressa, falando sem parar, às vezes de braços dados, às vezes soltos, fazendo movimentos largos e expressivos. Leo apontava os lugares e contava algo interessante, que a fazia se admirar e se encantar ainda mais.

Bárbara notou que ele havia parado de fotografar. E como se lesse o pensamento dela, comentou:

– Estou tão seduzido por sua companhia que até me esqueci da câmera. Mas tudo bem, tenho certeza de que essas imagens vão ficar impressas na minha memória e no meu coração, o que é bem mais relevante do que no papel.

E chegaram onde Leo havia comentado que a levaria. Era a muito charmosa Cafeteria Melina Mercouri. Acomodaram-se em uma das mesinhas do lado de fora, numa das lindas ruelas de Plaka. E embora Bárbara já tivesse andado ali por perto, não havia notado aquele lugar tão pitoresco.

– Esse é um dos cantinhos de Atenas de que mais gostei até esse momento. Além de lindo e dono de uma história sensacional, oferece uma opção melhor que a outra. Para começar, sugiro o famoso frapê dos gregos. É um café gelado muito bom e que vai casar perfeitamente com esta tarde maravilhosa.

– Sugestão aceita! – apressou-se em responder, sentindo-se completamente imersa na sequência de acontecimentos.

Enquanto Leo entrou para fazer o pedido, Bárbara se pegou rindo sozinha. Ainda estava impressionada com aquela aparente coincidência. Mas, de repente, refletiu melhor.

"Isso jamais poderia ser uma coincidência. Certeza de que é Afrodite atuando na minha história! Afinal, eu pedi!".

Estava tão conectada à deusa da irreverência e da devoção que queria apenas respirar, sentir e viver cada instante.

– Quer conhecer aqui dentro? – chamou Leo da porta do café. E ela voltou ao mundo real, levantando-se e seguindo-o para dentro.

– Em cima desse lugar está a casa amarela onde morou Melina Mercouri. Por isso a homenagem do lugar a essa que foi uma mulher incrível. Primeiro brilhou como atriz e cantora, e depois se dedicou à política, tornando-se a primeira mulher a ser Ministra da Cultura na Grécia.

– Que interessante! E como você sabe disso tudo?

– Sou um eterno apaixonado pelas mulheres bárbaras! – e olhou de novo para dentro dela, deixando-a sem palavras.

Voltaram para fora e sentaram-se um de frente para o outro. Leo pegou as mãos dela enquanto conversavam, ouvindo com muito interesse tudo o que ela falava.

– Quer dizer que você é Chef de Cozinha, tem um restaurante na cidade de São Paulo e anda apaixonada pela mitologia grega. E, por isso, veio parar aqui?

– De um jeito resumido, é isso mesmo! Mas, agora, me fale de você. Só eu falei de mim até agora.

– Bem, eu sou fotógrafo, como você já percebeu. O tema do meu trabalho atual é a felicidade. Amo captar o exato instante em que a alegria é despertada nas pessoas, na natureza e na vida de forma geral.

Enquanto ele falava, Bárbara notava que ele tinha um jeito muito diferente dos homens que havia conhecido até então. Embora estivesse tocando nela deliberadamente desde o momento em que segurou sua mão no Paternon, e embora olhasse para ela de um modo tão despudorado, havia uma intenção legítima de conexão em cada gesto dele. Não era um toque ao acaso ou instintivo, porque ele se mostrava totalmente lúcido a cada movimento. Sua presença era de uma integridade que arrebatava todos os sentidos de Bárbara e fazia com que ela simplesmente confiasse nele.

– Antes de decidir sair pelo mundo em busca dos acontecimentos mais efêmeros e, ao mesmo tempo, mais transformadores que um ser humano é capaz de captar, eu era terapeuta.

– Ah! Que interessante! Eu faço terapia. Aliás, foi minha terapeuta quem despertou esse meu interesse pelas deusas gregas e pelo sagrado feminino.

– Muito perspicaz essa sua terapeuta. Qual a abordagem dela?

– Ela é junguiana. Você conhece Jung? O trabalho dele é baseado nos arquétipos, na simbologia dos mitos, nos sonhos...

– Sim, conheço e gosto muito do trabalho de Carl Gustav Jung.

– E qual é a sua abordagem?

– Eu não sou psicólogo.

– Mas você disse que era terapeuta!

– Mas não psicoterapeuta!

– Que tipo de terapeuta você era, então? Florais, massagens, reiki...? – e lembrou-se da "Maga", a terapeuta holística de Sofia.

– Não. Era um trabalho diferenciado, a partir da filosofia do Tantra.

Bárbara ficou pensativa por um instante. De fato, não conhecia o Tantra, mas até onde achava que sabia alguma coisa, acreditava ter a ver com práticas sexuais.

Leo também permaneceu em silêncio, olhando para ela, fazendo com que ela se sentisse lida. Mas era como se ele lesse não só seus pensamentos, e sim todos os seus movimentos e até sua respiração, *"seja lá o que a respiração pudesse dizer sobre alguém"*, pensou. E se pegou torcendo para que ele não conseguisse ler seus sentimentos, já que se sabia completamente vulnerável.

– Que tal me falar mais sobre isso – pediu ela, com um sorriso maroto, desejando interromper a suposta leitura dele.

E se manteve completamente interessada enquanto ele explicava:

– Com todo o prazer! Alguns chamam o Tantra de filosofia comportamental. Outros, de ciência. Outros ainda, de uma prática com características matriarcais, sensoriais e desrepressoras.

– Gostei dessa última definição! Prática matriarcal, sensorial e desrepressora. Mas onde entra a parte sexual? Tantra tem a ver com sexo, não? – e se surpreendeu por ter perguntado tão deliberadamente.

Aliás, aquela sua postura diante de um homem também era novidade. Não estava escolhendo as palavras, tentando adivinhar como deveria se comportar para agradar. Estava apenas sendo. E muito satisfeita com seu ritmo espontâneo e autêntico de ser.

Leo sorriu e da forma mais simples que conseguiu, explicou:

– O Tantra que eu sigo, minha querida – e apertou as mãos dela – é uma forma de acessar o potencial energético criativo e libertador que existe em todos nós. E eu realmente acredito que devemos criar as condições necessárias para que esse potencial seja despertado no maior número de pessoas possível. Assim, tenho certeza de que o mundo seria um lugar mais amoroso e autêntico.

Bárbara estava interessadíssima, mas ainda não tinha entendido onde entrava o sexo nessa história e se espantou quando ele continuou:

– Você quer saber onde o sexo entra nisso tudo, não é? Sim, é verdade que muitas práticas do Tantra Original incluem o ato sexual, mas enquanto terapeuta, obviamente eu não fazia sexo com meus pacientes. Isso mostra que é possível atingir o objetivo usando apenas a energia sexual, entende?

– Não! – respondeu de forma mais direta do que esperava e gargalhou de si mesma. – Qual é o objetivo e como é possível usar a energia sexual sem ser pelo sexo?

Gostando cada vez mais do jeito claro e pontual com que ela perguntava, ele permaneceu disponível:

– É despertar no paciente um novo estado de percepção e de consciência ao provocar nele uma descarga neuromuscular, liberadora de grandes proporções de energia, que faz com que a mente se amplie e se expanda.

– E isso é possível sem transar?

– Na terapia, com as técnicas apropriadas, é possível, sim.

– Como? – e foram interrompidos pela atendente, que queria levar as taças de frapê vazias e oferecer o cardápio.

Ela fez questão de abrir o menu e explicar sobre os deliciosos salgados e doces, as cervejas, os sucos e vinhos, além de muitas outras opções. Os dois se entreolharam e sorriram algumas vezes enquanto ela falava animadamente.

– Que simpática! Aliás, parece que as pessoas aqui são meio míticas, descendentes dos deuses de antigamente – falou Bárbara e riu de si mesma.

Leo não disse nada. Apenas se levantou e se posicionou atrás da cadeira onde Bárbara estava sentada. Começou a tocar os ombros dela, fazendo uma espécie de massagem, mas sem apertar. Era um toque delicado e, ao mesmo tempo, intenso. De uma forma diferente do que ela entendia como intensidade até aquele momento. Primeiro, ela se sentiu apreensiva, sem saber o que ele faria em seguida. Depois, foi relaxando e se permitindo. A sensação era boa. Ou melhor, era deliciosa. Depois dos ombros, ele seguiu deslizando por seus braços e pela parte superior de suas costas, como quem sabia exatamente o que estava fazendo.

– Não é bom sentir, Bárbara? – perguntou usando um tom de voz bem baixinho, próximo ao ouvido dela.

Estava tão entregue às sensações que aquele toque despertava nela que apenas consentiu com a cabeça.

– Então... – e a voz era tão branda que parecia vir de dentro dela – nós fomos feitos para sermos tocados, mas crescemos numa cultura repressora, patriarcal e racional demais. Vamos perdendo a capacidade de tocar o outro com o amor puro de que somos feitos. De tocar o outro para se saber vivo e amado também. Infelizmente, nossas atitudes passaram a ser, muitas vezes, julgadas de um modo distorcido, carregado de um falso moralismo e entendidas como mal-intencionadas ou sexualizadas. É por isso que tanta gente ama mas, paradoxalmente, violenta o outro de diversas maneiras. Machuca, desrespeita e subverte o sagrado do outro.

Bárbara imediatamente se lembrou de seu casamento e de quanta dor experimentou em nome de um suposto amor prometido. Ficou emocionada e Leo instintivamente tirou as mãos dela.

– Você já foi ferida! – disse ele depois de voltar a se sentar e a entrar nela com os seus olhos, mais uma vez.

Bárbara estava com os olhos fechados e, ao abrir e olhar para ele, sentiu uma lágrima cair.

– Minha Joy! Perdão por ter despertado em você essa lembrança de dor. – e segurou as mãos dela.

– Não! Não mesmo! Você despertou em mim uma possibilidade de amor que eu não conhecia. Obrigada!

– Quer me contar alguma coisa? Qualquer coisa sobre você? – e agora acariciava Bárbara para além de suas mãos, alcançando seus punhos e braços, bem devagar.

E Bárbara contou um pouco sobre o processo que havia iniciado em busca de si, de sua autoestima perdida e de um contato maior com os próprios sentimentos.

Leo se sentiu fascinado desde o primeiro instante em que viu aquela mulher sentada no trem, olhando para fora como quem se permite sentir o mundo com todo o seu coração. E agora que estava de fato conhecendo a história e o mundo daquela que, para ele, era a personificação do encantamento, sua fascinação crescia ainda mais.

Já havia escurecido e eles tinham perdido a noção do tempo. Estavam numa sintonia tão fina que sentiam como se o mundo fosse somente ele e ela, ali, no meio de uma ruela grega, compartilhando suas essências, suas almas e seus mais singelos sentimentos.

A essa altura, o ambiente da cafeteria estava completamente diferente de quando chegaram. Movimentado, repleto de moradores locais e também de turistas, todos pareciam se divertir e valorizar o amor e a amizade. O clima era embalado por músicas gregas ao estilo clássico e moderno e a promessa era de que, em breve, começaria um show de jazz helênico. As luzes de fora foram acesas e o cenário era muito agradável.

Pouco antes das nove da noite, Leo avisou que precisava ir embora, porque tinha prometido ajudar o amigo Diego na revelação de umas fotos e já tinha se estendido bem mais do que imaginou. Ela se percebeu apreensiva, perguntando-se se eles se veriam novamente, mas no mesmo instante em que se deu conta de sua ansiedade, respirou fundo e recuperou a confiança. Estava entregue ao fluxo. O que tivesse de ser, simplesmente seria.

"*Como é bom ter essa certeza*", pensou, apoderando-se do seu novo nível de maturidade. Lembrou de Perséfone e sorriu discretamente.

E como a vida não erra, sentiu-se presenteada pela coerência entre o que acontecia dentro e fora dela ao ser convidada:

– Posso ter a honra de levá-la para jantar amanhã?

Feliz, imediatamente respondeu:

– Só se for tão bom quanto foi hoje!

– Vai ser melhor! – e fixou os olhos nela, fazendo-a estremecer por dentro. – Se você não se importar, posso acompanhar você agora até o hotel onde está hospedada e, assim, já saberei onde te buscar amanhã, às 19h. O que acha?

– Perfeito.

E se enganchou no braço dele, como tinha feito durante o passeio pelo Paternon.

Foram caminhando devagar até a frente do hotel, sempre conversando sobre suas vidas ou comentando sobre alguma paisagem pelo caminho. Quando chegaram, Leo pediu para anotar o telefone dela caso precisassem se falar antes do encontro marcado. Ela passou seu número e ele se aproximou para se despedir.

Por um instante, Bárbara achou que ele fosse beijá-la, mas em vez disso, Leo a abraçou. Só que não foi o tipo de abraço que ela conhecia e que já dera tantas vezes em tantas pessoas diferentes. Foi um abraço transcendental.

Silencioso, sem absolutamente nenhuma palavra. Sem movimento, sem qualquer espécie de carinho nas costas, sem balanço do corpo. Um abraço tão inteiramente presente que, no início, estranhando um pouco, ela até insinuou se soltar duas vezes, mas ele não deixou. Aos poucos, com seus braços enlaçando-a completamente, ele foi se encaixando bem devagar, encostando o próprio coração no coração dela. Depois, encaixou sua barriga na barriga dela e intercalou seus pés com os pés dela, fazendo com que suas pernas também ficassem totalmente encostadas, paralelamente uma na outra. Totalmente preenchidos.

O silêncio da noite deixou espaço para que um ouvisse a respiração do outro. Para que um sentisse a pulsação do corpo do outro. Bárbara sentia um calor que não sabia se vinha dele ou dela mesma, como se estivessem incendiando um ao outro. Como se seus contornos estivessem se desmanchando e um estivesse entrando no mais profundo e íntimo do outro.

O mundo inteiro parou para que Bárbara e Leo experimentassem o encontro sagrado de suas almas. Definitivamente, ela não tinha ideia de que um abraço como aquele pudesse existir. Apenas se entregou e se deixou ficar ali.

Quando se soltaram, ela não saberia dizer quanto tempo havia passado. Ele, esvaziado de qualquer explicação, limitou-se a olhar bem fundo nos olhos dela, enquanto segurava delicadamente o seu rosto:

– Que os deuses abençoem quem inventou o trem! – virou-se e foi embora, sem olhar para trás.

Ela ficou ali, na rua, estática. Sentia tanta coisa ao mesmo tempo que não conseguia organizar os pensamentos ou esboçar qualquer movimento. Seu corpo todo latejava. Por um instante, se deu conta de que há muito tempo não se sentia tão profundamente conectada a alguém, mesmo que tivessem supostamente feito amor.

Antes de adormecer, foi inevitável se perguntar:

"Por que será que ele não me beijou?".

Mas decidiu não se perder em torturas mentais. Afinal de contas, seu novo ritmo interno vinha lhe mostrando que o prazer e a alegria tinham bem pouco a ver com controle e necessidade de ter tudo planejado e muito mais a ver com se deixar fluir com a vida. Sem contar que, para além do beijo não dado, muitos outros detalhes daquele dia haviam fugido ao convencional e, ainda assim, tinha sido sensacional.

CONSTELANDO AFRODITE

**Lua Nova
Atenas, Grécia
Sexta, 22 de setembro de 2017**

Bárbara acordou tão elétrica que, mesmo sem ter se planejado, decidiu correr pelas ruas de Atenas. Seria uma forma de queimar aquela energia que a impedia de ficar parada e também poderia sentir melhor o ritmo da cidade e das pessoas que ali viviam e trabalhavam. Era pouco mais das oito da manhã e ela queria aproveitar cada minuto daquele que prometia ser um dia ainda melhor que o anterior. Pensou em Leo e sorriu. Lembrou-se de algumas partes da conversa que tiveram e se perguntou se aquele abraço era tântrico ou se ele sempre fora tão exótico assim. E riu da palavra que usou para definir o "estranho misterioso", porque por mais que estivesse se sentindo tão íntima dele, poderia enumerar facilmente algumas centenas de perguntas que queria lhe fazer.

Depois de correr por algum tempo sem se preocupar com a distância ou a velocidade, fez o caminho de volta andando tranquilamente pelas ruas da capital grega preenchidas de cores, sons e aromas. Aproveitou para comprar alguns presentes para os amigos e a família. Chegou ao hotel, tomou um banho e decidiu repetir aquele ritual à Grande Deusa que havia criado quando conheceu o Templo de Afrodite, no mesmo dia em que tinha visto Leo pela primeira vez, no trem.

Agora, sentindo-se leve e em sintonia com a vida, saiu em busca de algum lugar inusitado para almoçar. Sentia-se de bem consigo mesma e essa sensação era simplesmente espetacular, além de bem mais simples do que ela imaginava até um ano atrás, mais ou menos. Para cada direção que olhava, via um motivo para sorrir e agradecer.

"Nossa! Há quanto tempo eu não me sentia assim! Cheguei a acreditar que nunca mais teria motivo para ser realmente feliz. Dessas felicidades que a gente não consegue dimensionar, não consegue descrever. Só consegue sentir que preenche o corpo, o coração, o espírito e a mente... e depois transborda para o mundo", refletiu e suspirou profundamente.

Já de volta, resolveu descansar um pouco, afinal, queria estar inteira para a noite. Terminou adormecendo enquanto se divertia com seus pensamentos picantes misturados a uma ansiedade gostosa. Acordou quase uma hora depois com o celular vibrando. Ainda meio sonolenta, viu que era uma mensagem dele:

"Como vai a fascinante Bárbara Joy? Teve uma boa manhã e um almoço digno de uma Chef? Estarei livre mais cedo do que imaginei e, se estiver tudo bem para você, posso passar aí às 17h em vez de às 19h. O que acha? Abraço bem demorado em você."

Seu coração disparou. Ficou por alguns minutos desfrutando da sensação deliciosa de receber uma mensagem de Leo. E então respondeu:

"A manhã foi ótima e o almoço foi digno. Mas começo a acreditar que a noite vai ser melhor, como me disse ontem um misterioso fotógrafo. Estarei pronta às 17h. Abraço bem demorado, sentido aqui, do começo ao fim."

Depois de alguns minutos, sentiu o colchão vibrar de novo:

"Misterioso, eu? Suspeito ser mais óbvio do que você pode imaginar. Se bem que, de fato, é na simplicidade do óbvio que floresce toda chance de felicidade. Até às 17h. Um beijo para acompanhar sua provocação."

Sentiu todo seu corpo reagindo. Assustou-se com a intensidade com que tudo estava acontecendo, mas logo se lembrou da ousadia de Afrodite. "Não seria você a contrariar a deusa a essa altura, não é Bárbara... Joy", disse a si mesma gostando desse "sobrenome" dado por Leo.

Demorou mais um pouco para responder, apropriando-se de todas as sensações percebidas como se fossem um novo tempero que acabara de descobrir. Precisava apreender suas propriedades e os efeitos que provocaria quando fosse combinado com outros ingredientes.

"Subjugando minha imaginação? Bem se vê que você nunca experimentou alguma de minhas receitas. Mas sou obrigada a concordar. É preciso simplicidade para fazer a vida – e tudo o que realmente vale a pena – florescer. Beijo retribuído com toda a minha provocação."

E a resposta veio imediatamente:

"Sem dúvida, vai ser melhor."

Bárbara ficou feliz por ter levado *"para caso precisasse"*, havia dito a si mesma, aquele seu vestido branco de linho, acinturado, com as costas nuas e que, embora simples, era extremamente sensual. O estilo da peça caberia em praticamente qualquer ocasião. Escolheu um par de brincos brilhantes e discretos. As sandálias, modelo Anabela, garantiam um pouco mais de altura à sua silhueta mignon, mas sem roubar o conforto, caso resolvessem caminhar.

Maquiou-se com leveza, usando um pouco de base, pó e blush. Caprichou no rímel já que gostava de realçar o olhar. Finalizou a make com um gloss dourado nos lábios. Olhou-se diante do espelho e gostou do que viu. Sentia-se femininamente poderosa.

Às 16h57, o interfone tocou:

– Dona Bárbara, o Sr. Leo a aguarda na recepção. – falou a simpática recepcionista.

– Obrigada. Já estou descendo.

E sentiu aquele redemoinho em seu ventre, sensação que começava a se tornar habitual quando se tratava de Leo. Pegou a bolsa e desceu.

– Uau! Será que todas as mulheres se transformam em deusas ao passar um tempo na Grécia? Até agora não tinha notado essa magia acontecendo. – disse ele assim que ela saiu do elevador.

Ela se aproximou satisfeita com o efeito que havia causado e sorriu, beijando o rosto dele. No mesmo instante percebeu que queria mesmo era outro abraço igual ao da noite anterior, mas não teria coragem de se insinuar ali, no hall do hotel, com tanta gente presenciando o que seria praticamente um ato de fazer amor.

– Vamos? – sugeriu ela?

– Vamos! Mas antes... – entregou a ela um pacote muito bem embrulhado e em formato de livro. – Trouxe um presente para você. Talvez você prefira abrir e depois deixar na recepção, para não ter de carregar a noite toda.

– Ah! Quanta gentileza. Muito obrigada! – e abriu o pacote, sentindo-se curiosa e lisonjeada.

De fato era um livro – "O Livro dos Segredos", de Bhagwan Shree Rajneesh, também conhecido como Osho. E ao abrir, encontrou uma dedicatória:

À fascinante Bárbara Joy,

para que nunca se esqueça de que a felicidade não está relacionada com nada externo. Ela é um subproduto do crescimento interior. Porque, é nítido, você já encontrou a porta para o mundo de dentro. Pode abrir e entrar sempre que desejar.

Leo Rizzo
22/09/17

– Que lindo! Que presente maravilhoso! Como você encontrou uma edição em português por aqui?

– Comprei este livro quando ainda estava no Brasil. O correio me entregou no exato instante em que eu estava saindo para o aeroporto. Decidi colocá-lo na mochila em vez de deixar em casa. Aliás, tive muita sorte de encontrá-lo em tão bom estado num sebo, já que este é um raro exemplar da primeira edição publicada no Brasil, em 1982.

– Nossa! Sério? Mesmo ano em que nasci! – revelou Bárbara.

– Então, não foi à toa que voltei para casa ontem determinado a te dar de presente para que conheça mais sobre o Tantra. Porque independente se vai praticar ou não, a filosofia por si só é incrível e propicia muito autoconhecimento.

– Adorei. Mesmo. Muito obrigada! – e beijou Leo de novo.

– Agora, sim, podemos ir.

– Não sei se devo deixar essa preciosidade na recepção. Vou colocar na bolsa, prefiro. – decidiu-se.

– Muito bem! Vou levar a linda senhorita num lugar que Diego me garantiu ser lindo... Além de romântico! – falou enquanto a encarava.

E, desta vez, ele mesmo pegou o braço dela e o enganchou no seu, fazendo com que seus corpos ficassem encostados.

Assim que chegaram à rua Aristippou, no coração de Atenas, foi logo fazendo as apresentações:

– Este é o famoso Monte Lykavittos. Vamos subir e apreciar a bela vista da cidade, porque aqui fica o ponto mais alto de Atenas, superando até a altura da imponente Acrópole.

– Hummmm, estou gostando. Adoro altura. E poder ver a cidade inteira é realmente um privilégio bastante romântico. – e piscou para ele.

– Estou feliz que tenhamos chegado a tempo de assistir ao pôr do sol. Esse é um dos espetáculos da natureza que, na minha opinião, mais tem o poder de nos colocar no estado de presença. Por isso, nunca me canso de fotografá-lo.

– E por falar nisso, você trouxe sua câmera?

– Sempre! Está na mochila! – e apontou para a bolsa que carregava nas costas.

Ela sorriu um sorriso tão leve quanto o de uma menina e Leo se sentiu derreter. Queria desbravar aquela mulher e conhecer cada pedacinho de sua vida, de seu passado e de seu futuro. Mas queria, mais do que qualquer outra coisa, fazer parte de cada instante do seu presente. Mantinha-se intensamente conectado a ela.

Poderiam subir os quase 280m de altura pelo bondinho que vai até o cume do monte, mas preferiram fazer a trilha. Bárbara já foi tirando as sandálias e avisando que subiria descalça, determinada a não perder aquela oportunidade. A escolha foi perfeita porque foram surpreendidos pela beleza da encosta, coberta de pinheiros. Ali era um dos poucos oásis verde da capital grega. Sem contar que, apesar de um pouco cansativo, valeu muito a pena quando alcançaram o topo e se depararam com a paisagem deslumbrante.

– Nossa! Essa vista é simplesmente sensacional! – empolgou-se Bárbara, o que deixou Leo muito satisfeito.

Imitando um autêntico guia turístico, ele se adiantou na frente dela, apontando para todos os lados e explicando:

– Ali está a bela Acrópole, o lugar perfeito para reencontrar a personificação do encantamento. – piscou para ela e depois fez um sinal de gratidão aos céus, arrancando uma gargalhada dela.

E continuou sua encenação:

– E deste lado, senhorita Bárbara, temos o mar Egeu ao fundo. Olhando com mais atenção, e graças a esse dia maravilhoso, podemos ver também as ilhas Salamina e Egina.

E aproveitaram para se sentar num espacinho vago do degrau que terminava servindo de arquibancada para quem queria apreciar a paisagem e, claro, o pôr do sol, que estava prestes a acontecer.

– Meu Deus, como é linda a cidade vista daqui de cima. Por que será que a distância, especialmente quando estamos no alto, nos dá essa sensação de que tudo fica mais bonito?

– Bem, não concordo que a beleza cresce na distância, mas posso arriscar uma justificativa para sua impressão. Claro que é só a minha humilde opinião. Não quero convencê-la de nada!

– Fale! Quero muito ouvir sua humilde opinião!

– Acredito que a altura nos dá uma noção mais real do quanto somos pequenos e vulneráveis diante da grandeza do Universo. Mas, ao mesmo tempo, estar no topo nos dá uma sensação de poder. É como se superássemos tudo de inalcançável ou inexplicável do dia a dia, da rotina mundana... – divagou Leo.

– Faz sentido. Mas quero saber principalmente sua percepção sobre a distância e a beleza.

– Bem... eu realmente acredito que é no detalhe que se esconde a beleza essencial de todas as coisas. É quando a gente olha de perto, com atenção e interesse, podendo enxergar com os olhos da alma, entende?

– Hummm, acho que entendo. Gostei desse jeito de ver a beleza. Fala mais...

– É que tenho tido a impressão de que a gente cresce sendo treinado para buscar a perfeição das coisas, das pessoas, dos sentimentos. Quando um brinquedo quebra, por exemplo, a gente joga fora ou dá para alguma criança que tenha menos que a gente, não é? É muito raro sermos incentivados a aceitar o brinquedo quebrado e, mais do que isso, a encontrar um novo jeito de se divertir com aquele objeto que agora é diferente. Talvez seja loucura minha, mas tenho me questionado sobre o julgamento que fazemos da vida a partir das referências postas.

– Como assim? – e ela estava realmente interessada naquele novo ponto de vista.

Leo apertou os olhos, buscando palavras para explicar melhor seus pensamentos malucos.

– Talvez um brinquedo quebrado seja apenas diferente e não necessariamente inútil ou descartável. Talvez ele possa servir para outros tipos de brincadeiras, entende? É só uma forma de avaliar algo que, antes, era considerado bom ou inteiro.

E quando olhou para ela, percebeu que Bárbara estava completamente absorvida pelo que ele estava dizendo. Então, continuou:

– Por isso, quando crescemos, continuamos buscando essa perfeição em tudo e em todos. Só que, como ela não existe, a gente se frustra. Se não acordarmos em algum momento para a verdadeira beleza da vida, corremos o risco de nos desiludirmos repetidas vezes. De acreditarmos que os outros é que estão quebrados, estragados, sabe? – e parou de falar, olhando para frente.

– Continua, por favor! – pediu Bárbara.

– A questão é que, de fato, a perfeição só pode existir quando praticamos o não julgamento. Quando conseguimos ver para além das predefinições, dos preconceitos. Cada coisa é o que é, como é, em qualquer momento de sua existência. Seja quando acabou de ser feita, seja quando está em pleno processo de decomposição. E assim é também com a gente, com as pessoas. Somos perfeitos do jeito que formos. E permanecemos absolutamente perfeitos durante toda a nossa existência e inclusive quando morremos. Mas como não enxergamos isso e como tentamos, o tempo todo, corresponder à perfeição que esperam da gente e, principalmente, à perfeição que nós mesmos nos exigimos sem nem saber o que significa isso, perdemos nossa beleza genuína, espontânea...

Bárbara estava rendida. Completamente encantada com aquela visão, com aquele ponto de vista vindo de um homem. Lembrou de ter dito a Samantha, poucos meses atrás, que todos os homens eram mentirosos, e agora estava diante de um que lhe parecia tão transparente, tão inteiro. Em seu íntimo, sentia-se até um pouco envergonhada por tantos anos de prejulgamento e de preconceito.

– Nossa! Que jeito lúcido de enxergar o mundo e as pessoas. Estou sem palavras.

– Então, vamos aproveitar seu silêncio interior e apreciar o pôr do sol. Se posso te dar uma sugestão, apenas contemple. Pense o menos que conseguir. Fique presente para suas sensações e para toda a beleza desse espetáculo.

– Vou tentar...

E permaneceram em silêncio durante todo o movimento de despedida do sol, da luz do dia, do brilho que pintava as montanhas de um dourado ofuscante. Em alguns momentos, Bárbara se pegava de novo desconectada do presente e com a mente borbulhando em pensamentos. Mas assim que se dava conta, tentava se reconectar com o que estava acontecendo ali, naquele exato instante. Num desses momentos, olhou para Leo e teve a impressão de que ele não estava mais ali, aparentemente distante, olhando através do horizonte.

Mas era justamente o oposto. Ele estava tão presente que podia sentir os movimentos dela, as mudanças no ritmo da respiração dela, assim como sentia o seu próprio ritmo. Podia acompanhar o pôr do sol e perceber as pessoas próximas a eles, algumas conversas, os cheiros e a tonalidade do dia, que ia se tornando mais e mais escura. Leo captava várias sensações ao mesmo tempo, dentro e fora de si, sem precisar olhar diretamente para cada acontecimento. Era como se criasse, ao redor dele, uma espécie de radar que decifrava desde as sutilezas até as densidades daquele lugar.

Quando o Sol finalmente desapareceu por trás dos montes e a noite se apresentou, as luzes da cidade se impuseram. A paisagem era completamente diferente, mas igualmente linda. Talvez, a grande diferença é que, agora, tudo parecia mais romântico. A lua se impunha, soberana e absoluta, e era impossível para o casal, em perfeita sintonia, não se deixar influenciar por essa força cósmica. Os dois se olharam e, como Leo sustentou o olhar, Bárbara também se deixou ali, perdida naquele castanho brilhante que tão decididamente entrava nela e tocava sua alma.

– Você é realmente linda, Bárbara Joy. – e tocou o rosto dela com muita delicadeza.

Deslizou seus dedos pela bochecha e continuou, passeando pela testa, pelo nariz e pelo contorno da boca. Depois tocou o lóbulo de sua orelha e foi descendo pelo seu pescoço e ombros. Continuou pelo braço até chegar na mão esquerda de Bárbara. Sustentou essa mão com a sua direita e passeou pela palma dela bem devagar.

Bárbara sentia como se sua pele estivesse carregada de eletricidade estática. Sentiu o movimento do seu corpo, estremecendo sob o toque dele, e ficou um pouco constrangida. Leo rapidamente percebeu e olhou para ela com amor:

– Isso é Tantra, minha querida.

Ela relaxou e sorriu. Fechou os olhos e aproveitou aquela sensação por mais algum tempo. Respirou profundamente e experimentou um nível de presença e conexão com o momento que nunca havia sentido antes.

Abriu os olhos e Leo estava sorrindo para ela. E como ele ainda passeava sobre sua pele com a ponta dos dedos, quis saber mais.

– O que exatamente é o Tantra? O toque, o olhar, a leveza?

– Tudo isso e muito mais. Na verdade, o que estou fazendo é um ato tântrico à medida em que estou usando o meu toque de forma consciente e intencional, completamente presente para você. Com isso, eu desperto a sua bioeletricidade para estimular novas sensações em seu corpo. Assim, você pode ter novas percepções sobre si mesma.

– Nossa! Fechei os olhos e foi exatamente isso tudo que senti. – surpreendeu-se. – E era isso que você fazia com seus pacientes quando era terapeuta?

– Também. Através do que a gente chama de massagem sensitiva, com toques leves e intencionais como esse, iniciamos um tipo de 'tratamento' que propicia a pessoa alcançar um estágio elevado de consciência de si mesma por meio de uma experiência sensorial.

– Realmente me peguei experimentando sensações até então desconhecidas. Ou talvez até conhecidas, mas não com essa intensidade. É muito boa essa massagem sen... – e olhou para ele como quem não sabia bem o nome.

– Sensitiva! Sensorial. Você sentiu isso porque essa prática tântrica amplia a capacidade de liberação e de expansão da energia e o corpo, de acordo com essa filosofia, é o veículo mais adequado para o despertar de uma nova consciência, mais amorosa e criativa.

– E você atendia homens também?

– Claro. O trabalho de cura que o Tantra proporciona é indicado para homens e mulheres. Já atendi muitos homens que buscavam ajuda com questões sexuais, mas também homens com depressão, ansiedade e outros desconfortos psicológicos e emocionais.

– Fico imaginando que deve ser um pouco estranho, mas na verdade, não tenho ideia do que pode acontecer numa sessão de terapia tântrica.

– Prometo te contar mais outra hora. Agora, vamos jantar?

– Vamos, sim. Aqui? – e apontou para o restaurante ali no topo da montanha.

– Não, não! Aqui é lindo, mas pesquisei bastante e vou te levar em outro lugar.

– Hummmm. Então vamos, porque começo a ficar com fome e posso perder a doçura quando fico faminta – gargalhou Bárbara.

– Adoro mulheres que comem com vontade. Posso imaginar agora, com muita clareza, o quanto você deve ficar sexy quando come com desejo. – e olhou para ela com aquele seu olhar desbravador.

Bárbara se sentiu inesperadamente excitada com aquela confissão dele e se surpreendeu com a rápida resposta de seu próprio corpo. Engoliu seco, ajeitou a roupa depois de se levantar e mudou de assunto.

– Agora, vamos de bondinho?

– Claro! Nessa escuridão, despencaríamos montanha abaixo, se fôssemos pela trilha! – e os dois riram.

E enquanto desciam, Leo sugeriu:

– Diego me disse que daqui até onde iremos dá meia hora de caminhada, mas acho que já nos esforçamos o suficiente. Vamos de Uber?

– Com certeza!

Em menos de quinze minutos chegaram à rua Pirronos e pararam bem em frente ao suntuoso Spondi, um restaurante que combinava perfeitamente elegância, refinamento e autenticidade. Bárbara imediatamente se encantou. Olhava em todas as direções para apreciar a decoração, o estilo e, acima de tudo, os aromas que o lugar exalava. Parou no meio do salão, fechou os olhos e inspirou profundamente, a fim de que seus sentidos aguçados de Chef captassem o ambiente.

Leo assistia satisfeito. Tinha se esforçado na pesquisa para não errar com Bárbara, ainda mais porque ela era especialista naquele ramo.

– E aí, gostou? Minha escolha foi aprovada?

– Bem! Ainda não provei nenhum prato ou vinho, mas a apresentação é impecável. Aqui é lindo.

– Quer conhecer os outros ambientes para decidirmos onde nos sentamos? Fiz esse pedido quando liguei para reservar: que a minha dama pudesse escolher onde gostaria de jantar, já que é uma famosa chef brasileira.

– Leo! – repreendeu Bárbara. – Não sou tudo isso! Nem conquistei Estrela Michelin ainda – brincou ela, sorrindo.

– Ah! Pois então... esse restaurante tem duas estrelas Michelin.

– Sério? Nossa, que bacana. É sempre interessante conhecer lugares como esses. Sempre me inspiro e levo alguma novidade para o *Temperos & Palavras*.

– Ainda quero falar mais sobre esse nome que eu simplesmente adorei! Mas agora vamos continuar para que você consiga escolher o nosso lugar.

– Vamos! – e foi na frente.

O Spondi era um ponto de referência no país e contava com dois pátios com atmosfera deliciosa e duas salas de jantar igualmente encantadoras. Além disso, oferecia um ambiente construído a partir de tijolos recuperados ao estilo de uma adega abobadada. Mas

Bárbara foi fisgada pelas mesas que ficavam num jardim arborizado ao ar livre, descontraído e charmoso. Leo adorou.

– Eu realmente não costumo escolher lugares tão requintados, mas devo confessar que sabores refinados e beleza para os olhos também são experiências tântricas.

– Não sei exatamente o que estou dizendo, mas concordo plenamente! – riu. – Muito obrigada por esse privilégio de conhecer um restaurante Michelin em pleno coração da Grécia.

Rapidamente foram recebidos por um atento e simpático garçom. Leo pediu a carta de vinhos e perguntou se Bárbara queria escolher, já que era ela a especialista.

– Especialista é a Sofia, minha sócia. Só escolho quando ela está tão longe quanto agora. Você ficaria impressionado com a sensibilidade dela para escolher a garrafa perfeita para cada ocasião.

– Se isso foi um convite para conhecer o seu encantador *Temperos & Palavras*, pode ter certeza de que já aceitei.

– Ah! Claro que o convite está feito, mas Sofia realmente sempre arrasa na escolha! Mas já que ela não está, farei as vezes. – e pegou a carta torcendo para ser inspirada pela amiga, estivesse onde fosse naquele momento.

– Bebo raramente, mas como essa é uma ocasião realmente especial, vou abrir uma exceção! – avisou Leo.

– Ah, é? Bom ter me avisado, porque também não bebo muito, exceto quando estou com a Sofia e com o Theo. Vou escolher apenas uma garrafa, então. Você prefere branco ou tinto?

– Gosto dos dois. Mas hoje é você quem escolhe! A noite é para você! – e mais um dos seus olhares, seguido pelo toque de sua mão na mão e no braço dela, fazendo Bárbara arrepiar e estremecer por dentro.

Ela começava a se sentir menos despida, mas ainda se espantava com a intensidade com que ele se fazia presente. Seu corpo parecia se tornar cada vez mais sensível a ele. Bárbara suspirou mais profundamente do que esperava e, com medo de ter transparecido seus sentimentos, voltou o olhar para a carta. Depois de alguns minutos de minuciosa procura, ela se virou para ele:

– Fecha os olhos que vou ler a descrição desse vinho. Se você sentir algo bom, é porque é esse!

– Hummmm, adorei a metodologia de escolha. – e fechou seus olhos.

– Este saboroso tinto é elaborado com a elogiada uva grega Agiorgitiko – e engasgou um pouco para falar, fazendo ambos rirem. Depois continuou. – Mostra todas as melhores qualidades da casta, com um aroma amplo e generoso, marcado por frutas escuras e framboesa, e um final de boca sedoso. No palato, é rico e macio, com bastante elegância. Uma bela introdução a esta que é uma das mais marcantes uvas tintas da Grécia. – e esperou para ver a reação dele.

Ele ficou estático por um tempo, em silêncio, ainda de olhos fechados, deixando Bárbara apreensiva. Depois, abriu os olhos e se aproximou dela:

– Quer mesmo saber o que senti? – sussurrou ele.

– Quero! Mesmo! – e sua voz saiu rouca e sedutora.

– Senti vontade de transformar a sua boca numa taça e degustar esse vinho bem devagar.

Bárbara prendeu a respiração para não soltar o gemido que subiu do mais fundo de si mesma. Sentiu-se prazerosamente invadida pelo comentário dele, que obviamente veio seguido pelo seu olhar penetrante. Mas, naquele momento, mais do que penetrante, foi completamente despudorado.

Ela esperava por uma aproximação sensual mais habitual desde a noite anterior. Por mais que estivesse amando e se sentindo absolutamente seduzida pelos toques, pelas palavras, pelas insinuações e principalmente por aquele abraço arrebatador da despedida, ela não conseguia ler com clareza aqueles sinais tão inusitados de Leo. De novo, tinha esperado por um beijo dele depois do pôr do sol, enquanto ele tocava o rosto dela, mas ele não veio e ela não entendia o ritmo dele. Sentia uma ligação eletrizante, uma energia deliciosa, uma intimidade indescritível, mas simplesmente não entendia por que ele ainda não a tinha beijado.

De novo, estava excitada. Seu corpo reagiu e ela ruborizou, mexendo-se na cadeira. Limitou-se a olhar demoradamente para ele. Não sabia o que dizer.

Não precisava. Leo sabia. Leo sentia. Cada um de seus movimentos, além de totalmente motivados por seus sentimentos e instintos, eram conscientes. Ele queria Bárbara com todo o seu ser. Mas a queria inteira, entregue, confiante.

O garçom se aproximou e ela fez o pedido do Nótios tinto, safra 2013, acompanhado de duas águas. Depois se voltou para ele:

– Você consegue me surpreender de todas as formas. Age de um jeito muito diferente dos homens que já conheci. Ao mesmo tempo em que sinto que estamos muito conectados, nunca sei qual vai ser seu próximo movimento.

– Você quer saber por que ainda não beijei você, Bárbara?

"*Meu Deus! Que homem é esse? Tem poderes? Lê mentes?*", gritou ela para si mesma, antes de responder.

– Se eu dissesse que não, estaria mentindo!

Leo aproximou sua cadeira da cadeira dela, já que estavam separados por um ângulo de 90 graus. Tocou na cintura dela com leveza e ficou ali, acariciando ora a curvinha de sua barriga, ora parte de sua região lombar. E enquanto ela se esforçava para não se contorcer de prazer, ele respondeu:

– Talvez você não tenha ideia do quanto quero beijar você. Do quanto quero despertar você para mim. Do quanto desejo cada milímetro do seu corpo, do seu rosto e da sua boca. Mas meu ritmo é lento para dar tempo ao seu coração. Aos medos e às defesas que ainda possam rondar a sua alma de mulher ferida, de mulher marcada pela agressividade com que um homem perdido de si mesmo ousou tocar você um dia.

"*Mas eu não falei nada sobre o Pedro, sobre o meu casamento! Do que é que ele está falando? O que é que ele sabe sobre mim?*", assustou-se Bárbara ao mesmo tempo em que sentiu uma confiança que realmente nunca tinha experimentado antes. E ele continuou:

– Eu sinto você, Bárbara. Sinto a delicadeza da sua existência. Sinto o sagrado despertando dentro de você. Sinto o quanto você quer ser feliz, amada e respeitada pela mulher que você se tornou. E sinto, acima de tudo, o quanto você merece isso.

E ficou em silêncio por alguns instantes, sem deixar de tocá-la por um só segundo. Aos poucos, entrando nela bem devagar com seus olhos de profundo reconhecimento, falou:

135

– Além disso, antes de ousar tocar você de um jeito ainda mais íntimo, por mais que eu queira muito, preciso te contar uma coisa!

Bárbara sentiu seu corpo gelar. Suspirou mais uma vez e foi tomada por um medo de que toda aquela sensação maravilhosa se dissipasse e se perdesse diante do que ele estava prestes a dizer.

– Não se assuste! Não sofra antes da hora. Apenas me escute. Sei o quanto a clareza pode ser fundamental na construção de qualquer relacionamento, dure quanto tempo durar. Então, gostaria que você soubesse que iniciei um projeto profissional e tenho toda uma agenda montada para os próximos dois meses. Por isso, semana que vem viajo para a Ásia. Vou fotografar o Tibete, o Nepal e o Butão. – e parou de falar, a fim de captar os sentimentos dela.

Bárbara se sentia confusa. Se, por um lado, obviamente desejava ficar com ele pelo maior tempo possível, por outro não tinha a menor ideia do que poderia acontecer nos próximos dias. Tinham se conhecido há pouco mais de 24 horas, mas a intensidade com que tudo estava acontecendo entre eles era tão grande que pareciam se conhecer há pelo menos 24 dias. Sem contar que ela também voltaria para casa na semana que vem. De fato, ainda sabiam muito pouco um da vida do outro, mas o modo como Leo vinha agindo fazia com que ela se sentisse flutuante de certa forma. Presente, entregue, mas não apegada. Diferente. Sentia como se aquela Bárbara fosse outra.

"*Me sinto acordada*", pensou. Mas decidiu não falar. Mais do que se revelar tão rapidamente, como sempre havia feito nos relacionamentos de antes, cheia de ansiedade e insegurança, desejando aprovação e respostas, ela queria saber mais sobre ele:

– Me conta mais sobre esse projeto?

– Ah! De um jeito bem resumido, a ideia é montar uma exposição e depois um livro fotográfico sobre a felicidade e a alegria com as imagens que vou captar nesses três países e em alguns outros onde já estive.

– Joy! – disse ela e sorriu, entendendo agora o significado daquela expressão para ele.

– Isso mesmo! Alegria é para onde o meu olhar está voltado! Quando vi você no trem, fui tomado por uma sensação de júbilo. De contentamento. Tudo o que eu queria era posicionar a minha câmera e fotografar você sem parar. Eu sentia sua energia de onde eu estava e não consegui mais tirar os olhos de você.

– Eu percebi. Foi impossível voltar a prestar atenção ao que acontecia do lado de fora do trem. Você parecia me prender numa teia invisível e me puxar para você.

– Pensei em me levantar e ir até você, mas não tinha certeza de que estava sozinha e não queria arriscar de causar algum constrangimento.

– Ah! Então foi isso que te impediu... Quando o trem estava se aproximando da minha estação, tive vontade de gritar que iria descer, para ver se você se aproximava, falava alguma coisa... mas obviamente jamais faria isso. – e os dois riram.

– E eu? Fiquei completamente decepcionado quando você se levantou e desceu com tanta pressa. Ainda corri para o outro lado do vagão, tentando ver para que lado você estava indo, mas não deu tempo. Passei o resto do dia recapitulando seus traços em minha mente e tendo a certeza de que se fosse um pintor, reproduziria numa tela toda a sua beleza, para nunca mais deixar de te olhar.

Bárbara se sentia tão afinada com tudo o que acontecia entre eles. Era a primeira vez que se colocava de um jeito tão autorizado num encontro. Estava simplesmente sendo ela mesma, espontânea, leve, voltada para si e não tentando adivinhar o que ele estava pensando ou qual o melhor comportamento para impressioná-lo. Isso fazia com que se sentisse realmente feliz consigo mesma. Sem contar que estava muito empolgada por ter reencontrado Leo. Nada lhe tiraria a certeza de que Afrodite tinha parte nisso. E ele, mais uma vez, pareceu ler os pensamentos dela:

– Quando você surgiu bem dentro do visor da minha câmera, em pleno Paternon, tive vontade de me ajoelhar e agradecer, mas com medo de parecer muito maluco – porque um pouco eu sei que já pareço – me contive! – e os dois riram de novo.

– Nossa! Nem me fale. Eu estava admirando aquelas colunas tão imponentes, tocando o mármore frio e sentindo a temperatura com as minhas costas quando, de repente, vi você conversando com seu amigo. Parecia uma miragem. Fiquei completamente estarrecida e não sosseguei até que dei um jeito de fazer com que você me visse.

Leo pegou a mão dela nesse momento, beijou e agradeceu profundamente:

– Que bom que você fez isso. Que bom!

– Acho que não fui eu. Ainda não reconheço essa Bárbara tão ousada. Arrisco dizer que foi a Afrodite acordando dentro de mim.

– Pode ser. Faz sentido! Talvez tenha nascido uma nova versão de você inspirada pela deusa. Mas ainda assim é você, permitindo-se viver e se deleitar com o banquete que a vida sempre nos oferece.

O garçom chegou para servi-los. Perguntou quem faria a prova e Leo apontou para ela. Ao que ela corrigiu:

– Nós dois!

– Ok, Chef. Desafio aceito, mas se fosse você, não confiaria tanto no meu paladar para bebida alcoólica. Minha especialidade é outra. E sorriu maliciosamente para ela.

Bárbara estava adorando aquela sedução com as palavras, e levantou a taça, olhando também maliciosamente para ele enquanto girava o líquido para captar o buquê. Leo repetia os movimentos dela, tentando sentir o que ela sentia. Quando Bárbara encostou a taça nos lábios, sorveu o líquido e fez um movimento para que se espalhasse por toda sua boca, ele prendeu a respiração e apertou os olhos, fixos nela, dessa vez sem imitar o movimento. Ela fechou os olhos, engoliu e sentiu. Abriu os olhos e disparou:

– Delicioso! Acho que você vai gostar.

E de novo ele chegou bem perto dela, como que pedindo para que ela se aproximasse também. Ela obedeceu e ouviu a voz rouca e o hálito quente dele muito perto de sua orelha:

– Deliciosa! Tenho certeza de que vou gostar!

Bárbara imaginou ter ficado da cor do vinho, de tão quente que se sentiu. De novo, seu corpo reagiu e ela percebeu que estava muito excitada. Sentia seu olhar lascivo sobre ele, entrando nele exatamente como ele vinha fazendo desde o trem, e apenas balançou a cabeça para o garçom, autorizando-o a completar as taças.

Para comer, escolheram o menu degustação que contemplava quatro pratos, três sobremesas e uma tábua de queijos. Os dois se entregaram aos sabores requintados e exóticos que experimentavam a cada bocada. A comida era criativa, moderna e, ao mesmo tempo, mantinha traços da cozinha tradicional grega. Cada prato era apresentado de forma impecável e Bárbara estava se deleitando com aquela experiência gastronômica. Ainda mais porque as receitas eram nitidamente preparadas com produtos frescos e de excelente qualidade.

Aproveitaram o jantar para se conhecerem melhor. Bárbara tinha muitas perguntas ainda por fazer:

– Como foi essa mudança de terapeuta para fotógrafo?

– Agora que você fez essa pergunta, me dei conta de que gosto de mudar de tempos em tempos. – divagou Leo.

– Por que diz isso? Teve alguma outra profissão além dessas duas?

– Sim! Na verdade, eu me formei em administração aos 22 anos, mas desde os 18 já trabalhava com meu pai na empresa da família. Só que logo percebi que não tinha o mesmo talento que meu irmão mais velho para os negócios. Ainda insisti por mais alguns anos fazendo a gestão administrativa, mas cheguei à conclusão de que, se continuasse ali, estaria sempre infeliz e frustrado.

– Até aí, consigo entender perfeitamente. Você realmente não parece ter talento para uma rotina tão burocrática. Mas o que fez você mudar tão radicalmente?

– Bem, como sou o caçula, acho que meus pais me mimaram um pouco e terminei tendo alguns privilégios. – confessou e riu de sua própria honestidade. – Conversei com eles, contei sobre meus planos de estudar Meditação, Tantra e Yoga e perguntei se eles me dariam um suporte financeiro enquanto não ganhasse meu próprio dinheiro com essas terapias e práticas. E eles me apoiaram, o que facilitou bastante esse meu novo rumo profissional.

– Quantos anos você tinha nessa época?

– Estava com 24 e sentia um vazio dentro de mim que não conseguia explicar. Faltava alguma coisa que fizesse a vida ter um sentido maior, sabe?

– Sim, sei! Com certeza, sei. Foi por isso que aceitei a sugestão de fazer terapia. Sentia um vazio dentro de mim também. Pena que demorei tanto tempo para começar...

– O importante é começar, porque olhar para dentro, aprender a reconhecer os próprios sentimentos e a compreender nossos comportamentos e escolhas pode ser o que separa uma vida rasa de uma vida espetacular, que realmente vale a pena ser vivida.

– Verdade! Você tem razão. Mas você já fez psicoterapia? Terapia tradicional? – perguntou Bárbara.

– Não, nunca! Mas já pensei várias vezes em fazer. Quem sabe seja minha próxima investida, assim que voltar dessa viagem? Se bem que acredito que existem muitos caminhos diferentes que levam ao mesmo objetivo. O autoconhecimento é uma jornada que pode ser trilhada de muitas formas distintas. Eu encontrei o sentido que vinha buscando especialmente no Tantra. A prática, a filosofia, o modo como os orientais interpretam a vida e as pessoas mexeram muito comigo. E tive a sorte de descobrir um método muito bom em São Paulo, com o qual me identifiquei bastante. Foi quando resolvi estudar e praticar até me tornar terapeuta profissional.

– Nossa! As pessoas mais próximas de você devem ter estranhado toda essa mudança, não? – perguntou e, em seguida, abocanhou mais uma garfada daquela comida maravilhosa.

Leo também estava aproveitando cada sabor daquela experiência, mas apreciava ainda mais a conversa, que estava de fato deliciosa:

– Muito, com certeza! Meus amigos tiravam muito sarro no começo. Diziam que eu estava aprendendo uma nova técnica para pegar mulheres e queriam que eu ensinasse algum segredo para eles, de qualquer jeito.

Bárbara gargalhou com aquele comentário, confessando que provavelmente também desconfiaria, caso fosse amiga dele.

– Sim, eu entendi meus amigos. Até porque, antes de começar toda essa transformação, eu tinha mesmo fama de ser pegador, mulherengo. Minha mãe vivia me cobrando "Meu filho, quando você vai levar uma garota a sério?", e imitou a voz da mãe, divertindo-se com seu passado.

– Nossa! Então preciso tomar cuidado! Estou diante de um Don Juan! – falou em tom de brincadeira.

– De jeito nenhum, Bárbara! Mudei muito durante todo esse tempo. Sem contar que já estou ficando velho...

– Ah, claro! Quantos anos tem o ancião agora?

– Tenho 31 e estou preocupado em ser chamado de "papa-anjo", porque você não deve ter mais do que 25...

Bárbara estava se divertindo com aquela troca de insinuações, mas não pode deixar de se sentir lisonjeada.

– Bem que eu queria. Mas terei de decepcioná-lo, meu querido. Já passei você, inclusive!

– Não! Mentira! Jamais vou acreditar nisso, mesmo que me mostre seus documentos! – enfatizou Leo.

– Pois pode acreditar. Ainda esse ano completo 35 e estou me sentindo responsável por você agora!

– Meu Deus! Que ingênuo tenho sido! Estou aqui me achando o tal e descubro que tenho diante de mim uma mulher que, além de linda, inteligente e bem-sucedida, é experiente e muito mais vivida do que eu! – e fingiu ficar sério e preocupado.

– Ei, também não é assim, né? – protestou Bárbara e os dois riram. – Melhor voltarmos a falar sobre suas mudanças. Estava bem mais interessante. Me conta como convenceu seus amigos de que realmente não se tratava de uma técnica para pegar mulheres?

Leo se demorou um pouco sobre ela, observando atentamente seus traços e se sentindo muito sortudo por estar ali, compartilhando sua vida com aquela mulher tão singular. Depois de alguns instantes, continuou:

– Bem, com tudo o que eu vinha aprendendo, foi inevitável mudar meu jeito de me relacionar com meus amigos, com minha família e, claro, também com as mulheres. Minha mãe foi a primeira a perceber e chegou até a ficar preocupada.

– Por que preocupada? Você ficou tão diferente assim?

– Segundo ela, eu fiquei muito introspectivo, caseiro e centrado. Deve ser principalmente porque passei quase dois anos sem me relacionar com nenhuma mulher.

– Sério? Nada de sexo?

– Nem beijo na boca!

– Uau! Isso pode realmente parecer preocupante. Foi intencional?

139

– Foi sim! Eu decidi fazer uma espécie de limpeza interior. Descobri que sexo é uma troca muito intensa e profunda de energias e queria me esvaziar de todas as trocas inconscientes que tinha feito até aquele momento da minha vida. Sem contar que o fato de não me relacionar sexualmente foi uma oportunidade incrível de expandir a consciência.

– Como assim? Como você sentia que sua consciência estava expandindo? – e ela estava admirada e encantada com a história de Leo.

– Para começar, as pessoas mais próximas, que conviviam comigo, não se cansavam de dizer que eu havia me tornado muito mais atencioso, tranquilo e feliz. E eu realmente sentia como se tivesse me reconectado com a minha verdadeira essência.

– Entendo o que você está dizendo porque tenho vivido algo bem parecido, principalmente depois que comecei a conhecer a mitologia grega pelo olhar da minha terapeuta. Mas fico imaginando que, por ser tão jovem e também por ser homem, deve ter causado mais estranhamento e até espanto em algumas pessoas.

– Com certeza. Foi isso mesmo. Por isso sou tão grato aos meus pais, porque sem o apoio deles, eu não poderia ter mergulhado tão profundamente nessa transformação.

– E como foi se tornar terapeuta tântrico?

– Foi uma experiência de vida maravilhosa! Eu cresci demais como homem e como ser humano. Atendi por mais de quatro anos e, nesse tempo, amadureci tanto emocional quanto espiritualmente. Recebia em meu espaço não só mulheres, como muitos costumam pensar, mas também homens que chegavam em busca de autoconhecimento ou ainda por indicação de algum outro profissional – fosse terapeuta, psicólogo ou até médicos mais abertos para a cura holística de seus pacientes.

Bárbara ficou pensando no que ele havia acabado de dizer e, enquanto terminava de mastigar, concluiu que Leo já havia vivido muito mais do que ela, apesar de ser mais novo.

– E a fotografia? Como entrou nessa história toda?

– Então... a fotografia sempre foi uma paixão. Na adolescência, eu poderia jurar que seria fotógrafo profissional assim que terminasse a faculdade de jornalismo. Mas a vida me levou para outro rumo e terminei fazendo administração, como meu pai tanto desejava. Mas, como dizem, paixão antiga mal resolvida sempre volta, não é?

– Não sei! É? – e desafiou Leo!

– Neste caso, foi! Paralelamente aos meus atendimentos terapêuticos, comecei a estudar e me atualizar, afinal, muita coisa tinha mudado desde meus 16 anos. Fiz cursos, fotografei os amigos, a família, a natureza e tudo o que despertasse meu interesse de alguma forma.

– Tá, mas essa coisa de alegria, felicidade... De onde veio?

– Então... isso foi um outro tipo de despertar, muito interessante. Mas eu estou falando demais, não estou?

– De jeito nenhum! Quero saber de tudo. Ainda mais porque agora vou entender o sobrenome que você me deu! – e sorriu, satisfeita!

– Sim, Joy. Nunca imaginei que essa palavra combinaria tanto com uma pessoa. Pensei nela no exato instante em que olhei para você no trem!

– Pois comece a se explicar. De onde isso veio?

– Bem, eu estava passeando bem distraidamente por um parque, como costumava fazer pelo menos uma vez por semana. Mas, recentemente, eu havia lido um livro de um autor alemão que falava sobre iluminação espiritual, estado de presença, já ouviu falar?

– Minha terapeuta sempre me pede para ficar presente para o que eu sinto, penso e para o modo como lido com as situações. Será que é a mesma coisa?

– De certa forma, sim. Mas esse livro ensina técnicas específicas para você se manter completamente atento a tudo o que está acontecendo ao seu redor, literalmente. É como olhar profunda e demoradamente para cada detalhe, cada movimento. Como se a vida acontecesse em *slow motion*...

– Parece interessante, mas não deve ser muito fácil... – comentou ela.

– E realmente não é. Não que exija tanta habilidade, mas é que não fomos treinados para isso. Vivemos com pressa, perdidos em pensamentos. Não aprendemos a observar e enxergar de fato o que está acontecendo neste momento. Raramente fazemos isso e, quando fazemos, nem nos damos conta. Não é consciente. Não é uma escolha, entende?

– Com certeza! Entendo perfeitamente.

– Então, nesse dia, no parque, desafiei a mim mesmo. Queria saber por quanto tempo eu conseguiria ficar nesse estado de presença. Lembrei de ter lido que a maioria das pessoas passa a vida toda dormindo. Enxerga e ouve apenas o superficial ou, pior, sequer enxerga e ouve o que acontece à sua volta. Que a gente passa a vida iludida pela voz da mente que mente. Desperdiça os dias remoendo o passado ou ansiando pelo futuro, sem se presentear com a própria presença, com o tempo presente, com o único lugar que realmente importa: aqui e agora.

– Poxa, você gosta mesmo de experiências profundas, hein?

– Você ainda não viu nada! – e retomou o tom sedutor, fazendo Bárbara suspirar, sentindo sua Afrodite dançar de alegria.

– Então, me mostra! – provocou Bárbara e imediatamente pensou no quanto estava realmente impetuosa.

– Nada como se relacionar com uma mulher segura de si e que sabe o que quer! Algo me diz que você ainda não tem noção do quanto é maravilhosa, Bárbara!

E agora eles se olhavam com desejo e ternura ao mesmo tempo. O universo de um tocava deliberadamente o universo do outro.

– Como foi a experiência? – interrompeu ela, deixando-o sem saber de que experiência exatamente ela estava falando.

– Agora... ou no parque?

– No parque. Porque agora eu estava junto e sei muito bem como foi.

Leo sorriu, cada vez mais encantado e surpreendido:

– Eu mergulhei na experiência e, de repente, sem saber depois de quanto tempo, me descobri completamente absorto numa cena que acontecia bem perto de mim. Estava sentado num banco, bem em frente a um grande lago, quando vi um pequeno esquilo subindo pelo tronco de uma árvore. Quase já no alto, ele se encontrou com outro esquilo que descia pelo mesmo caminho. Os dois bichinhos pararam um de frente para o outro e começaram a se cheirar e a se tocar. Ficaram se namorando ou se comunicando dessa forma por um bom tempo, enquanto emitiam sons que pareciam de felicidade, regozijo

141

e prazer. Naquele momento, fui tomado por um estado de graça e alegria que me peguei em lágrimas. Estava emocionado por sentir a simplicidade da vida, a felicidade que aflora dos gestos mais singelos e espontâneos.

Bárbara apenas ouvia, mergulhada na experiência que parecia se repetir naquele momento.

– Até aquele dia eu jamais conseguiria supor tamanha delicadeza e intensidade ao mesmo tempo. Era incrível observar aqueles dois seres entregues um ao outro com todo o seu instinto e presença, como se nada mais pudesse existir.

– Quanta sensibilidade na sua percepção...

– É isso! Exatamente isso que acontece quando a gente fica presente. E foi aí que eu decidi que dedicaria minha fotografia a momentos como aqueles. Viajaria pelo mundo em busca de qualquer imagem que revelasse a felicidade, o amor e a alegria dos encontros.

– Isso pode ser muito romântico. – sugeriu Bárbara.

– Também. Não pensei só no encontro entre dois seres ou duas pessoas, mas também no encontro entre qualquer tipo de vida. Pode ser um besouro e uma flor, duas pessoas e até o encontro de alguém consigo mesmo.

– E você disse que já fotografou em alguns países...

– Sim, desde então, já desbravei alguns países da América do Sul e da América Central. Consegui juntar algum dinheiro participando de exposições e até vendendo algumas de minhas fotos. E daí me planejei para realizar essa viagem ao Oriente, que é um grande sonho.

– Por que especificamente Nepal, Tibete e Butão? – quis saber mais sobre o projeto de Leo.

– São países com uma cultura muito peculiar, voltada para o espírito, a profundidade da vida. O Butão tem ainda mais uma particularidade. Porque se tornou bastante conhecido depois que, em 1972, um rei muito jovem, com apenas 18 anos, decidiu instituir naquele reinado o FIB, em contraponto ao PIB. Ou seja, ele acreditava que mais importante do que a soma de todos os bens e serviços produzidos no país, era promover felicidade aos seus habitantes e medir esse índice para motivá-los ainda mais.

– Acho que já vi algo sobre isso na tevê, um tempo atrás. Mas confesso que até achei que fosse algum tipo de medida provisória, que não se sustentaria.

– Mas se sustentou e eu vou até lá, tentar captar essa felicidade com as minhas lentes e aprender um pouco mais sobre a arte de ser feliz.

– Você vai fazer um trabalho fantástico, tenho certeza.

– E o que te faz ter tanta certeza assim, Bárbara Joy?

– Bem, quando olho para você, vejo entrega, intensidade, coragem e autenticidade. E como você ama fotografar, é certo que todas essas características vão aparecer em cada imagem que você captar.

– Que bom que você tem essa percepção. Agora, tenho mais um motivo para me sair realmente muito bem!

E os dois já haviam acabado de jantar. Recostando-se na confortável cadeira, Bárbara quis saber:

– Tomara que você tenha gostado da comida e da conversa tanto quanto eu. Esta noite está sendo simplesmente divina.

– Deve ser porque estamos na Grécia, berço dos deuses – brincou Leo. – Vamos caminhar um pouco?

– Vamos, sim. Comi demais. Preciso caminhar! – enfatizou Bárbara enquanto pedia licença para ir ao banheiro.

Quando voltou, Leo já estava de pé, esperando por ela a caminho da saída.

– Já?

– Já. Está tudo certo. Podemos desbravar um pouco mais dessa cidade mítica e mágica.

Bárbara já nem esperou que ele oferecesse o braço. Enganchou-se nele animadamente, disposta a prolongar o máximo possível aquela noite. Conversaram sobre amenidades e também sobre assuntos mais sérios. Leo manteve-se bastante interessado, quando ela contou um pouco sobre seu relacionamento com Pedro e como vinha se trabalhando para recuperar seu equilíbrio e se abrir para um novo amor.

Quando passavam por uma pequena e charmosa praça, Leo segurou Bárbara pelos ombros e a empurrou bem discretamente em direção a uma árvore cujas flores e folhas caíam de tempos em tempos. Era a dança do Outono acontecendo em plena luz da lua.

– Amo o Outono! – falou ela, enquanto observava a beleza daquele chão forrado de flores e sem ainda se dar conta do movimento de Leo.

Só notou que estava sem saída quando ele se colocou bem de frente para ela, assegurando-se de que Bárbara estava bem encostada na árvore. Foi se aproximando bem devagar, parou muito perto dela e falou, olhando dentro dos olhos dela:

– É por tudo isso que estamos sentindo – e suspirou profundamente, antes de continuar. – Por tudo o que você é, e também por tudo o que eu sou, que quero te fazer um convite.

Bárbara estava ofegante demais com aquela aproximação. Podia sentir o cheiro dele, o que fazia seu coração disparar e todo o seu corpo se acender. Estava tão arrebatada por suas próprias sensações que nem tentou se conter e sua respiração certamente a denunciava.

– Qual é o convite? – falou pausadamente, tentando não perder o fôlego diante do turbilhão de emoções que experimentava.

A respiração de Leo também estava densa e ela podia sentir que não era a única afetada pelo encurtamento repentino da distância.

– Você embarca de volta para o Brasil no próximo sábado, não é? – perguntou.

– Sim, isso mesmo. – e estava curiosa para saber onde aquela conversa chegaria.

– O Diego tem um amigo que aluga uma casa na Ilha de Hydra, que fica há duas horas de ferry, saindo do Porto de Pireu, bem perto daqui.

E olhou para ela, tentando não deixar escapar qualquer movimento que pudesse indicar medo ou recusa. Mas, ao contrário, ela parecia querer devorá-lo. Extremamente satisfeito, ele continuou:

– Até te reencontrar no Paternon, minha partida para o Tibete seria nesta segunda. Mas agora, só vou embora daqui quando você me deixar. Por isso, gostaria de passar esses próximos sete dias em sua companhia, sem dividi-la com mais ninguém.

Bárbara se mexeu entre os dois braços dele antes de responder, e ele aproveitou para se explicar:

– Preciso esclarecer que não costumo ser tão pegajoso, mas devido às nossas agendas e possibilidades, não quero perder nem um minuto ao seu lado.

143

Ela se sentia prestes a entrar de corpo e alma no universo de Afrodite. Queria gritar que sim, que passaria os próximos sete dias na companhia dele com todo o prazer que era capaz de sentir. Mas conseguiu se conter e canalizar toda a sua alegria e todo o seu desejo num sorriso aberto e num olhar tão penetrante quanto o dele.

Leo entendeu perfeitamente a resposta depois do movimento altamente sedutor que ela acabara de fazer sem sequer perceber. Imediatamente, ele levou toda sua atenção e presença para a boca de Bárbara. Tirou a mão de cima do ombro dela e tocou suavemente sua bochecha com a ponta dos dedos, deixando que se deslizassem lentamente até contornar delicadamente os lábios molhados pela língua que ela acabara de passar ali, como quem implorava secretamente por ele.

Sentindo a rápida resposta dela, que empurrava o corpo para frente e para trás numa tentativa desesperada de lidar com a intensidade do seu desejo, Leo voltou a olhar dentro dos olhos dela enquanto pressionou o seu corpo contra o dela. Pernas, barriga e peito tão grudados que restou entre eles apenas o espaço exato para uma explosão de calor.

Os dois soltaram um gemido abafado no mesmo instante em que seus lábios se tocaram. Bárbara havia passado seu braços em volta da cintura de Leo e agora o puxava contra si instintivamente. Seus corpos se apertaram com intensidade suficiente para que ela o sentisse completamente desperto. Se beijaram e se abraçaram demoradamente, até que Leo se descolou dela bem devagar e sem desviar o olhar. Foi se distanciando até que conseguiu suspirar profundamente, como quem precisava urgentemente de ar.

Sorriram um para o outro e Leo a tocou novamente. Desta vez, segurou as duas mãos dela com as suas e detalhou os próximos passos:

– Agora eu vou te levar para o seu hotel, você vai dormir bem gostoso e descansar bastante. Amanhã, por volta das 10h30, se assim a senhorita me autorizar, passo para buscá-la. Vamos de Uber até o Porto de Pireus e pegamos o Ferry. Na ilha de Hydra, não é permitida a entrada de nenhum veículo motorizado. Por isso, chegaremos lá a pé. Se quiser deixar alguma coisa guardada no hotel ou na casa do Diego para não carregarmos muita bagagem, é só me avisar.

Bárbara estava confusa. Poderia jurar, alguns segundos atrás, que a noite não terminaria "tão cedo". Mas, estava terminando! Ele a levaria embora para que ela dormisse.

"Como vou dormir nesse estado?", queria gritar, mas não gritou. Apenas suspirou profundamente, mais uma vez, e respondeu:

– Amanhã estarei pronta às 10h30.

Caminharam grudados e acariciando as mãos um do outro até chegar em frente ao hotel de Bárbara. E ao se colocar diante dela, ela sabia. Era hora de se entregar ao que seria o segundo abraço mais incrível que ela já tinha experimentado em toda a sua vida. Sim, porque aquele abraço não era um cumprimento e sim uma experiência, *"uma prática tântrica, só pode ser"*, ela pensou antes de ser deliciosamente engolida pelo corpo e pela alma de Leo!

Quando ele a soltou, depois do que pareceu uma eternidade no paraíso, Bárbara ficou estática, sem saber se ele a beijaria de novo. Ele não beijou. Aliás, beijou sim: as mãos dela. Virou-se e partiu.

Ela tomou um banho frio bem demorado, tentando apagar o fogo que ardia dentro dela e fazia borbulhar todos os seus hormônios. Depois, esticou-se na cama, espreguiçou o corpo inteiro e sentiu que seus músculos estavam doloridos. Já era quase uma da manhã e ela precisava dormir. A noite tinha sido inesquecível e, embora aquele desfecho fugisse de qualquer enredo masculino conhecido até então, sabia que Leo tinha razão: quanto mais confiante ela se sentisse, mais intensamente se entregaria.

O SURPREENDENTE ENCANTO DO ENCONTRO

Lua Nova
Ilha de Hydra, Grécia
Sábado, 23 de setembro de 2017

A casa era magnífica, toda construída com pedras naturais da própria ilha de Hydra, na parte alta da cidade. E enquanto Bárbara apreciava o magnífico mar de Argosaronicos e o pitoresco porto de pesca de Kamini da ampla e arejada varanda, Leo preparava secretamente um banho de banheira para sua Afrodite.

Quando terminou, foi até onde ela estava e anunciou:

– Vem! Você merece um banho quentinho depois dessa viagem de ferry. E a banheira está pronta.

– Pronta? Como assim? – e seguiu para o banheiro, querendo constatar o que ele havia aprontado.

Naquele momento, Leo começava de fato a introduzi-la naquele ritual de amor e comprometimento com o sagrado do outro. Ficou absolutamente surpreendida diante do carinho com que ele havia cuidado de tudo. As luzes estavam apagadas e algumas velas foram acesas. Além do vapor que se soltava da água deliciosamente aquecida, ela sentiu um suave e discreto aroma.

– Que cheiro bom é esse? – quis saber enquanto girava o corpo para observar todos os detalhes escolhidos por ele.

– É óleo essencial de Sândalo, conhecido na Índia como "a essência divina", e que vai cair muito bem para o seu ritual de iniciação.

– Uau! E o que o óleo essencial de Sândalo provoca? – quis saber Bárbara.

– Ele tem muitas propriedades, mas eu o escolhi por equilibrar as energias masculina e feminina, yin e yang. Além disso, ele diminui a ansiedade e desperta a alegria. Sem contar que é afrodisíaco e vai acordar a sua Shakti...

– Minha Shakti? Hummm! Fala mais... já estou adorando esse ritual.

Leo sorriu, satisfeito por vê-la assim, tão interessada.

– Shakti é o princípio do feminino, a consciência da Grande Mãe. E com a prática do Tantra, a mulher-Shakti e o homem-Shiva podem se tornar um só através da força máxima do universo contida nos mistérios sexuais.

Bárbara experimentava muitas sensações. Ao mesmo tempo que tudo o que mais queria era viver aquilo, se sentia apreensiva. Leo era experiente e ela, ao contrário, não tinha a menor ideia do que fazer.

"Será que vou conseguir me entregar a esses tais mistérios sexuais? Será que...", perguntava-se quando foi interrompida pela voz suave dele:

– Talvez, minha querida, o segredo seja simplesmente parar de buscar. Parar de procurar alguma resposta. Talvez, você precise apenas silenciar, aquietar o seu coração. E assim, aninhada em si mesma, aquilo que você mais deseja, delicadamente vai te encontrar.

Ela ainda ficava impressionada com a capacidade que ele tinha de sentir o que acontecia nela, com ela, dentro dela. E como se realmente intuísse sua apreensão, antes de sair do banheiro para deixá-la à vontade, desejou:

– Que esse seja um banho de Afrodite!

Bárbara abriu os braços e suspirou profundamente, recebendo e aceitando todo aquele presente do universo. E naquele instante se lembrou do pedido que havia feito, quando esteve no Templo da deusa. Sim, sentia-se deliciosamente merecedora daquele banho. Despiu-se bem devagar, deixando o tecido deslizar pelo seu corpo e entrou na banheira. Todo o seu corpo acordou com o contato da sua pele na água. Era uma sensação eletrizante.

E enquanto ela relaxava e aproveitava, Leo transformou a casa, que já era linda, num lugar simplesmente deslumbrante. Espalhou velas brancas de diferentes alturas e diâmetros por todos os cômodos que, quando acesas, criavam nos ambientes um clima convidativo e misterioso.

Ao sair do banheiro enrolada na toalha e com os cabelos molhados, cruzou com ele no corredor, que foi logo avisando:

– Deixei suas coisas no outro quarto – apontando para a direção que ela devia seguir. – E em cima da cama tem um roupão com que você pode se vestir.

Bárbara agradeceu e sentiu um aroma diferente pela casa. Percebeu que havia incensos em alguns cantos estratégicos.

– E esse aroma é de quê? – perguntou alto para que ele ouvisse da sala, onde esperava por ela.

– De jasmim. Estimula o afeto, a sedução e também é afrodisíaco. – respondeu num tom brincalhão e provocativo, fazendo Bárbara rir.

Agora, definitivamente ela se sentia relaxada e decidida a experimentar um momento de cada vez, deixando-se conduzir pelas surpresas que as deusas vinham oferecendo a ela e que se tornavam melhores a cada dia. Não tinha o que temer. Só o que viver.

Na sala, Leo tinha acendido a lareira e deixado sobre uma mesinha de canto uma jarra de vidro com água e algumas rodelas de gengibre, ao lado de duas taças. Além disso, tinha música no ambiente. Um estilo de música que ela também não conhecia. O volume estava muito agradável, criando uma atmosfera de fundo ao mesmo tempo em que podiam se ouvir perfeitamente, mesmo estando um pouco distantes ainda.

Bárbara se emocionou quando entrou na sala e percebeu as folhas secas que forravam o caminho dali até o quarto de casal.

– São lindas! E lembram tanto o Outono... sem contar que emitem um som quase poético quando a gente pisa nelas. – falou enquanto andava sobre as folhas, bem devagar.

Olhava para ele se sentindo amada de uma forma inédita. Aqueles gestos e cuidados tão simples e, ao mesmo tempo, tão raros, tão especiais, faziam com que Bárbara se sentisse vista por inteiro. Seu desejo por Leo também era diferente de qualquer desejo que já sentira antes. "*É holístico*", pensou e riu da palavra. Mas era isso: um sentimento que acordava tudo nela, dentro e fora. Pele e coração.

– Vem! Senta aqui! – e apontou para uma almofada redonda e colorida, posicionada bem de frente para ele.

Como que combinando com o clima intimista e extremamente romântico, a temperatura havia baixado e fazia 18 graus na Ilha. Leo já tinha tomado banho e também vestia um roupão branco. Estava sentado sobre a outra almofada, igual à de Bárbara, de lado para a lareira, num amplo espaço forrado com um lindo tapete.

Ela obedeceu e se sentou com as pernas em forma de borboleta, exatamente como ele, ajeitando o roupão e encontrando a posição mais confortável.

– Está tudo tão lindo! – observou enquanto olhava cada detalhe ao seu redor.

E quando ela parou, olhando para ele, Leo entrelaçou cada uma de suas mãos nas mãos delas e depois pousou cada dupla entrelaçada sobre os joelhos deles, que se encostavam delicadamente.

– Para o Tantra, a beleza, a limpeza e a organização de um lugar são fundamentais. Poderíamos estar na cabana mais simples do mundo, mas o importante seria que tudo estivesse limpo, agradável, cheiroso e o mais bonito possível. A ideia é criar um santuário para o amor.

– Nossa! Que sensível isso! Essa casa já era fantástica quando entramos, mas agora ela é simplesmente mágica – e sorriu afetuosamente para ele.

– Estou muito feliz por estar aqui com você e queria que você sentisse isso. – soltou suas mãos da dela e começou a acariciar os braços e depois a parte externa das coxas dela, com toques tão suaves que provocaram arrepios imediatos nela.

Sentindo-se um pouco tensa, perguntou:

– Que música é essa? Nunca ouvi esse estilo de som!

– São músicas que propiciam a prática do Tantra. Nesta lista, que é a minha preferida, tem sons no estilo *new age*.

– Pelo jeito, o Tantra tem tudo a ver com os sentidos!

– Absolutamente tudo a ver! E quando a gente cria um ambiente adequado, todo o corpo é acordado para a experiência. Olfato, audição, tato, visão e paladar se tornam canais que facilitam a circulação da energia da Kundalini de forma livre e saudável.

– Energia da Kundalini?

– É uma energia poderosa que fica bem aqui, no nosso chacra base, o Muladhara. – e apontou para toda a região pélvica dele com as mãos.

– E serve para quê?

– Com técnicas específicas e muita prática, essa energia pode ser expandida e liberada aos poucos, fazendo com que uma pessoa se reconecte e se preencha com o poder da divindade que existe dentro dela.

– Nossa! Cada vez mais tenho a impressão de que o Tantra é espiritual antes de ser sexual.

– Na verdade, ele desperta para o espiritual usando a energia sexual.

– Hummmm, faz sentido. E vocês usam nomes diferentes para tudo, né? Até já imagino que não falam pênis e vagina...

– Não mesmo – riu Leo. – No Tantra, a vagina é Yoni e o pênis é Lingam. Assim como a mulher é a Shakti e o homem, o Shiva. Mas essas terminologias são importantes só quando você decide se aprofundar na prática. – e voltou a acariciar Bárbara.

– Por que você sempre me toca? Desde quando nos encontramos no Paternon, mesmo sem me conhecer, você me tocou de um jeito diferente. As pessoas não costumam ser assim, sabia? – e riu.

Leo gargalhou, divertindo-se com o comentário espontâneo dela.

– Sim, sei muito bem disso. Já fui uma pessoa normal. – e riu de novo. – Essa permissão que me dou para tocar alguém que desperta em mim o que você me despertou surgiu depois que entendi que o toque cura, alivia dores emocionais, derruba as defesas de uma pessoa. Você se sentiu invadida ou ofendida em algum momento?

– Não! De jeito nenhum. Bem... para ser sincera, no começo estranhei um pouco. Fiquei um tanto desconfiada e constrangida. Mas logo percebi que em nenhum momento você passou dos limites – e olhou para ele, sorrindo. – Daí, confesso que relaxei e até passei a gostar muito. Aliás, já sinto falta quando você não me toca.

– Ótimo saber disso! Ser tocado de um jeito amoroso e não invasivo faz com que a gente se sinta visto, vivo. Nos devolve a noção de presença. E o toque tântrico, com essa intenção de respeito e reconhecimento por quem o outro é, realmente é muito poderoso. Inclusive, um bebê pode até morrer ou desenvolver sérios transtornos psíquicos, se não for tocado, especialmente nos primeiros meses de vida.

– Nossa! Não sabia disso! *"E acho que nem a minha mãe"*, pensou ao se lembrar de como a dona Cida evitava o toque. Mas imediatamente voltou-se para o momento presente e continuou suas observações:

– Você também olha de um jeito diferente. Olha dentro, com profundidade. Aliás, foi esse seu olhar que me "chamou" no trem, como se dissesse meu nome em voz alta.

– A verdadeira conexão, minha querida, só acontece a partir de um olhar assim, prolongando, interessado de fato no outro.

– Mas as pessoas não costumam se olhar assim. Nunca fui olhada de uma forma tão insistente como você tem me olhado nesses últimos dias!

E ele riu de novo da transparência dela.

– Que bom que você está me contando o que pensou e, principalmente, como se sentiu. Você é uma mulher muito sensível e observadora. Esse tipo de conversa que estamos tendo agora, fluida, sem julgamentos, também promove uma conexão rara entre as pessoas e principalmente entre os casais.

– Mas quem se relaciona desse jeito? Fui casada por sete anos e nunca olhei e nem fui olhada assim pelo meu ex. E também nunca falei desse tipo de coisa, dessa conexão sensorial, sexual.

– Pois é... E as pessoas ainda insistem em acreditar que o ato sexual, do jeito que é praticado, sem que um sequer olhe para o outro, sem que se ouçam de verdade, é que significa intimidade.

Bárbara suspirou profundamente, compreendendo cada palavra do que Leo dizia. Raríssimas vezes havia se sentido realmente íntima de um homem. Talvez apenas com Roberto até aquele momento, e porque ele era muito carinhoso e atencioso não só com ela, mas com todas as pessoas.

E ficaram em silêncio por alguns instantes, apenas se olhando e se sentindo. Como ela já estava se acostumando com aquela conexão, foi se sentindo cada vez mais à vontade, relaxando o corpo e se sentindo leve, completamente entregue.

Foi ele quem falou primeiro:

– Posso propor um movimento de conexão entre nós?

– Claro que pode! Como é?

Leo posicionou sua mão direita no ar, com a palma voltada para cima, e sua mão esquerda na mesma altura, com a palma voltada para baixo:

– Encaixe suas mãos nas minhas.

E quando Bárbara encostou suas mãos nas palmas das mãos dele, ele continuou:

– Agora, seguindo o ritmo da música, vamos fazer um movimento bem devagar com as mãos e os braços bem relaxados, para frente e para trás, alternadamente, tá bom?

– Me conduza...

Mas mesmo querendo muito estar ali, Bárbara sentiu seu corpo tensionar e sua mente começou a gritar no mesmo instante, questionando o que era aquilo tudo!

"Para que será que serve isso? Ainda não entendo o que esse movimento tem a ver com sexo. Mas, enfim, vamos ver onde isso vai dar".

Leo rapidamente a trouxe de volta:

– Quanto conseguir, mantenha seus olhos nos meus... Sua mente com certeza vai tentar tirar você daqui, desse momento, dessa experiência que foge de tudo o que ela conhece...

E de novo ela se surpreendeu com a perspicácia dele. Imediatamente disse para si mesma: *"Cala a boca, cabeção!"* e voltou-se para os olhos dele.

Leo empurrava sua mão direita em direção ao ombro dela, ao mesmo tempo em que puxava sua mão esquerda em direção ao próprio ombro. O movimento fazia com que Bárbara sentisse seu próprio braço tocando seu seio e sua axila, alternadamente. E quanto mais repetiam aquela dança de braços, mãos e olhos, mais Bárbara se desprendia de qualquer pensamento e sentia a presença intensa do próprio corpo.

De repente, sem tirar suas mãos das mãos dela, ele começou a fazer movimentos mais livres, para cima e para baixo, ora na direção dela, ora em sua própria direção, sem sequência definida. Ela apenas seguia o fluxo. E quando se deu conta, Leo estava segurando os pés dela e conduzindo-a num movimento que fazia com que suas pernas se desdobrassem e fossem em direção e ele. Num gesto rápido, mas delicado e seguro, ele a trouxe para o seu colo, sentando Bárbara sobre seus pés e encaixando as pernas dela ao redor de sua cintura. Estavam muito próximos um do outro e Leo não tirava os olhos dela.

Agora, ela podia sentir a respiração dele e a sua própria, que se tornavam cada vez mais intensas. Perceber-se assim, tão perto dele e sem saber o que aconteceria, fazia com que ela se sentisse absolutamente excitada. Todo seu corpo reagia e Bárbara sentia seu peito pular. Tudo o que ela mais desejava era aquele encontro genuíno.

Leo colocou as mãos nas costas dela e bem devagar, com movimentos leves e circulares, foi trazendo todo o tronco dela para ele, até encostar peito com peito e encaixar seu rosto no ombro dela e o rosto dela em seu próprio ombro. Estavam completamente grudados, mas Leo fez questão de não deixar seus genitais se tocarem, ainda que estivessem muito próximos.

Instintivamente, e copiando os movimentos dele, Bárbara também começou a acariciar as costas, o pescoço, os cabelos e as orelhas de Leo... e ambos respiravam cada vez mais entregues, soltando leves gemidos. Ele encostou na base da coluna dela e foi subindo com as mãos, bem devagar, tocando toda a extensão de suas costas.

– Sinta sua energia circulando, fluindo. Sinta seu corpo acordando... – sussurrou no ouvido dela.

Bárbara começou a suar por dentro do roupão quando sentiu a boca de Leo em seu pescoço. Ele encostava só os lábios, escorregando suavemente por sua pele. Ela gemeu e suspirou ao mesmo tempo.

Sentiu as mãos dele virem para a frente de seu corpo, afastando-a alguns centímetros. Seus olhares se encontraram de novo e tudo o que ela mais queria era beijá-lo. Mas ele manteve a distância e, sem desviar os olhos, desatou o laço que prendia o roupão na cintura dela. Quando se abriu, Leo levou suas mãos nos ombros dela, por dentro do roupão, e o empurrou bem devagar, fazendo com que o tecido escorregasse pelas costas dela causando uma sequência de ondas de arrepios e sensações intensas.

Num movimento rápido, Leo levantou o corpo de Bárbara e puxou o roupão que estava preso embaixo dela. De novo, ela seguiu seus instintos e também levou suas mãos até os ombros dele, repetindo o que ele havia feito, até sentir que o roupão estava no chão. Ele mesmo levantou o corpo e, enquanto segurava Bárbara pela cintura com uma das mãos, usou a outra para puxar o resto da roupa presa debaixo de si e ajeitar sua almofada.

Agora, eles estavam completamente nus. Ela, sentada sobre os pés dele, e ele, completamente apaixonado pelo brilho e pela beleza dela. Puxou novamente o corpo de Bárbara para si, enquanto se abraçavam e sentiam o contato da pele com pele. Seus corações batiam tão forte e o calor de um se misturava de tal forma com o calor do outro que já não queriam nenhum milímetro de seus corpos separados.

Ele colocou as mãos na bunda de Bárbara e a puxou devagar, fazendo com que seu corpo escorregasse na direção dele, até que seus genitais se encostaram. Bárbara estremeceu e o abraçou ainda mais forte.

Leo iniciou um movimento circular com o tronco, fazendo com que seus corpos girassem, provocando ora um contato mais intenso, ora um contato mais delicado entre si. Bárbara sentia uma leve tontura, como se experimentasse um êxtase de alegria, desejo e excitação. Estava espantada com quantas sensações maravilhosas seu corpo era capaz de sentir sem que sequer tivessem se beijado.

E de tão sintonizados que estavam, Leo aproveitou a aproximação do corpo dela para encostar sua boca na de Bárbara, arrancando dela um gemido alto e intenso. Beijaram-se primeiro bem devagar e depois com força, famintos um do outro.

E quando ele sentiu que ela estava realmente entregue, escorregou com a boca até o ouvido dela e sussurrou:

– Se segura com as pernas na minha cintura que eu vou levantar.

Ela obedeceu abraçando-se também no pescoço dele, enquanto ele apoiava suas mãos no chão para ganhar impulso e ficar em pé. Manteve Bárbara presa em sua cintura, sustentando o corpo dela com os braços e a levou até o quarto. Quando entraram, ela se surpreendeu mais uma vez!

Todo o cômodo e também a cama estavam enfeitados com pétalas de rosas e, sobre o lustre, ele havia colocado um véu de tule vermelho que se estendia ao redor do colchão, formando uma espécie de dossel que protegia o lugar onde ela seria finalmente iniciada na prática do Tantra. Havia também velas acesas, incenso, música e um pote que ela não sabia se continha óleo, creme ou algum outro produto.

Bárbara não tinha ideia de quanto tempo havia passado desde que ela saíra do banho, mas percebeu que já era noite e as luzes das velas deixavam o ambiente ainda mais sedutor.

Leo afastou o véu e deitou Bárbara no meio da cama, com a barriga para cima. Esticou os braços dela ao longo do corpo e virou as duas palmas de suas mãos para cima. Depois esticou também as pernas, deixando-as levemente afastadas uma da outra. De novo, Bárbara se sentiu tensionar, mas rapidamente respirou fundo e relaxou, pensando que aquilo tudo era maravilhoso demais para que ela se sentisse exposta. O fato de viver um encontro tão diferente de tudo o que conhecia não seria motivo para que se defendesse. Leo estava mostrando a ela que o sexo poderia ser algo absolutamente diferente de tudo o que vivera até então. Mais intenso, mais conectado, mais desperto e muito, muito melhor.

"Afrodite certamente adoraria essa experiência!", considerou ela ao mesmo tempo em que sentiu Leo se aproximando. Ele beijou sua bochecha delicadamente e pediu:

– Fica com os olhos fechados. Assim, você vai sentir melhor todo o seu corpo e as reações que ele vai ter.

Teve vontade de sorrir, de tão empolgada que se sentia com o que viria pela frente, mas limitou-se a suspirar profundamente e se ajeitar na cama que, felizmente, era bem grande. Por um momento, intuiu que estava sozinha no quarto e se pegou pensando que ele tinha muito domínio de si e em nada se parecia com alguns homens ansiosos e apressados que tanto ela quanto as amigas conheciam, tão interessados na penetração e no gozo. Ela podia sentir a excitação dele, mas o tempo todo ele se mantinha interessado em priorizar o prazer e, acima de tudo, o bem-estar dela. Sentia-se reverenciada.

Seu pensamento se dissipou quando sentiu o colchão se mexer e o corpo de Leo roçar de leve o dela com os movimentos que ele fazia a fim de se preparar para o que tinha em mente. Até então ela não sabia onde ele estava posicionado, mas seu corpo reagiu imediatamente quando sentiu os dedos dele tocarem seus pés. Era um toque extremamente sutil, que percorria toda aquela região sem uma sequência específica. Bem devagar, ele foi subindo suas mãos e Bárbara sentiu os dedos dele em seus tornozelos e depois de novo em seus pés, indo e voltando aleatoriamente. Foi até os joelhos e desceu de novo. Aos poucos, ia desbravando todo o corpo dela. Tocou as coxas de Bárbara e sentiu as penugens se levantando, arrepiadas, pedindo mais. Ela se contorcia sobre o colchão, ofegante, experimentando algo completamente novo, como se sua pele estivesse carregada de eletricidade estática.

"Nossa! Como isso é bom!", pensou e soltou um gemido que incentivou ainda mais Leo.

Ele passou os dedos agora por dentro das coxas dela e se aproximou bastante da virilha, mas não tocou sua Yoni. Deslizou as mãos pelas laterais dos quadris e depois tocou o baixo ventre dela, fazendo com que Bárbara se contorcesse e gemesse de novo, dessa vez mais alto. Ela insinuou mexer as mãos, mas ele rapidamente encostou toda a palma de sua mão na palma da mão dela, fazendo com que se sentisse conectada com ele de um jeito inexplicável.

Leo continuou subindo seus dedos, agora passeando pela lateral da cintura de Bárbara, tocando as costelas e a região do estômago e se aproximando dos seus seios. Com muita habilidade, ele contornou cada um deles e passeou bem devagar por toda a região volumosa de Bárbara, mas não tocou seus mamilos, o que a deixou completamente acesa, excitada e em busca dele. E como se quisesse provocar ainda mais o desejo que o corpo todo de Bárbara gritava, seus dedos subiram pelo colo e depois acariciaram o pescoço, as orelhas e o rosto dela.

Leo escorregou os dedos ao longo de toda a sobrancelha dela, passando sobre uma de cada vez, depois contornou seu nariz, suas bochechas e, bem delicadamente, deslizou sobre seus lábios, fazendo com a que a boca dela se abrisse e ela molhasse a região com sua língua. Depois acariciou os cabelos dela, fazendo com que de novo ela estremecesse, tomada por uma onda de arrepios atrás da outra.

E ela sentiu a respiração quente de Leo em seu ouvido:

– Agora vira o seu corpo, bem devagar, de barriga para baixo...

Sem nem pensar em contrariá-lo, ela foi se virando, completamente extasiada e se sentindo muito excitada.

Leo recomeçou o passeio pela cabeça dela. Enfiou os dedos bem de leve em seus cabelos e fez movimentos circulares, despertando um prazer surreal e inacreditável nela.

"*Meu Deus, como pude passar uma vida sem sentir isso?*", pensava enquanto suspirava e gemia.

Desceu pelo pescoço e abusou dos movimentos nas costas dela. Bárbara reagiu como se fosse uma felina recebendo carinho do dono. Amava ser tocada nas costas, mas toda vez que tentou explicar a um homem o que ela queria, tinha sentido apenas frustração, já que o toque era pesado e curto.

"*Agora eu sei. Faltava presença!*"

Ele ficou ali por algum tempo, subindo e descendo com a ponta dos dedos e depois continuou pela cintura, a região lombar, até cobrir toda a bunda dela, bem devagar, sustentando o toque leve que a fazia arfar e se contorcer inteira. Passeou pelas coxas, pelas panturrilhas e foi descendo, até chegar em seus pés.

E quando sua respiração foi voltando ao ritmo normal, ela se percebeu sozinha de novo, mas não demorou muito para que ele voltasse e recomeçasse o toque. Só que agora não era mais com seus dedos. Ela levou um tempo até conseguir identificar com o que ele acariciava seu corpo: ele usava uma grande pena. A sensação era simplesmente incrível, deliciosa. Ela já não tinha nenhum pudor em gemer e se contorcer. As travas de sua mente tinham sido definitivamente derrubadas e ela se sentia em estado de graça, como se flutuasse.

Perdeu a noção do tempo que ele ficou passeando por seu corpo com a pena, até que parou. E ela percebeu que mesmo sem estar sendo tocada, sentia sua pele formigar e alguns músculos reagirem, com espasmos leves.

"*Como pode? Ele nem está mais aqui e meu corpo continua pulsando...*".

Depois de alguns minutos, sentiu a respiração de Leo se aproximando dela e seu hálito quente bem perto de seu ouvido:

– Agora, eu vou despertar seus feromônios, os hormônios do prazer, com a minha saliva...

Ela prendeu a respiração e ficou tentando imaginar como ele faria aquilo. Achava que só os animais soltavam feromônios.

"*O que será que ele vai fazer?*", questionava-se enquanto já previa mais uma sessão de intenso prazer.

Foi quando sentiu que ele começou a lamber partes de seu corpo até então ignoradas completamente num encontro sexual. Até aquele dia, ela achava que sabia onde os homens gostavam de colocar a boca, mas ali? E sentia a língua quente e úmida de Leo deslizando devagar pela região bem atrás de seus joelhos, nas dobras de suas pernas. Em seguida, ele aspirava o mesmo lugar profundamente, como quem sente algum tipo de aroma embriagante.

Fez o mesmo atrás de suas orelhas, aspirando e cheirando e a sensação era simplesmente extasiante. Era nítido que seus corpos e o desejo deles ficavam cada vez mais despertos e acesos, cada um com suas sensações e descobertas. Bárbara sentia como se partes desconhecidas de seu corpo estivessem sendo desbravadas.

Nesse momento, sentiu de novo a respiração dele em seu ouvido:

– Como você é linda, Bárbara!

E encostou a boca bem ali, onde tinha acabado de sussurrar, fazendo-a gemer de novo.

– Agora, pode virar de novo, de barriga para cima... e de olhos fechados!

Quando parou de se ajeitar, ele voltou a tocá-la com a boca. Primeiro contornou sua orelha, ora com os lábios, ora com a língua, e foi descendo pelo rosto. Deslizou os lábios pela testa de sua Shakti, depois olhos, nariz, bochechas e finalmente chegou em sua boca. Molhou os lábios de Bárbara com sua língua, mas não entrou, fazendo-a gemer em desespero, arqueando o peito e contraindo os quadris e todos os músculos de sua região pélvica. Sentia seu corpo arder. Era um prazer prolongado que vinha de algum lugar dentro dela que permaneceu em profundo sono durante toda a sua vida e agora acordava, faminto, à procura de Leo.

Bárbara sentia o corpo dele bem próximo sobre o dela, mas ele não a tocava, exceto em alguns momentos em que se movimentava para alcançá-la exatamente onde queria incendiá-la. A língua dele deslizou pelas dobras de seus cotovelos. Depois, ele afastou um pouco os braços dela e passou a língua pela margem de suas axilas, lambendo bem devagar e depois aspirando profundamente aquela região que ela nem se lembrava de que existia.

Bárbara estava completamente impressionada, atordoada pela constatação de que não tinha ideia de quanto prazer seu corpo podia sentir.

– Você está ainda mais irresistível do que sempre foi! – falou como se pensasse em voz alta, num tom de voz notadamente ofegante pelo prazer de cheirá-la. – E, agora, eu vou tocar a sua Yoni... – a voz quase sumindo.

Bárbara imaginou que ele falou apenas porque não queria correr o risco de assustá-la, já que ela estava de olhos fechados, mas o aviso só serviu para aumentar absurdamente seu desejo e suas expectativas. Com o coração disparado e a respiração se alterando visivelmente, ela consentiu com a cabeça, sem abrir os olhos.

Leo foi em direção aos seus pés e tocou neles. Foi deslizando as mãos e parou nos seus tornozelos, afastando ainda mais suas pernas uma da outra. Bárbara deu um suspiro entrecortado quando sentiu que ele estava se aproximando dali. Com a ponta dos dedos, bem suavemente, tocou a pele que recobria o clitóris, empurrando delicadamente para cima e expondo Bárbara. Em seguida, e mais suavemente ainda, encostou nela com a boca. Ela gemeu alto e ele ficou parado por um instante, esperando até que ela se habituasse com sua presença. Depois recomeçou, sugando muito levemente a pontinha de seu iceberg e lambendo com movimentos circulares, ora mais lentos, ora um pouco mais intensos. E não se cansava de deslizar sua língua úmida e quente, fazendo movimentos em forma de cruz e depois circulares de novo.

Bárbara primeiro gemeu alto e depois começou a gritar sem conseguir se controlar. Leo continuou um pouco mais até que ela explodiu num choro de prazer e êxtase.

Seu corpo todo arfava e ela levou as mãos até o rosto, enxugando as lágrimas e tentando recuperar o fôlego. Enquanto isso, Leo calmamente se sentou bem perto de sua virilha e levantou cuidadosamente suas pernas, abrindo-as e descendo até encaixá-las sobre as coxas dele. Estavam entrelaçados de novo, mas dessa vez ele ficou sentado e ela, deitada.

Quando já estava se recuperando, sentiu Leo deixar cair sobre sua Yoni algumas gotas de óleo, o que a deixou pronta para ser tocada de novo. Agora, com a palma de sua mão, ele encostou nela cobrindo toda a sua vulva, de um lado ao outro de sua virilha, pressionando levemente os grandes e os pequenos lábios. Depois, fez um movimento de baixo para cima, deixando sua mão escorregar e abraçar toda a Yoni. Pressionava um pouco mais quando passava pelo clitóris, visivelmente entumecido por sua língua momentos antes e, por isso, extremamente sensível. Repetiu esse movimento algumas vezes, sentindo Bárbara se abrindo e se entregando cada vez mais.

Em seguida, apoiou uma das mãos na barriga dela e, com a outra, encaixou seus dedos indicador e médio, de cima para baixo, sobre a pele do seu clitóris. Começou a fazer ali uma massagem com um toque muito delicado, mas num ritmo consistente, ajudado pelo óleo e pelo gozo dela. O movimento era focado e Bárbara sentia todas as suas sensações intensificadas e ampliadas. Gemia e arfava em direção a Leo, puxando-o instintivamente com suas pernas. Era como se todo o seu prazer estivesse sendo acumulado progressivamente e ela começou a gritar de novo, desejando aquele homem como nunca havia desejado ninguém. Sentiu-se explodir de novo e de novo, numa sequência incontável de orgasmos que provocaram nela novas lágrimas e mais gritos.

Ele foi parando devagar, acariciando novamente sua vulva com a palma da mão, esperando-a se acalmar. Quando sentiu que estava se recompondo, Leo segurou as mãos de Bárbara e a puxou para si, fazendo com que ela se sentasse. Bárbara abriu os olhos, sentindo todo o seu rosto molhado. Ele manteve o olhar lascivo fixo nela e enxugou delicadamente seu rosto. Nesse momento, ela seguiu seu desejo e se aproximou dele, encostando sua boca entreaberta nos lábios de Leo. Imediatamente, ele a puxou um pouco mais para si, enfiando a língua na boca de Bárbara e revelando toda a sua sede e o quanto estava disponível, inteiro, completamente entregue.

Seu corpo sentia, pulsava, pedia. Sua alma procurava o encaixe. Seus pensamentos iam e vinham, numa tentativa insana de decifrar seus sentidos. E as emoções simplesmente transbordavam. Encostou totalmente seu corpo no dele e, sentindo o quanto ele também a desejava, sussurrou:

– Quero você! – quase implorando por ele.

– No Tantra, não é o Shiva que possui a Shakti e sim ela que o possui. Faça o que você quiser. Siga seus instintos. Você é uma mulher livre e está absolutamente pronta.

Bárbara se sentia poderosamente feminina. Dona de si. Estava realmente pronta para possuir Leo sem medos, culpas ou repressões. Sem os julgamentos que antes a repreendiam e limitavam. E como se já tivesse feito esse movimento milhares de vezes, ela afastou um pouco seus quadris, levantou levemente seu corpo, segurou o Lingam e foi descendo sobre ele, até se sentir completamente encaixada, preenchida, deliciosamente plena. Gemeu de prazer e passou os braços ao redor do pescoço dele.

Leo esperou até que ela se mostrasse totalmente confortável e iniciou o giro tântrico, segurando Bárbara pela cintura e inclinando o tronco dele para trás, levando-a consigo. Girou para os lados e para frente, deixando espaço para que ela se movimentasse livremente e voltasse para ele. E depois de repetir algumas vezes esse círculo com seus corpos, parou de conduzir e deixou que ela se movimentasse e encontrasse seu próprio ritmo sobre ele. Bárbara continuou, inclinando-se para trás, sentindo uma energia quente e poderosa tomar conta de toda a sua pélvis e subindo por todo o seu abdômen. Voltou a gemer cada vez mais alto, enquanto obedecia as exigências de seu corpo. Leo também arfava de prazer ao sentir os movimentos e a fome dela sobre ele. Juntos, haviam encontrado o ritmo perfeito. Bárbara acelerou um pouco mais, sentindo todo seu corpo vibrar e tremer. Continuou nesse movimento frenético, enquanto experimentava um orgasmo longo e intenso invadindo todo o seu ser...

E quando sua respiração foi se acalmando, ela chorou e riu, bem baixinho, abraçada nele. De tesão. De prazer. De liberdade.

Leo sustentava o corpo dela com suas braços delicadamente entrelaçados ao redor de sua cintura. Mostrava-se presente e atento. Depois de algum tempo, quis saber:

– Você está bem?

Bárbara se afastou um pouco e, olhando nos olhos dele, consentiu com a cabeça.

– Então, deita aqui! – e fazendo um movimento com seu corpo para frente, colocou Bárbara na cama, desvencilhando-se de suas pernas.

Em seguida, deitou ao lado dela, olhando-a com ternura e reverência. Bárbara se dava conta de que tinham feito amor, mas aquilo era completamente diferente de tudo o que havia experimentado e entendido como sexo desde seus 21 anos de idade. Aqueles movimentos circulares haviam despertado em seu corpo sensações inéditas e muito mais intensas do que o habitual vai e vem que, até então, julgava ser a única forma possível.

– Não encontro palavras para dizer como me sinto. – afirmou ela.

– E nem precisa. Posso ver nos seus olhos e no seu corpo o que você está sentindo. E imagino que esteja exausta...

Bárbara sorriu e passou os dedos pelo rosto dele, que beijou levemente sua testa.

– Fica aqui que eu vou colocar uma música para você relaxar e aproveitar ainda mais esse momento e essas sensações tão merecidas.

Levantou-se, pegou o celular e selecionou uma nova lista, com músicas mais tranquilas.

– Leo Rizzo, você é um perigo! Tem tudo pronto, a um toque de seus dedos, literalmente – e virou o corpo de lado, voltando-se para onde ele estava.

Leo soltou o celular e voltou a se deitar, encaixando-se ao corpo dela por trás, em forma de conchinha, sentindo sua pele e seu calor.

– Nunca se esqueça de que você é uma Shakti encantadora, fascinante, maravilhosa.

Bárbara sorriu e fechou os olhos. Podia sentir o surpreendente encanto do encontro. Agora ela sabia: era no exato instante em que ela se permitia que sua alma finalmente encontrava não as respostas, tão efêmeras e ilusórias, mas toda sua capacidade de experimentar o que de fato preenchia a sua existência. E adormeceu plena de si mesma.

SHAKTI E SHIVA

Lua Nova
Ilha de Hydra, Grécia
Domingo, 24 de setembro de 2017

Bárbara e Leo haviam chegado à Ilha no início da tarde do dia anterior. E como em Hydra não é permitida a entrada de carros, motos, ônibus e nem sequer de bicicletas, o único meio de transporte são os burros. Burrinhos brancos, pretos e marrons carregam de tudo pelos 64 quilômetros quadrados de área completamente preservada, incluindo as compras dos cerca de 2500 moradores e as malas dos turistas.

Foi assim que chegaram à linda casa próxima ao Porto de Pesca de Kamini. Aliás, em vez de casinhas pintadas de branco, comuns no país e demais ilhas, Hydra era repleta de casas grandes, algumas verdadeiras mansões, feitas de pedra ao estilo veneziano. O local atraía muitos visitantes graças às suas belezas naturais, proximidade da capital e clima, o que fazia com que fosse considerada uma das mais belas joias da Grécia.

Bárbara acordou como que cheia de sol. Quente, aconchegante, preenchida com toda a sua luz. Bem devagar e esticando preguiçosamente todo o corpo para prolongar aquele momento de profunda gratidão pela chance de experimentar uma sensação tão indescritível, virou-se à procura dele...

Leo não estava mais na cama. Ela sorriu e se lembrou da noite anterior. Um único beijo durante toda a noite tinha valido por muitos que já havia dado sem estar entregue de fato. *"Por onde será que ele anda? O que estaria aprontando?"*, perguntou-se mentalmente. Levantou-se e rodopiou pelo quarto, sentindo-se como uma deusa protagonizando um mito romântico em pleno Olimpo.

Riu de sua imaginação criativa. Foi até o banheiro, tomou um banho gostoso, *"mas não tão gostoso quanto o da tarde de ontem"*, pensou e olhou para seu próprio corpo de uma forma diferente. Sentia como se estivesse mais presente, mais viva, mais inteira. Escovou os dentes e suspirou ao se olhar no espelho. Sentia-se audaciosamente livre e ousada. Como era bom estar encaixada assim, tão segura e delicadamente, em si mesma.

Vestiu a camisa branca de Leo que encontrou no quarto e foi até a sala. Chamou por ele, mas não teve resposta. A mesa do café estava posta. Ele havia feito panquecas e o aroma de frutas vermelhas se espalhava imponente pela cozinha e pela sala, remetendo Bárbara a uma gostosa sensação de afeto.

Olhou pela janela e avistou o robusto pé de manjericão que enfeitava e perfumava a entrada da casa. Suas flores lilases transformavam aquela deliciosa erva aromática num lindo adorno.

Atravessou a sala e se jogou para fora da casa num pulo infantil que cobriu os três degraus para baixo. Descalça, logo sentiu a grama úmida sob seus pés. Seu corpo se arrepiou com a temperatura fria e inesperada. E a camisa solta que roçava em seus seios enquanto ela se mexia despertou nela a convicção de que um sentimento indecifrável havia sido acordado desde a primeira vez que seus olhos se encontraram com os dele, no trem.

Quando tocou num ramo de manjericão e se aproximou para cheirá-lo, ouviu um barulho. Ao se virar, viu Leo e sorriu. Ele apoiou a câmera numa mureta ao lado da porta e a envolveu em seus braços, despertando em Bárbara aquela sensação maravilhosa que ela já tanto amava.

– Bom dia, Joy! Dormiu bem?

– Bom dia! Se dormi bem? Maravilhosamente bem!

– E que tal um café com panquecas *a la Leo*?

A oferta era irrecusável. E ele, irresistível. Bárbara estava realmente faminta! Antes que tocasse o primeiro degrau para voltar para dentro da casa, ele a levantou em seus braços, ordenando:

– Nunca sem mim!

Bárbara levou um susto e soltou uma gargalhada gostosa, agarrando-se ao pescoço dele e se entregando.

Depois de sentá-la numa cadeira ao redor da mesa posta, Leo correu para esquentar a calda de frutas vermelhas que tinha preparado. E enquanto assistia àquela cena, maravilhada com o cuidado dele, Bárbara também quis saber:

– E você, dormiu bem?

– Muitíssimo bem! Você me proporcionou experiências deliciosas – respondeu piscando para ela.

– E eu achando que tivesse sido justamente o contrário! Que o proporcionador aqui fosse você!

– Ok, nos proporcionamos um dia incrível, então! – e sentou-se ao lado dela. – Mas agora, falando sério, me conta como você está!

– Estou ótima! Claro... se você deixar, tenho milhões de perguntas, comentários e confissões a fazer! Mas estou realmente muito bem!

– Sou todo ouvidos. Quero saber de tudo. Imaginei mesmo que tivesse algumas perguntas. Mas melhor ainda se tem também confissões. Não lembro se comentei, mas também já fui Padre. – disse e disfarçou enquanto pegava uma panqueca e colocava no prato dela.

Bárbara gargalhou da piada de Leo e então ele entregou sua mentirinha, gargalhando de si mesmo!

– Bem... em primeiro lugar, preciso dizer que experimentei muitas novas sensações, muitas mesmo. Não só físicas e sensoriais, mas também emocionais e psíquicas. Aliás, tenho a impressão de que, justamente por terem sido tão intensas as sensações físicas, era inevitável acontecer algo também profundo com as emoções... – e olhou para ele esperando algum complemento em sua observação.

– Exatamente! Na verdade, Bárbara, a maioria de nós, principalmente no Ocidente, passa a vida toda sem conhecer o próprio corpo. Sabemos muito pouco sobre o que e com que intensidade podemos sentir. Temos muitas crenças, pudores, medos e preconceitos sobre o sexo. Vivemos numa cultura ainda bastante machista, apesar de todas as conquistas que vocês, mulheres maravilhosas, vêm fazendo. E isso dificulta essa experiência do corpo como um caminho para a evolução.

– Sei bem do que você está falando. Sinto isso na pele. Ou melhor, senti até ontem – e riu, segurando a mão de Leo.

– Que bom que você se permitiu. Tem gente que não consegue. Trava. Fica na mente, no julgamento e não se solta. Porque ainda tem isso, né? Vivemos num tempo onde a razão é valorizada em detrimento das emoções. Pensamos demais e acessamos muito pouco os sentimentos, as sensações, o coração.

– É verdade! Depois que comecei a me conhecer melhor, principalmente através da mitologia grega e dos encantos de Afrodite, pude perceber como estava desconectada e distante do meu corpo, dos meus desejos e até da minha intuição, que é tão poderosa.

– É isso mesmo. Existem muitos caminhos que nos levam ao processo de autoconhecimento. Cada um com suas teorias e técnicas. Quanto mais estudo e vivo, mais descubro que o Tantra não é a única forma de evoluir, mas é a forma que eu escolhi seguir e me aprofundar. Você também encontrou a sua e é essa nossa decisão que nos torna indivíduos únicos. Mas me fala das suas dúvidas e confissões! Estou muito interessado nisso! – e se aproximou dela.

– Tá bom! Então me explica uma coisa! Você não gozou ontem, né?

– Do jeito que a gente conhece o gozo no Ocidente, não! Não gozei!

– No Tantra Os homens não ejaculam, é isso?

– Até podem ejacular, mas esse não é o principal objetivo. O sexo, no Tantra, nunca visa "a chegada", o "ponto final". A ideia é celebrar a jornada. É aproveitar tudo o que o outro é e tudo o que a gente é.

– Como assim?

– Quando eu olhei para você, no trem, já estava, de certa forma, fazendo amor com você.

– Ahhhhhh! Eu sabia que tinha algo muito despudorado naquele olhar! Eu não estava maluca quando tive a sensação de que estava sendo despida!

– Faz sentido, apesar de não estar te imaginando exatamente nua naquele momento! – gargalhou Leo.

Bárbara gargalhou também:

– Ok, de fato eu me senti com a alma despida. E isso pode ser muito mais constrangedor e estranho do que tirar a roupa.

– Pode mesmo! É por isso que nem todo mundo dá conta das práticas.

– Tá! Mas quero saber também se é só o homem que tem tantos truques, que faz tantas coisas diferentes no Tantra.

Leo estava se divertindo com a transparência de Bárbara. Tinha conhecido pouquíssimas pessoas tão diretas e autênticas como ela. Estava verdadeiramente encantado por aquela mulher.

– Não, dona Bárbara! As mulheres também aprendem várias técnicas de como tocar um homem ao modo tântrico! E não são truques e nem estratégias. Cada toque, cada manobra, cada movimento tem uma intenção, mas não de manipular e sim de despertar, de acordar.

– E eu vou aprender? – perguntou com uma expressão infantil e cheia de interesse.

– Se você quiser...

– Quero! Quero! Quero! – e os dois riram.

– Então, termine o seu café que eu já volto. Ah! E alimente-se muito bem, porque vai precisar de energia!

Bárbara ficou sozinha na mesa e mergulhou nas lembranças de tudo o que havia sentido no dia anterior.

"Que loucura! Se eu contasse tudo o que aconteceu para a Sô e a Vic, certamente mandariam me internar pelo resto de meus dias", pensou e riu de sua fantasia. Sentiu saudades de sua vida no Brasil, mas ali, com Leo, em plena ilha grega, sentia-se simplesmente magnífica!

161

– Pronta?

– Não sei exatamente para que, mas sim, estou! – riu e colocou sua mão sobre a mão que ele estendia para ela.

Leo a conduziu até o quarto e, quando entrou, de novo se encantou. Ele tinha arrumado a cama, fechado as cortinas para impedir que a claridade do dia entrasse e acendido várias velas novamente. A música ao estilo tântrico já estava tocando e desta vez identificou rapidamente o aroma do ambiente. Viu que, sobre a cama, tinha um ramo de manjericão com flores. Sorriu, lembrando-se do encontro que tiveram pela manhã.

Antes de qualquer coisa, ele parou diante de Bárbara e falou:

– Eu sei que você quer aprender como tocar e agradar um homem com as práticas e eu vou te ensinar, com todo prazer. Mas o Tantra é feminino, é um ato de devoção à mulher. Por isso, antes, eu vou preparar você!

Bárbara não disse nada. Apenas deixou que ele a conduzisse.

Ainda de frente para ela e com aquele olhar penetrante que ainda a fazia suspirar, desabotoou cada botão da camisa de Bárbara. E quando chegou ao último, sussurrou:

– Agora, fecha os olhos para sentir mais...

Ainda de pé e ao lado da cama, Bárbara sentiu quando Leo, atrás dela, colocou suas mãos por dentro da camisa aberta, mas em vez de tocar o tecido, ele tocava a pele das costas dela bem de leve, subindo e descendo sem pressa. Alcançou os ombros e puxou a peça, deixando que caísse ao chão. Tocou os braços dela e foi subindo até o pescoço, adentrando seus cabelos com as pontas dos dedos, bem devagar, o que causava nela intensos arrepios. Agora Bárbara suspirava e gemia e se movimentava com bem menos pudor do que no dia anterior. E como não havia mais nada para ser retirado, Leo a levantou em seus braços e a colocou sentada na cama, sentando-se na frente dela, com as pernas em formato de borboleta, como tinham feito na sala. E ela o imitou.

Agora Bárbara olhava para ele totalmente seduzida, entregue para o que ele quisesse fazer dela.

– Hoje vamos fazer o yab yun, que é girar o corpo e se olhar ao mesmo tempo.

Ela consentiu com a cabeça, mostrando que havia entendido.

– Mas não é só isso. Enquanto nos olhamos e giramos, vamos respirar um dentro do outro.

E desta vez ela apertou os olhos, mostrando que não havia entendido.

– Vamos respirar pela boca, bem profundamente. Quando eu inspirar, você vai soltar o seu ar dentro da minha boca. E quando você inspirar, eu é que vou soltar o meu ar dentro de você.

– Hummmm...

– No início, pode ser altamente perturbador. Mas se você se permitir, pode ter uma experiência reveladora.

Bárbara sorriu, aceitando o desafio!

Ela se ajeitou sobre os pés de Leo e ficaram em silêncio, olhando um para o outro sem pressa. Estava impressionada com a conexão que esse contato podia gerar entre duas pessoas. Várias vezes se emocionou, sentindo como se um pudesse realmente enxergar a essência do outro. E Leo a puxou para o seu colo, encaixando as pernas de Bárbara ao redor de sua cintura. Continuaram se olhando, agora de muito perto. Desta vez, Bárbara não se conteve e sentiu seus olhos transbordarem. Percebeu que Leo também se emocionou. Só que o sentimento dele não se devia apenas àquela conexão, mas especialmente à tão linda entrega dela.

De repente, Leo começou a respirar de boca aberta. Primeiro devagar e depois foi intensificando, aprofundando. Bárbara se encaixou no ritmo dele. Inspirava quando ele expirava e expirava quando ele inspirava. Fizeram isso primeiro com os corpos parados, para que ela se acostumasse com aquela troca. Então, ele começou o giro, bem devagar. Tudo ao mesmo tempo, eles se olhavam, giravam e respiravam um dentro do outro. Bárbara se perdeu um pouco no começo e se pegou pensando que aquilo era mesmo perturbador, mas logo se reencontrou na dança da conexão e se perdeu dentro de Leo, experimentando emoções intensas e inexplicáveis.

Quando ele começou a diminuir ainda mais o ritmo do giro e da respiração, sem nunca deixar de olhar para ela, Bárbara passou a perceber e sentir mais o contato de seus corpos nus e essa percepção a deixou rapidamente excitada. Ele também estava desperto e aproveitou a conexão para encostar sua testa na testa dela. Bárbara sentia como se sua consciência estivesse alterada por causa dos tantos estímulos, e essa sensação era muito boa. Foi surpreendida quando sentiu a boca dele encostar na sua. Fecharam os olhos e, entre suspiros e gemidos, se beijaram bem devagar.

Sem desgrudar da boca dela, Leo começou a empurrar o tronco de Bárbara para trás com seu próprio corpo, fazendo com que ela se deitasse na cama, de barriga para cima. Depois foi se afastando e se levantando para colocá-la na melhor posição: pernas esticadas e abertas, braços esticados ao longo do corpo e as palmas da mão para cima. Por fim, pediu para que fechasse os olhos.

Primeiro, usou o ramo de manjericão para acendê-la. Deslizou as folhas e as flores pelos seios, pela barriga e pelas pernas e pés de Bárbara. Em seguida, ela sentiu os deliciosos dedos de Leo tocando seus pés e subindo por todo o corpo, como já tinha feito no dia anterior. Ele sabia que as sensações de Bárbara ficariam significativamente potencializadas depois dessa preparação, onde ele despertava cada milímetro da pele dela. Assim que sentiu que ela estava pronta, iniciou o exótico ritual de lambidas e cheiradas pelo corpo dela, estimulando seus feromônios e se sentindo cada vez mais embriagado por aquela mulher.

Desta vez, incluiu a parte de baixo dos seios, bem nas dobrinhas, lambendo e cheirando um de cada vez e fazendo Bárbara descobrir que ali era uma região incrivelmente sensível de seu corpo e, muito provavelmente, virgem. Não se lembrava de já ter sido tocada bem onde acaba o seio e começa a barriga. Ficava cada vez mais impressionada com a extensão e os mistérios do próprio corpo.

Leo foi para os pés da cama, afastou um pouco mais as pernas dela e se inclinou, encaixando-se sobre ela. Com a língua bem molhada e firme, mas não dura, Leo deslizou pelas virilhas de Bárbara, bem devagar, fazendo-a se contorcer e gemer. Depois, explorou cada pedacinho de sua Yoni, de fora para dentro. Começando pelo períneo, foi subindo e contornando os grandes lábios. Chegou nos pequenos lábios e percebeu que ela arfava de prazer. Continuou com vontade até chegar na pontinha de seu clitóris. Com uma mão, empurrou a pele que o protegia para trás e cobriu toda a área exposta primeiro só com os lábios molhados e quentes e depois com a língua, fazendo movimentos circulares, ora no sentido horário, ora no sentido contrário. Manteve o ritmo leve e consistente até que Bárbara começou a tremer e gritar, experimentando uma sequência de espasmos enquanto gozava. Uma, duas, três vezes quando... de repente... sentiu seu corpo liberar um líquido quente. Chegou a pensar que fosse xixi, mas depois percebeu que, surpreendentemente, aquilo era seu gozo. Ela estava inacreditavelmente ejaculando!

Seu peito arfava e ela estava quase sem fôlego quando sentiu Leo se aproximando. Ele subiu até a boca dela e beijou Bárbara demoradamente e com vontade, colocando ali toda a intensidade do seu desejo. A respiração de Leo estava tão ofegante quanto a dela, mas a tal preparação seria mesmo inesquecível. Para sua surpresa, ele voltou novamente para sua Yoni, primeiro dando leves chupadas nos grandes lábios, passando para os pequenos e, por fim, intensificando os movimentos em seu pontinho mágico, que ainda estava sensível, mas pronto para sentir de novo tudo de que era capaz e ela nem sabia.

Ele repetiu mais algumas vez o movimento de subida e descida, beijando sua Yoni e depois sua boca e se sentindo cada vez mais entorpecido pelos cheiros e gostos que o corpo dela lhe oferecia. Encontrou o ritmo que faria Bárbara explodir de novo. E quando isso aconteceu, Leo se deixou cair ao lado dela e ficaram ali, deitados, completamente ofegantes e extasiados, olhando para o teto e de mãos dadas, em silêncio, por algum tempo. Quando a respiração deles retomou um ritmo mais tranquilo, Leo se virou para ela e tocou seu rosto, em silêncio. Bárbara sorriu e retribuiu a carícia.

– Está pronta para a aula?

– Noooosssssaaaaa! Se algum dia já estive pronta em minha vida, esse dia é hoje, aqui, agora! – e os dois riram.

– Fica aqui mais um pouquinho, descansando. Vou buscar água para você e me recompor.

Quando Leo voltou, de banho tomado e muito cheiroso, trazia uma nova proposta:

– Não imaginei que sua preparação tivesse levado tanto tempo. Já são quase uma da tarde e pensei que poderíamos sair para caminhar um pouco, conhecer a ilha e almoçar. O que você acha?

– Eu acho ótimo. Estava mesmo me achando gulosa demais por já estar sentindo tanta fome. Mas agora entendi. Minha aula foi cancelada? É isso? – perguntou e fez carinha de chateada.

– Não! Apenas temporariamente adiada! Você não perde por esperar! – e fez um carinho no biquinho que ela fazia com a boca.

Depois de tomar um banho e escolher um vestido bem confortável, os dois deixaram a casa e logo sentiram o gostoso clima de Hydra. Estavam curiosos para descobrir toda a beleza de que Diego tanto tinha falado. E não demorou muito para se encantarem com as ruas estreitas e sinuosas daquela elegante e histórica ilha. Ficaram impressionados com a quantidade de verdadeiras mansões que havia ali.

– Diego me contou que em nenhum outro lugar da Grécia tem tantos casarões lindos como esses. Disse que foram construídos nos séculos XVIII e XIX, quando a ilha passou a ser residência de mercadores ricos que trouxeram de fora construtores venezianos, carpinteiros e artistas para construírem as mansões para eles. – explicou Leo.

– Aqui, a gente realmente tem a impressão de ter viajado no tempo. Parece que voltamos alguns séculos atrás, quando olhamos para esse lugar.

Seguiram animados e falando sem parar em direção a Porto Hydra, onde Diego havia dito que se concentravam os bares e restaurantes. De fato, havia muitas opções que prometiam ser ótimas, mas encontraram uma mesa disponível num lugar perfeito, de frente para o Porto, de onde conseguiam ver os lindos barcos parados. A paisagem era realmente imperdível. Estavam no The Pirate Bar e foram muito bem atendidos. Os donos, um jovem e simpático casal, faziam questão de verificar se os clientes estavam satisfeitos ou se precisavam de alguma coisa. Davam sugestões de pratos e garantiam ainda mais encanto ao local.

– O atendimento faz toda a diferença para o sucesso ou o fracasso de um restaurante! – comentou Bárbara

– Imagino que os clientes do *Temperos & Palavras* sejam privilegiados por serem atendidos por alguém como você! – elogiou Leo.

– Bem... nosso atendimento é realmente bom, mas muito mais garantido pela Adriana do que por mim. Sofia também é mais extrovertida e falante e está sempre passeando entre as mesas. Eu vou menos para o salão. Prefiro a cozinha. Adoro cuidar dos pratos e das montagens e criar novas receitas, variar o básico, enfim...

– Hummm, fico triste de pensar que ainda vai demorar até que eu possa ter a honra de provar uma de suas criações!

– Não seja por isso! Amanhã ou depois, posso cozinhar para você. Que tal?

– Sério? Não quero te dar trabalho. Estamos aqui para você se divertir e aproveitar. Afinal, são suas férias e você merece descansar!

– Não vai me dar trabalho, de jeito nenhum. Será um enorme prazer! Mas ainda não sei do que você mais gosta: carne, peixe, legumes?

– Carne eu praticamente eliminei, mas peixes ainda como. Por isso, se a opção vegetariana for boa, é sempre a minha preferida!

– Sério? Eu também não sou vegetariana, mas adoro a gastronomia vegana e sou apaixonada por cogumelos. Daí fica mais fácil abrir mão da carne.

– Ah, então já sei o que quero! Qualquer uma de suas receitas com cogumelos. Passamos no mercado e compramos os ingredientes. Hummm, e com a fome que eu estou, imaginar você cozinhando para mim é muita tortura! – riu e beijou o rosto de Bárbara.

– Me aguarde. Não pense que só o Tantra tem seu poder afrodisíaco, viu?

– Não tenho dúvidas de que qualquer coisa que venha de você é afrodisíaca, Joy!

– Sabe que estou adorando esse "sobrenome" que você me deu?

– Ah, é? Que bom, porque eu realmente acho que combina perfeitamente com você. Bárbara Joy!

– Então é isso! Vou adotar esse como meu novo nome artístico. Chef Bárbara Joy. Está decidido!

– É por isso que você é tão fascinante. Porque quando descobre o que quer, simplesmente coloca a vida para trabalhar a seu favor!

– Nesse momento, essa sua percepção faz muito sentido, mas já foi muito diferente. Já me senti vítima total da vida, completamente impotente e sem rumo.

– Ah, mas todos nós, uns mais outros menos, passamos por fases difíceis. Ter passado por isso não significa que você seja uma pessoa fraca ou sem personalidade, de forma alguma.

– Isso é. Realmente nunca me senti sem personalidade. Talvez um pouco fraca, mas ainda bem que passou! – e riram.

– Quando você faz aniversário, Joy?

– Dia 07 de dezembro. Sou sagitariana. E você?

– Sou geminiano. Amo a liberdade, a aventura e a alegria. Amo a vida e o jeito que ela sempre encontra de levar a gente ao lugar certo, na hora certa, onde a pessoa certa está.

– Hummm, do que você está falando agora?

– Domingo passado, há exatamente uma semana, eu estava decidido a conhecer o Paternon. Mas o Diego tinha ido para a casa de uns amigos em Kiato e no sábado à noite me convidou para passar o dia com eles, conhecer a praia e ainda disse "passear de trem". De certa forma, ele decidiu como eu chegaria lá e sem questionar, eu simplesmente fui até a estação de Atenas e peguei o trem. Não estava sentado no mesmo vagão que você, mas a certa altura, resolvi mudar de lugar. Talvez por ser geminiano – e riu – não consigo ficar muito tempo no mesmo lugar. E foi então que entrei no vagão onde você estava e vi você olhando pela janela. Daquele momento até você partir meu coração descendo às pressas duas estações antes de mim, não consegui ver e nem ouvir mais nada.

Bárbara ficou perplexa ao saber da história de Leo porque ela também só esteve naquele trem, naquele dia, porque não tinha montado seu roteiro de viagem antes de comprar suas passagens de ida e volta por Atenas. Contou a ele como a vida a tinha levado até o trem e eles ficaram convictos de que "estava escrito".

– Maktub! – disse Leo.

– Já ouvi essa palavra antes. Não é um termo tântrico, né?

– Não! É uma palavra árabe que significa "tinha que acontecer". É sinônimo de destino, predestinação. Acredito realmente nesse tipo de artimanha da vida.

– Acredito cada vez mais nisso também. A impressão que tenho tido é a de que quando realmente ficamos prontos, a vida dá um jeito de encaixar as peças, ajeitar as coisas. O Universo parece mesmo planejar secretamente a nossa felicidade e ficar à espreita, esperando um sinal para colocá-la bem diante de nossos olhos. Precisamos apenas ficar atentos.

– É por isso que invisto tanto no olhar, ainda mais quando tenho certeza de que encontrei o enquadramento perfeito. – falou olhando nos olhos dela.

O garçom trouxe o almoço deles. Tinham pedido salada grega e um prato vegetariano que parecia bastante apetitoso, o típico *haniotikó bouréki*, feito com fatias de batatas assadas, abobrinhas, queijo *myzithra* e hortelã. Tinham se esquecido das bebidas e aproveitaram para pedir. Leo escolheu água e Bárbara ousou. Queria experimentar a cerveja grega e, depois de ler várias opções, escolheu uma Yellow Donkey.

Ele, mais que depressa, assim que o garçom saiu, pediu para que ela lesse a descrição, lembrando-se da cena do vinho, no primeiro jantar deles. Entre risadas e novas tentativas, ela leu:

– Cerveja de coloração amarela, levemente dourada e turva. Aroma agradável com notas de grãos e lúpulos florais bem agradáveis, toques de fermento, limão e tangerina. Corpo médio. Cerveja bem fácil de beber. E aí, o que achou?

– Parece bom. Mas preciso dizer que, para mim, nada mais vai superar o líquido com que você me embriagou essa manhã. O verdadeiro néctar dos deuses.

Bárbara sentiu sua garganta fechar. Por ora, tinha esquecido do acontecido, mas realmente havia ficado muito impressionada. Ruborizou e ele rapidamente segurou na mão dela.

– Ah, não! Por favor, não fique envergonhada, Bárbara! Você estava linda, maravilhosa, solta, entregue e foi premiada com uma experiência rara. Muitas mulheres gostariam de alcançar esse estágio de excitação e descobrir que podem realmente ejacular, liberar o líquido da vida enquanto gozam.

Agora ela se sentia menos tímida, mas ainda assim estava um pouco tensa.

– Eu levei um susto enorme. Achei que estivesse fazendo xixi. Isso nunca havia acontecido comigo. Não sabia se tinha te constrangido. Se você sabia do que se tratava...

Leo sorriu com carinho para ela.

– Constrangido, eu? De forma nenhuma. Muito pelo contrário! Fiquei extasiado, extremamente excitado e muito, muito feliz por você! Inclusive, preciso te contar em que música pensei no exato momento em que te percebi ejaculando... – e olhou no fundo de Bárbara.

– Qual? Nossa! Que curiosidade! Não tenho ideia de que música posso ter feito você lembrar naquela situação...

E Leo cantou, surpreendendo-a mais uma vez com sua voz afinada e leve:

– "Linda e sabe viver... Você me faz feliz... Esta canção é só pra dizer e diz... Você é linda, mais que demais. Você é linda sim, onda do mar do amor que bateu em mim. Você é forte, dentes e músculos, peitos e lábios. Você é forte, letras e músicas, todas as músicas que ainda hei de ouvir"...

Os olhos de Bárbara marejaram enquanto ela sorria, sentindo como se estivesse, também pela primeira vez, sendo presenteada com uma espécie de serenata.

– "No Abaeté, areias e estrelas não são mais belas do que você, mulher das estrelas, mina de estrelas, diga o que você quer..." – e beijou as mãos dela.

– Caetano Veloso. Música maravilhosa. Nunca mais em toda minha vida vou ouvi-la como antes. Obrigada por esse presente, meu querido!

– Sempre à sua disposição. E agora me ouça bem! – e segurou o rosto dela com as duas mãos, chegando bem perto e olhando fixamente – Nunca mais, nunca mais mesmo, sinta vergonha do seu próprio prazer. Você foi feita para a alegria e para o amor. Deus jamais faria nosso corpo com essa capacidade de sentir tantas coisas boas se não fosse para sermos tocados com respeito, cuidado e delicadeza.

– Sabe que notei isso mesmo! O toque, o próprio ato sexual tântrico... não tem aqueles movimentos do sexo tradicional que, às vezes, e dependendo do homem, podem ser até violentos e machucar uma mulher.

– Não tem mesmo. Como eu te disse, o Tantra é matriarcal, feminino, e é a Shakti que possui o Shiva e não o contrário. Uma mulher jamais poderia ser violentada com o sexo tântrico. Aliás, uma mulher jamais poderia ser violentada de nenhuma forma, em nenhum nível, sob nenhuma circunstância. Não que os homens possam, mas o feminino é sagrado, é responsável pela mais bela criação do mundo, gera outra vida, amamenta, cria...

– Você ama mesmo as mulheres, hein?

– Amo o feminino. Amo essa capacidade que só vocês têm de trazer doçura e encantamento para o mundo.

– Você também é encantador, Sr. Leo Rizzo! Mas deixa eu aproveitar e fazer mais uma pergunta. – e riu. – É impressão minha ou no Tantra se beija menos na boca?

De novo, ele se divertia com as curiosidades inusitadas dela.

– A senhorita é muito observadora. Isso é bom! Não é que se beije menos na boca. É que temos tantos lugares do corpo para beijar que talvez fique essa impressão.

– Isso é verdade! Nossa! Você beijou lugares em meu corpo que eu nem sabia que existiam – e gargalhou, fazendo Leo rir também.

– Imagino. O sexo ocidental é muito concentrado na boca e nos genitais. Não foi à toa que Freud explorou tanto as tais fases oral e anal...

E Bárbara imediatamente pensou em Theo. *"Ele certamente vai amar conhecer o Leo".* E voltou de novo sua atenção para ele.

– No Tantra, consideramos todo o corpo como uma grande e rica zona erógena, especialmente a pele, que o maior órgão que temos. Por isso, o prazer que sinto quando te toco pode ser muito parecido com o prazer que sinto quando beijo sua boca.

– Isso é mesmo incrível e muito diferente. Mas é bom. Estou adorando! E tenho certeza de que Afrodite adoraria também. – e riu.

– E ainda nem começamos! – prometeu Leo, fazendo Bárbara suspirar.

Terminaram de almoçar e passearam pelo centro da ilha, ali mesmo na região onde já estavam. Chegaram ao Mosteiro da Assunção da Virgem Maria, cuja construção havia sido feita com blocos de mármores retirados do Templo de Poseidon na ilha de Poros, e resolveram entrar. Terminaram descobrindo que, apesar de ser uma ilha relativamente pequena, Hydra contava com nada menos do que 365 igrejas.

– Esse lugar é mesmo abençoado e protegido! – Bárbara comentou.

Já o museu, que também descobriram ali perto, deixaram para conhecer outro dia. Voltaram para casa apreciando as águas azuis e paradisíacas do mar Egeu e observando os turistas que arriscavam um mergulho mesmo com a baixa temperatura e naquelas praias que, em vez de areia, eram cobertas de pedras.

Quando chegaram, Leo acendeu a lareira e convidou Bárbara para se deitarem sobre o tapete, perto do fogo, enquanto descansavam do animado almoço. Terminaram cochilando abraçados em forma de concha, ele atrás dela.

Quando abriu os olhos, viu Leo sentado no sofá, olhando para ela. Deu uma gostosa espreguiçada, sorriu e perguntou:

– Você me olha até enquanto durmo?

– Sempre! E já sinto saudades de quando não puder olhar mais...

– Algo me diz que também vou sentir! – e se levantou, indo até ele e se aninhando em seus braços.

– Que tal um chá de maçã com especiarias?

– Ai, assim vou ficar muito mimada! Adoro as especiarias! O que você coloca nesse chá, que já sei que é afrodisíaco? – riram.

– Além da casca da maçã, coloco canela, cravo, um pedacinho de gengibre e uma ou duas sementes de cardamomo.

168

– Quero, com certeza. Deve ser delicioso.

E Leo se levantou. Preparou a bebida e serviu uma xícara para Bárbara.

– Quer mel para adoçar?

– Não! Quero sentir o sabor de cada ingrediente. – cheirou e depois deu um pequeno gole, cuidando para não queimar a boca. – Delicioso! Já pode casar! – provocou.

– Só se for um casamento como o que o Osho sugere! Aliás, o livro que te dei é dele, mas assinado com um outro nome que ele também usava.

– Osho! Já li um livro desse autor e gostei muito.

– Qual você leu?

– Hummmm, deixe-me ver se lembro o título... Algo com Amor, Riso...

– Vida, Amor e Riso.

– Isso mesmo! Muito bom. Ganhei da Sofia num momento em que meu casamento estava péssimo. Acho que se lesse novamente, aproveitaria bem mais agora. Ele fala de desapego, vida leve, sem tanta necessidade de garantias, não é isso?

– Bem por aí mesmo. Osho foi um homem extremamente polêmico, mas com ideias muito interessantes e para além do óbvio. Adoraria conseguir viver como ele sugere, mas é realmente difícil. Somos treinados desde pequenos a corresponder às expectativas dos outros e nos esquecemos de fazer e de ser o que realmente queremos.

– E quando lembramos, damos um jeito de desistir por medo do que vão pensar ou dizer sobre nós... – refletiu Bárbara.

– Exatamente! É bem isso que fazemos muitas e muitas vezes...

– Sabe, ultimamente, tem me vindo muito uma intuição de que, talvez, o que ainda me falte seja exatamente essa coragem de me permitir ficar insegura. De apostar mais na incerteza. De me jogar na aventura. De amar ardentemente o desconhecido... Porque tenho a impressão de que é quando eu me dou conta de que realmente não sei nada é quando sei mais de mim do que jamais imaginei.

– Uau, além de tudo essa mulher é poeta!

– E você? Além de fotógrafo e deliciosamente tântrico, é cantor. Amei você cantando para mim, hoje.

E Leo, que estava de pé ao lado do sofá, se abaixou para olhar para ela bem de perto:

– Você é linda e sabe viver... e eu realmente te admiro muito por isso. Nunca abandone seus planos, seus sonhos e o que você ama fazer por ninguém, absolutamente ninguém. Quando não conseguimos incluir as pessoas que amamos dentro daquilo que nossa alma nasceu para ser, é porque tem alguma coisa muito errada!

– Aprendi isso a duras penas – e revirou os olhos se apropriando daquele aprendizado.

– Hummmm, muito bem! Não sei se te avisei, mas sua aula está prestes a começar! – falou Leo num tom provocativo, enquanto pegava a xícara das mãos dela para levar até a pia.

– Não!!! Agora? E o que preciso fazer?

– Nada! Só me seguir...

– Com todo prazer! – e se levantou do sofá, indo até onde ele estava, esperando por ela.

Quando chegaram no quarto, Leo rapidamente preparou o ambiente, mas agora contando com a ajuda dela que acendeu as velas enquanto ele arrumava a cama que bagunçaram antes de sair. Ele escolheu a playlist e o ambiente se encheu de um som leve e gostoso. Bárbara viu a caixa de incensos dele e ficou impressionada:

– Que linda! – e passou os dedos pelas delicadas aplicações de espelho ao redor da imagem de Buda esculpida em alto-relevo na tampa da caixa de madeira pintada de dourado com detalhes coloridos.

– Pedi para um amigo surfista me trazer da Indonésia. Ela é realmente linda. E o melhor é que, por ser grande, cabem muitos incensos. E, agora, ela é sua. Para garantir que, mesmo quando estiver longe de mim, não me esqueça! – e riu.

– Ah, não! É sua! E veio de muito longe. Sem contar que posso te garantir que terei motivos de sobra para me lembrar de você!

Leo gargalhou e insistiu:

– É sua! Esse meu amigo vai surfar na Indonésia pelo menos duas vezes por ano e pode me trazer outra. Além disso, estou indo para o Tibete, o Nepal e o Butão, lembra? Já sei que vou ter de comprar outra mala para levar para o Brasil caixas e outros objetos como esse!

– Hummm... é verdade! Então, fique sem sua caixa para se lembrar de mim toda vez que não tiver onde guardar seus incensos – devolveu a provocação.

– Até parece. Vou me lembrar de você toda vez que olhar para qualquer coisa que me remeta à felicidade. E olha que esse será meu único foco por lá durante pelo menos dois meses.

Bárbara sorriu, se sentindo maravilhosa consigo mesma.

– Quer repetir a preparação da manhã ou foi suficiente... *por enquanto*? – enfatizou.

– Foi mais que suficiente... *por enquanto*! – repetiu a ênfase. – Estou mais do que pronta para retribuir algum tipo de prazer intenso a quem tem me mostrado que existe um mundo de sensações que até então eu sequer imaginava.

– Então acenda o incenso e venha até aqui! – pediu Leo.

– Qualquer um?

– Qualquer um! Tenho certeza de que você vai acertar na escolha.

Ela acendeu e se virou para ele, que já tinha tirado toda a roupa de baixo e se sentado na cama, na posição borboleta, só de camisa.

– Tira só a calcinha e senta aqui! – pediu ele, indicando o lugar na frente dele.

Ela obedeceu, ansiosa pela aula que estava prestes a começar.

– Antes de começarmos, eu vou te explicar todas as manobras.

– Claro! O professor, ou melhor, o terapeuta aqui é você!

Leo se posicionou de modo que ficou bem perto dela, mas com espaço suficiente para que ela pudesse acessar seu Lingam e fazer as manobras.

Ela ficou um pouco tensa quando baixou os olhos e ele levantou o rosto dela tocando seu queixo e olhando em seus olhos, como sempre.

– O que você vai aprender agora é bem diferente da masturbação que você conhece e que já fez em outros homens. No Tantra, nunca tem o movimento de sobe e desce ou entra e sai, como tem no sexo ocidental.

Bárbara olhava para ele totalmente surpresa de novo. Nunca imaginou ouvir algo sequer parecido com aquilo e sua mente borbulhava.

"Tá! Então o que eu vou fazer? Como é que posso dar prazer a um pinto se não for descendo e subindo minhas mãos", questionou-se e teve vontade de rir, mas se conteve.

– Pode parecer engraçado, mas você vai ver que eu vou gostar muito. Aliás, qualquer homem que se permita abrir a mente e experimentar novas sensações adoraria.

Bárbara riu dessa vez.

– É que é tudo tão estranho, tão diferente. Me desculpe. Continue! Estou muito interessada!

– Não precisa se desculpar. Eu entendo perfeitamente. É estranho mesmo no começo. Já vi algumas mulheres e alguns homens terem verdadeiros ataques de riso diante dessa explicação. Mas nunca me incomodo, porque sei que são esses os que mais choram quando são invadidos por um prazer que nunca haviam experimentado antes.

Bárbara olhou para baixo e perguntou, assustada:

– E agora? Seu pinto... Ops! Seu Lingam não está duro! – e levou a mão na boca, como quem não queria ter dito o que disse!

Leo soltou uma longa gargalhada e depois se voltou para ela.

– Desse jeito você vai me conquistar para sempre! – fazendo Bárbara gargalhar também, enquanto escondia o rosto com as mãos.

– Não quero ser um desastre na minha primeira aula!

Ele tirou as mãos dela do rosto, olhou bem em seus olhos e repetiu:

– Você é fascinante, já te disse isso. Você é verdadeira, é espontânea. Fala o que pensa. Não existe nada de mais afrodisíaco numa mulher! E agora, preste atenção!

– Sim, estou prestando. Pode falar. O que faço? Como faço? – e chacoalhou as mãos, como quem não sabia o que fazer com elas.

– Meu Lingam não precisa estar ereto! Essa também é outra diferença da masturbação. Aliás, essa palavra – "masturbação" – nem existe no Tantra. Infelizmente, nós homens, aprendemos muito cedo que o jeito mais eficiente de sentir prazer é por meio da manipulação rápida do pênis até conseguir a ejaculação. É por isso que os homens transam assim, fazendo esse movimento rápido de entrada e saída da vagina. O objetivo é provocar uma descarga de energia e é também por isso que muitos homens usam o sexo e, consequentemente, as mulheres para aliviar sua tensão, seu estresse.

– Nossa! Que verdadeiro e que triste é isso que você está falando!

– Também acho! Porque esse jeito de entender o prazer e o sexo tira dos casais a oportunidade, muitas vezes, de incluir o olhar, o cheiro, a pele, enfim, o corpo todo na experiência, o que aumentaria absurdamente o prazer que os dois podem sentir.

– Estou muito curiosa para saber como vou excitar você.

– Você me excita de muitas maneiras diferentes e por razões que nem deve imaginar. Mas meu "pinto" – falou enfatizando e rindo por imitar Bárbara – não necessariamente precisa estar duro para que eu me sinta excitado. O único momento em que me mobilizo para que isso realmente aconteça é quando sei que estou te acordando e te acendendo e que, muito provavelmente, você vai me desejar. E, obviamente, quero te satisfazer.

– De certa forma, imagino que não precisar necessariamente estar... hummm... ereto, seja uma enorme liberdade, não?

– Com toda a certeza do mundo! Os homens se sentem altamente cobrados para se mostrarem sempre prontos, eretos, e querem que isso aconteça rápido – e estralou os dedos, ilustrando o que disse. – muitas vezes, antes mesmo de iniciar um contato mais íntimo com uma mulher, como se isso fosse a prova de que ele é viril, potente, forte, capaz. Enfim, uma grande prisão mental, sexual e emocional, que termina causando disfunções como ejaculação precoce e a sustentação da ereção durante o Sahaja Maithuna...

– Durante o quê? – riu Bárbara.

– Ah, Desculpe! Estou tão habituado a falar nos termos tântricos que escorregou. Sahaja Maithuna é o termo que a linha que eu sigo usa para a união sexual num contexto ritualizado, dentro de uma experiência completamente alquímica. Mas isso, da forma como o Tantra ensina, exige muita preparação e muita prática. O que temos feito são pequenas práticas, quase amadoras diante de tudo o que o Tantra pode proporcionar.

Bárbara se lembrou novamente da deusa alquímica.

"Já não tenho dúvidas! Afrodite praticava sexo tântrico. Agora tudo faz mais sentido ainda...", pensou e se divertiu com a própria fantasia.

– Entendi... Mas agora me ensina. O que faço?

Leo pegou a mão esquerda de Bárbara colocando-a debaixo de seu pênis.

– Primeiro, você vai apoiar o Lingam na palma da sua mão, assim.

Em seguida, pegou a mão direita dela e encostou na parte de cima.

– Agora, você vai começar a deslizar lentamente essa mão em todo o corpo dele. O movimento é devagar, mas firme. Não precisa apertar, mas também não é um toque leve como na massagem sensitiva, certo?

– Isso não ficaria bem melhor se a gente usasse um óleo?

– Está vendo por que amo a sua espontaneidade? Porque você facilita minha vida! Sim, o óleo ajuda muito e pode aumentar ainda mais o meu prazer. O tubo já está bem aqui do ladinho, mas a gente só vai pegar quando eu terminar de explicar.

E ela riu, satisfeita consigo mesma, com a autorização que vinha se dando para se expressar de forma tão autêntica.

– Bem... se quando estiver deslizando e chegar aqui, na glande, você pressionar um pouquinho mais, só um pouquinho, eu vou gostar muito – e sorriu para ela. – Você pode também deslizar a mão para os lados quando estiver aqui na glande, bem de leve. – e empurrou a mão aberta dela bem devagar, de um lado para o outro, para mostrar.

– Aqui é a parte mais sensível, não é?

– Sim, a glande para o homem é quase como o clitóris para a mulher. Só que, por causa da pressa que a maioria tem para ficar ereto e para ejacular, nem aproveitam essa sensibilidade como poderiam.

– Hummm. Deixa comigo. E depois?

– Não se preocupe se eu não estiver ereto, tá bom? Lembre-se de que isso não significa, de forma nenhuma, que eu não estou tendo prazer. Eu realmente não estou preocupado se ele vai ficar ereto ou não. Pode ser que fique muito, pode ser que fique pouco.

– Tá bom.

– Depois de deslizar algumas vezes suas mãos sobre ele – e a ideia do Tantra é que não se tenha pressa – você pode segurá-lo pela base, apoiando para que ele fique de pé, e pode deslizar seus dedos de forma bem suave – e agora sim, é bem suave mesmo – pela glande, fazendo movimentos de cima para baixo e ao redor da base da glande, tá vendo? – perguntou enquanto pegava a mão dela e posicionava na ponta do Lingam. – O movimento é como se fosse de um chuveirinho, entende?

– Acho que sim. Deixa eu tentar!

E fez o movimento de cima para baixo, envolvendo toda a glande com o toque suave de seus dedos e recomeçando. Depois passou os dedos em volta de toda a base da glande, fazendo Leo gemer baixinho e se mexer.

– Isso! Aprendeu direitinho. Estou vendo que você é uma ótima aluna – falou olhando para ela com seus olhinhos levemente puxados e brilhantes.

Seu olhar era de desejo e Bárbara gostou. Estava cada vez mais empolgada.

– Agora, o que vou te ensinar vai parecer mais estranho do que tudo e você certamente vai duvidar de que isso vai me dar prazer, mas confie em mim.

– Uau! O que é? – e sentiu seu coração disparar. Não sabia se era de ansiedade ou de desejo.

– Você vai puxar toda a pele do Lingam para baixo, segurando-a na base e expondo o máximo possível a glande e o corpo dele. Você pode fazer isso deixando sua mão esquerda em formato circular, como se fizesse um copinho com ela, daí encaixa na glande e desce, deslizando até a base e levando a pele junto, entendeu?

– Sim, entendi. – e reproduziu o movimento.

– Isso! Quando estiver segurando firme na base, firme mesmo, até prendendo um pouco a passagem do sangue, você vai usar a outra mão para abraçar todo o corpo do lingam e torcer, como se fosse torcer uma roupa molhada!

– Sério? Mas eu vou te machucar!

– Não! Não vai! Pode torcer com vontade. Começa pela base e sobe, até torcer todo o corpo e deixar sua mão escapar pela glande. Nessa manobra, o óleo é muito importante. Quanto mais, melhor. Vai ajudar sua mão deslizar e completar o movimento de torção.

– Leo, estou chocada. E confesso que ainda acho que vou te machucar.

– Então, vamos combinar assim. Você começa, segue essa sequência que acabei de te mostrar como conseguir, como lembrar, e se eu sentir qualquer desconforto, eu aviso, certo?

– Tá bom. – respondeu desconfiada, mas disposta a tentar.

– Não se preocupe em fazer tudo certo. Apenas esteja aqui, presente, sabendo que nossa intenção é proporcionar prazer um ao outro, do jeito mais íntegro e presente que conseguirmos. Você quer me despertar e eu tenho certeza de que vai fazer isso com muito carinho e respeito. Assim, não tem como dar errado.

– Sim, você tem razão. Mas quero repassar. Primeiro eu apoio o lingam numa mão e acaricio com a outra, apertando um pouquinho mais quando passar a base da palma da minha mão na glande. Depois faço carinho em toda a glande com a ponta dos meus dedos, bem de leve. E, por último, estrangulo o coitadinho – e gargalhou, fazendo Leo rir também.

– Bárbara! Você não vai matar ninguém! Meu Deus, você é impossível! – e deu um beijo estalado na boca dela! – Mas é isso mesmo. Você vai se sair muito bem.

Ela suspirou profundamente, se ajeitando na frente dele.

– Eu não vou tocar você com as pontas dos meus dedos, como você fez em mim? Aquilo é sensacional!

– Desta vez, não, mas isso é só porque meu corpo já está bastante treinado a se sensibilizar e você está aprendendo. – avisou.

– Tudo bem, mas quero fazer essa massagem em você inteiro uma outra hora.

– Vou adorar! – e Leo puxou Bárbara para si, encaixando-a sobre seus pés.

Respirou profundamente e olhou bem fundo nos olhos dela e, sem desviar, tocou a cintura de Bárbara. Com a ponta dos dedos, começou a levantar o seu vestido. Quando tinha toda a parte de baixo enrolada em suas mãos, deixou seus dedos tocarem a pele dela e foi subindo pela lateral do corpo dela, até a altura do pescoço. Chegando aí, parou, ainda que ela já estivesse com os braços levantados.

– Fecha os olhos para o tecido não machucar você! – e ela obedeceu.

Leo terminou de tirar a roupa dela e esperou até que ela abrisse os olhos. Retomou o contato visual e desabotoou o sutiã dela pelas costas, puxando delicadamente as alças pela lateral de seus ombros e deixando a peça ao lado. Quando começou a tirar a sua camisa, foi interrompido por ela.

– Eu tiro!

– Você tira! – repetiu ele, como quem confirma que ela pode fazer o que quiser.

Bárbara colocou as mãos na cintura dele, tocando a camisa e, ao mesmo tempo sua pele. Tentou manter a mesma leveza com que ele a tocava e foi escorregando suas mãos da lateral para o centro de seu corpo, parando-as um pouco abaixo do umbigo dele. A partir daí, começou a desabotoar sua camisa, bem devagar, garantindo que seus dedos tocassem a barriga dele e depois o peito, até chegar no último botão, em cima.

Embora já tivesse notado, agora pôde sentir a ponta dos pelos que nasciam na região do peito dele. Leo certamente usava algum tipo de barbeador ou creme depilatório e ela adorou a sensação. Teve vontade de olhar, mas manteve-se nele, dentro dos olhos dele, focada nas sensações que o toque na pele provocavam nela. Até então, tinha a impressão de que só ela havia usufruído do toque dele, mas agora se dava conta de que quem toca também sente prazer. Todo o movimento era muito sensual para os dois e Leo estava cada vez mais ofegante e com os olhos apertados.

Levou suas mãos por dentro da camisa aberta e sentiu ainda mais. Estavam excitados e Bárbara ouviu o gemido de Leo quando empurrou a camisa para trás, seguindo o tecido com as pontas de seus dedos tocando na pele dele e contornando as costas. Só parou quando não alcançou mais e a camisa caiu sobre a cama.

Estavam completamente presentes um para o outro. Leo apoiou a sua testa na dela e sustentou o olhar, sentindo Bárbara querer cada vez mais. Com o coração dos dois já aos pulos, Leo pegou o pote de óleo de semente de uva que estava ao lado do corpo dele e o entregou para Bárbara. Ela tocou os ombros e depois o peito dele, empurrando-o bem devagar para trás, até que ficasse deitado com a barriga para cima. Esticou as pernas dele, uma de cada lado de seu corpo, e suspirou profundamente. Aquela experiência era indescritível. Tantos sentidos e tantos sentimentos despertados que ela não saberia descrevê-los.

Espalhou um pouco de óleo nas mãos, esfregando uma na outra. Depois, segurou o Lingam e começou a deslizar a palma de sua mão até percorrer todo o corpo e chegar na glande, onde fez uma leve pressão. Repetiu esse movimento fazendo pequenas alterações de um lado para o outro e pegando o jeito. Estava tão concentrada em seu pequeno ritual que se esqueceu de olhar para ele. Quando se deu conta, percebeu que Leo estava ofegante, apertando levemente o lençol com as mãos.

Ela ficou ali por mais algum tempo, até que segurou a base com a mão inteira e começou a acariciar a glande com os dedos, bem suavemente. Leo se contorceu e gemeu. E ela sentiu que ele começava a reagir nas mãos dela. Ficou secretamente feliz, mesmo sabendo que não era para se preocupar com isso.

Perdeu a noção de quanto tempo repetiu esses movimentos, agora alternando o deslizar das mãos com leves toques na glande. E Leo gemia cada vez mais. Resolveu tentar a parte mais difícil. Colocou bastante óleo nas mãos e, enquanto espalhava o máximo que conseguia, sem deixar nenhum pedacinho dele sem óleo, pensou:

"Que Afrodite me proteja e não me deixe fazer nenhuma bobagem".

Percebeu-se completamente excitada enquanto encaixava sua mão esquerda na ponta da glande. Foi descendo, puxando a pele para baixo e segurando com força, prendendo como se fosse um anel, com os dedos polegar e indicador ao redor da base do Lingam de Leo, que estava quase ereto.

Suspirou profundamente e começou o movimento de torção com a outra mão. Ele imediatamente reagiu, gemendo e se contorcendo.

"Pronto! Fiz merda!" – pensou ela e parou no mesmo instante, apenas mantendo suas mãos ali, mas sem se mexer.

Mas logo percebeu que a reação dele tinha sido de intenso prazer e continuou. Não sabia se olhava para o que estava fazendo ou para ele. Decidiu alternar sua atenção.

"Como será que ele consegue se concentrar em mim e se sair tão bem? Deve ter mesmo treinado muito!", pensou e logo depois se repreendeu! *"Bárbara, fique aqui. Concentre-se no que está fazendo! Você não está torcendo uma camiseta!"*

E voltou a sentir sua mão girar com força em torno do pênis de Leo e subir, até escapar da glande e provocar outra onda de prazer nele. Repetiu muitas vezes aquele movimento enquanto assistia seu Shiva tremer, arfar e gritar de prazer. E continuava se surpreendendo com as reações de seu próprio corpo.

Depois de algum tempo, foi parando devagar com o movimento de torção. Repetiu as manobras anteriores, que exigiam menos força, e Leo parou de arquear o corpo, mas experimentava vários espasmos.

Ele olhou para ela implorando pelo seu corpo, com um olhar lascivo e sedento. Bárbara se sentia audaciosa e excitada. Subiu em direção a ele, mas sem tocá-lo. Apenas se apoiando ao redor do seu corpo deitado. Teve de se esforçar para não esbarrar em seu lingam, que parecia uma haste em riste. Leo assistia abobado a aproximação de Bárbara e foi ficando cada vez mais ofegante.

– Encosta em mim!

Bárbara obedeceu e sentiu seu corpo reagir ainda mais intensamente no mesmo instante em que sentiu o contato de sua pele com a pele quente e levemente suada dele.

Leo gemeu e começou a tocar bem de leve, com as pontas de seus dedos, as costas dela e depois o seu pescoço. Foi descendo até tocar a bunda de Bárbara. Quando percebeu que ela abriu as pernas, como que querendo abocanhá-lo, ele a segurou pela cintura e se sentou, fazendo com que ela se encaixasse nele.

Bárbara gemeu e o beijou bem devagar, sentindo Leo apertar seu corpo contra o dela, insaciável. Ela se afastou e ele rapidamente pegou a camisinha que já tinha deixado fora da embalagem e colocou. Ajudou Bárbara a se levantar um pouco e depois deixou que ela fosse se sentando bem devagar, sentindo seu Shiva a preenchendo completamente. Os dois gemeram baixinho e se abraçaram. E Bárbara começou a fazer movimentos circulares com a pélvis, sentindo-se completamente tocada em toda a região de sua Yoni, por dentro e por fora. Intensificou o movimento enquanto sua respiração ia se tornando curta e intensa. A de Leo também seguia o ritmo dela e os dois gemiam juntos, lambendo rosto, pescoço e orelha um do outro, em movimentos aparentemente descoordenados, mas totalmente sincronizados.

Foram ficando mais e mais excitados. Gemiam e gritavam e se lambiam, até que os dois explodiram de prazer, num gozo intenso e prolongado. Estavam muito ofegantes e Bárbara continuava empurrando seu corpo para frente e para trás, num ritmo mais lento, ainda sentada sobre ele. Ele deu espaço e ficou sem tocar nela, apenas observando como ela ficava mais linda quando seguia seus instintos e obedecia seus desejos.

Quando ela parou e abriu os olhos, viu que Leo a observava totalmente entregue àquele momento. Ela se aproximou devagar, aninhando todo o seu corpo no dele. E ficaram assim, enquanto ela retomava o ritmo de respiração.

Quando sentiu que ela estava totalmente relaxada, deu um jeito de deitá-la na cama. Cobriu sua Shakti e foi para o banho...

AMOR, PRESENÇA E PARTIDA

Lua Nova
Ilha de Hydra, Grécia
Segunda, 25 de setembro de 2017

Quando Leo voltou para casa, encontrou Bárbara arrumando a mesa do café da manhã.

– Acordou cedo, minha Shakti! – e aproximou-se, abraçando-a por trás e beijando seu pescoço.

– Eu? Parece que quem madruga aqui é um certo Shiva! – e se virou para abraçá-lo.

– Já sei o que vamos fazer hoje! Quer dizer... se você quiser, é claro!

Bárbara gostava dessa liberdade que ele lhe dava, sempre interessando no que ela queria. Mas gostava também quando, às vezes, ele se impunha, fazendo isso de um jeito extremamente sutil e delicado. Ele tinha uma energia sedutoramente masculina.

– E o que seria, Sr. Geminiano, que apronta na calada da noite?

Leo gargalhou.

– Eu não aprontei nada durante a noite! Dormi feito um anjo depois da experiência magnífica que minha Shakti me proporcionou. Aliás, fiquei muitíssimo bem impressionado com suas habilidades tântricas. Para quem estava preocupada, você foi perfeita!

– Hummm, que bom saber! Mas depois vou querer uma avaliação mais completa! Agora me conta o que andou aprontando!

– Descobri que podemos alugar um barco, explorar um pouco esse lindo mar e ainda conhecer uma pequena ilha deserta próxima daqui, que se chama Dokos.

– E posso saber como o Sr. descobriu tudo isso, se ainda não são nem oito da manhã?

Leo riu da perspicácia de Bárbara.

– Vou explicar. É que saí para correr um pouco. Estava me sentindo com muita energia e fiquei com pena de te acordar. E eis que encontro um senhorzinho muito simpático, que me garantiu ter 128 anos, correndo também pela orla marítima.

Bárbara riu do exagero dele.

– Hummmm, sei... 128 anos... Continue!

– Tenho quase certeza de que foi ele quem descobriu essa ilha, porque ele sabe de tudo, absolutamente tudo o que já aconteceu por aqui, o que está acontecendo e, o mais incrível, o que ainda vai acontecer. Falou sobre os moradores, os donos dos restaurantes lá no Porto em que fomos ontem e até me contou sobre as cinco mulheres que teve, lamentando que todas morreram porque não deram conta do vigor dele.

Bárbara estava se divertindo muito com a história.

– Enfim, era ele que não parava de falar e fui eu que quase não consegui acompanhá-lo, por já estar perdendo o fôlego. Deve ter alguma coisa na água que ele toma, ou no café, não sei... Mas eu disse que queria tomar o que ele tomava porque tinha uma linda mulher me esperando em casa e eu é que precisava de vigor para dar conta dela!

Bárbara ria sem parar, ainda sem saber se ele estava inventando a história toda ou só parte dela.

– E foi então que ele me contou sobre esse passeio de barco. Disse que o barco é dele e que ele mesmo pode nos levar, já que conhece até os cadáveres das pessoas que morreram quando uma embarcação afundou perto de Dokos.

– Meu Deus! Leo... fala sério! – e não conseguia parar de rir!

– Estou falando! Mas preciso confessar que amo ver você gargalhando desse jeito. Queria saber contar piadas que sempre provocassem essa reação em você!

– Ah, e você não sabe, não?

– Não sei! Porque isso não é uma piada. É real! Se você aceitar fazer o passeio, vai ver que não estou mentindo e nem exagerando. O que posso dizer é que ele realmente não tem a aparência que eu imagino que alguém de 128 anos teria. Mas pode ser que ele seja muito saudável e conservado!

– Já ganhei meu dia com você. E olha que nem tomei café ainda. Você sabe ser hilário.

Leo se sentou com o semblante desolado e suspirou.

– O que foi? – perguntou ela.

– Você não acredita em mim! E não sei como fazer você acreditar!

– Mas eu sei! Vamos fazer esse passeio!

– Ahhh, agora sim! Você vai ver e ouvir por conta própria! E tenho certeza de que você vai adorar aquela figura pitoresca.

– Também estou achando, mas antes, senta aí que hoje sou eu que vou servir você.

E preparou um tipo de omelete tailandesa, mas sem o tradicional nam pla, típico da culinária thai, já que na Grécia nem deveria existir. Fez chá com ervas aromáticas e esquentou um pão que haviam comprado no centro de Hydra, na tarde anterior.

Leo assistia os movimentos de Bárbara e sorria, sentindo-se apaixonado por aquela mulher que parecia conhecer há pelo menos uns cinco anos.

– Estou achando que você anda fotografando pouco. Sou eu que atrapalho?

– O que é isso? Claro que não!

– Mas só vi você fotografando no dia em que nos encontramos no Paternon, lá no monte de onde assistimos aquele esplendoroso pôr do sol e um pouquinho ontem, lá no Porto.

– Fico feliz que tenha notado e que se importa com o que eu amo fazer, mas vou passar dois meses fotografando e também amo ficar o mais inteiramente presente para quem e com quem me sinto feliz.

– Que bom saber disso.

– Ainda não sei o que a vida quer de nós dois, já que nos pregou essa peça, mas independente do que seja, vou aproveitar o que ela está me oferecendo agora, neste momento, nesses dias maravilhosos aqui com você!

– Não entendi. Do que você está falando?

– Desse encontro. Ou melhor, desse reencontro. Primeiro, perdi você naquela estação de trem e achei de verdade que nunca mais a veria. Afinal, qual era a chance de te encontrar de novo se dentro de poucos dias eu iria embora e se não tinha a menor ideia de onde você era ou para onde estava indo? E agora vamos ter de nos separar de novo no sábado! Alguma intenção a vida tem com tudo isso!

– E o que poderia ser?

– Não sei. Talvez testar o nosso desapego. Talvez as nossas convicções. Talvez nossos desejos...

– Tenho tentado não pensar nessa separação. Na medida do possível, estou tentando me manter no momento presente, vivendo um dia de cada vez. Mas já me peguei triste em alguns momentos. Acho vou sentir a sua falta.

– Muito bem! O exercício de se manter no momento presente não é nada fácil. Mas cada vez mais constato que é a única forma de experimentarmos a verdadeira felicidade.

– Será que é por isso que você é um excelente fotógrafo?

– Como assim?

– Porque quando você olha naquele buraquinho, em busca do foco, do enquadramento e do ângulo perfeito, é impossível não estar presente. Você precisa estar inteiramente mergulhado na experiência para dar o clique.

Leo ficou em silêncio por alguns segundos, refletindo.

– Nossa! Nunca tinha pensado nisso, desse jeito tão claro! Você me fez entender por que gosto tanto de fotografar. Me perguntei algumas vezes, mas nunca encontrei uma resposta que fizesse tanto sentido. É isso mesmo! Se eu não estiver completamente mergulhado na experiência, a imagem sai ruim, desfocada, sem graça, sem a luz ideal. É essa presença, total e irrestrita, que faz um fotógrafo ser bom!

– E pelas poucas imagens que você já me mostrou, você não é bom, você é excelente.

– Obrigado, minha linda! Sua inteligência e rapidez de raciocínio são encantadoras!

– Mas nós viemos aqui para conversar ou para conhecer o descobridor dos mares gregos?

– Viemos para tudo o que nos fizer felizes. – e beijou as mãos dela, uma de cada vez. Depois avisou – Vou tomar um banho rápido e daqui a pouco estou pronto! Deixe tudo aqui que mais tarde, na volta, eu mesmo lavo.

Não disse nada, mas lavou e ajeitou tudo e depois também foi para o banho, no quarto em que Leo havia colocado as coisas dela, "para que você tenha privacidade", ele tinha dito. No início ela estranhou, mas depois achou fantástico aquele jeito de respeitar o espaço dela.

Bárbara estava encantada com Nicolas, o realmente pitoresco "marinheiro" que conduzia o barco. Leo não tinha exagerado. Ele realmente sabia tudo não só sobre Hydra, mas também sobre todas as ilhas pertencentes ao grupo de ilhas Sarônicas que, como ele fazia questão de descrever, estavam localizadas entre a península da Ática e as costas do nordeste do Peloponeso, incluindo curiosidades sobre alguns de seus mais ilustres moradores.

– Se vocês quiserem, posso levá-los a cada uma delas. Além de Hydra, onde vocês já estão, temos Égina, Agistri, Poros, Methana, Salamina e Spetses.

– E Dokos, a ilha deserta?

– Essa também faz parte do grupo, mas é tão pequena que, muitas vezes, não é citada. Vou levar vocês até lá! Estou aqui e existo somente para surpreender vocês!

Ele era agitado, falante, muito lúcido e nunca titubeava ao dar uma resposta. Algumas vezes, dizia que tinha 128 anos. Outras, que sua idade era 147 e, embora não tenha se denominado o descobridor daquelas ilhas, garantiu conhecer mais sobre as Sarônicas do que seus próprios descobridores.

– Quais ilhas o senhor nos sugere conhecer? Não queremos parar em todas. – pediu Leo.

– Sugiro o seguinte! Saímos daqui e paramos em Dokos. Os pombinhos namoram um pouquinho pela ilha deserta, que é sempre afrodisíaca, não é? – e olhou para eles como quem era experiente no assunto.

180

Bárbara e Leo se entreolharam e riram. Estavam se divertindo com aquela apresentação.

– Depois, seguimos para Poros, onde vocês podem almoçar e passear um pouco. – olhou para Leo e completou. – Não se esqueça de comprar um presente para sua linda deusa! Mulheres como essa precisam ser muito bem tratadas!

– Sim, senhor, marinheiro! Sei muito bem disso e estou fazendo o meu melhor! E vou seguir sua sugestão, com certeza.

– Por último vamos até Égina. Se quiserem, podem conhecer o Templo de Aphaia por lá, ou outros pontos turísticos. Concordam com o roteiro?

– Claro! – responderam juntos.

E foram conduzidos à embarcação. Era uma lancha simples, com 32 pés, mas toda decorada com fitas coloridas, bandeiras da Grécia e de vários outros países, inclusive do Brasil, e flores de plástico espalhadas ao longo de todo o casco. A limpeza era impecável e, assim que Leo e Bárbara se acomodaram, Nicolas serviu um copo de água para cada um e, em seguida, uma taça de champanhe, explicando:

– O amor precisa ser celebrado todos os dias! Nunca se esqueçam disso, senão ele morre. Porque o amor entre um casal é um sentimento que pode ser tão forte que é capaz de fazer verdadeiros milagres. Mas é também exigente. Se não for cuidado, rapidamente fica fraco, adoece e passa a ganir, feito um cão ferido. Se ainda assim não for visto e tratado como merece, ele morre. E não é que não tenha forças para se autocurar. É porque é caprichoso e não permanece entre as pessoas que não sabem valorizá-lo!

Os dois ouviam atentamente o velho Nicolas, que em vez de falar, parecia profetizar. Ele usava uma entonação marcante, proferindo as palavras num tom pausado, como se quisesse garantir que estava sendo muito bem entendido.

– Que lindo, senhor Nicolas! – comentou Bárbara. – O senhor deve ter amado muito as suas mulheres!

– Muito! Cada uma das cinco como se fossem únicas. Como se nunca tivesse amado nenhuma mulher antes. Porque é assim que é. Cada amor que a gente vive é único. E ainda tem alguns outros que a gente não pode viver. Apenas sabe que amou. Mas por causa do sagrado exercício da escolha, abrimos mão. Deixamos ir. E prestem bem atenção! – falou agora se aproximando e olhando bem para eles. – Todo amor não vivido é tão sagrado quanto os vividos. Porque eles acontecem dentro. Explodem como fogos de artifício no coração da gente e se espalham, revivescendo a alma, revigorando o espírito e inspirando os poetas e todos os artistas com um sopro mágico e transformador.

Bárbara e Leo estavam impressionados com aquela figura.

– Será que ele se desprendeu de algum mito grego e ficou vagando por aqui desde então? – brincou Bárbara, falando baixinho no ouvido de Leo.

Começaram a se dar conta de que o velho marinheiro adorava falar e revelar seus conhecimentos, mas toda vez que os dois conversavam entre si, ele ficava calado, como se nem estivesse presente. Porém, bastava que ficassem em silêncio por algum tempo para que ele se animasse novamente.

– Estamos chegando à deserta e misteriosa ilha de Dokos. Ela é a menor dentre todas as ilhas Sarônicas, situada no Golfo Sarônico, adjacente a Hydra e separada de Peloponeso pelo estreito que é conhecido como Golfo de Hidra. Tem apenas 12 quilômetros quadrados de área e, se prestaram atenção, eu disse que a ilha é deserta e misteriosa. Por que eu disse isso? Bem, porque embora vocês provavelmente não consigam ver, muitas pessoas e até eu mesmo posso garantir que nela vive um pequeno grupo de monges ortodoxos e alguns criadores de ovelhas.

Leo e Bárbara se entreolharam de novo, agora um pouco assustados com a nova informação.

– E por que não vamos conseguir vê-los? – perguntou Bárbara.

– Porque são raros os que conseguem. Alguns precisam de explicação para tudo e justificam o fato de não vê-los garantindo que estão todos mortos, inclusive as ovelhas, há pelo menos 300 anos. Mas isso não é verdade! Porque não importa quando um corpo nasceu ou quando ele morreu, a alma está sempre viva. E é isso o que realmente importa. É disso que a vida é feita! De almas.

– Meu Deus, o velho Nicolas está se tornando uma grande caixinha de surpresas. Será que ele é maluco? – cochichou Bárbara no ouvido de Leo. E como se estivesse ouvindo, ele mesmo respondeu:

– Sei que posso parecer maluco. E tem muita gente por aqui que fala coisas terríveis ao meu respeito. Mas a verdade é que não tenho culpa se eles não enxergam, não ouvem, não sentem. Isso sim é ser maluco.

E agora eles ficaram em silêncio, achando melhor não continuar aquela conversa e esperar até que ele ancorasse para que pudessem descer e conhecer a pequena ilha.

Assim que deixaram Nicolas esperando no barco e nadaram até as areias claras e cheias de pedras da charmosa e arborizada Dokos, Bárbara comentou:

– A voz dele não é igualzinha à voz do Popeye?

– Popeye?

– Sim, aquele desenho animado do marinheiro que come espinafre quando quer ficar forte, que tem a Olivia Palito e o Brutus...

Leo gargalhou assim que se lembrou.

– Nossa! É idêntica! Como é que foi fazer essa associação?

– É que desde bem pequena, eu adorava comer espinafre e achava que ficaria tão forte quanto ele. E minha mãe, obviamente, sempre me incentivava a comer mais.

– Então, você não queria ser a Olívia Palito e sim o Popeye! – riu Leo.

– Isso mesmo. Queria ser forte como ele, porque brava eu já era! – e gargalhou. – Lembro de uma vez que o Gabriel, meu irmão mais velho, se meteu numa confusão na escola e estava prestes a apanhar de vários garotos maiores do que ele. Eu, mesmo sendo a menor de todos, me enfiei na frente dele, coloquei a mão na cintura e falei que para baterem no meu irmão, todos eles teriam de bater primeiro em mim!...

Leo estava se curvando de tanto rir da ousadia daquela pequena mulher e imaginando a cena!

– Quando eu digo que você é fascinante, é porque você já nasceu fascinante, Joy! E aí? O que eles fizeram?

– Uns fracotes!

– Você bateu neles??? – espantou-se.

– Hã! Olharam-se entre eles e o líder foi logo arregando. Falou que não batiam em mulheres e foram embora. As crianças que tinham formado uma roda em volta da gente começaram a aplaudir e gritar meu nome. Eu adorei e na mesma hora me lembrei de como tinha sido bom comer tanto espinafre. Acreditei de verdade que só tinha assustado os meninos por causa daquelas folhinhas verdes.

Leo parou diante de Bárbara, deu um beijo em cada lado de sua bochecha, bem devagar e, por último, na pontinha do seu nariz.

– Você é simplesmente sensacional! Quero saber de mais histórias como essa. Afinal, preciso saber qual o nível do perigo que estou correndo caso se sinta contrariada!

– Ah, até parece! Você só me mima, o tempo todo! – e o puxou para si, querendo se sentir abraçada. Ficaram assim por alguns minutos, até que se soltaram e continuaram caminhando em direção a uma pequena capela pintada de branco e com uma bandeira do país fincada ao lado, bem no canto da praia.

Chegaram até a humilde construção e empurraram a porta bem devagar, sem saber o que encontrariam ali. Viram um pequeno banco de madeira, onde apenas duas pessoas podiam se sentar, além de duas velas acesas e duas flores brancas sobre um pequeno aparador também de madeira.

Os dois acharam bem estranho e se lembraram da história de Nicolas. Decidiram entrar, mas deixaram a porta aberta. Notaram que os móveis eram velhos e muito antigos, mas estavam bem cuidados, como se alguém passasse sempre por ali para limpar e garantir as velas e as flores. O chão estava limpo e o lugar mantinha um aroma diferente.

– Que cheiro é esse? – questionou Bárbara.

– Não sei... mas me lembra lavanda.

– Hummmm, pode ser. É parecido mesmo, mas levemente diferente.

De repente, ouviram um barulho. Ficaram estáticos, olhando um para o outro, e depois se viraram, bem devagar, para olhar em torno de toda a capela, de cima a baixo. Parecia um sopro, como se o vento estivesse forte e distante, ainda que a porta tivesse se movimentado bem lentamente. Mas definitivamente não estava ventando. Eles se deram as mãos e resolveram se aproximar do pequeno altar. Não estavam com medo. Apenas atentos.

Bárbara fechou os olhos e sentiu um arrepio percorrer todo o seu corpo. Depois saberia que Leo sentiu o mesmo. Ela agradeceu aquele momento, o passeio, Leo, o senhor Nicolas e todos os acontecimentos maravilhosos com que vinha sendo presenteada. Ficou emocionada com sua própria felicidade e, por um instante, desejou que Leo também fosse muito feliz. Por toda a vida. Independente de ficarem juntos ou não. Sentia-se imensamente grata e preenchida pelo encontro e, confiando absolutamente no fluxo do Universo, estava aberta para aceitar o que fosse melhor para os dois. Abriu os olhos e encontrou os de Leo, olhando para ela, emocionado.

Antes de saírem, já na porta, fizeram um movimento de reverência, juntando as mãos na altura do peito e movimentando a cabeça para frente e para baixo. Disseram juntos "Namastê". Bárbara gostava muito dessa reverência desde que havia descoberto que o significado da palavra era "o Deus que habita em mim saúda o Deus que habita em você".

Aventuraram-se ilha adentro e descobriram algumas árvores muito diferentes e exóticas. Com os troncos tortos, ora torcidos, ora deitados, notaram que mantinham a mesma direção. Leo se ressentiu por estar sem a sua câmera, mas fechou os olhos e guardou aquelas lindas imagens dentro de si. De um lugar de onde já não podiam ser vistos do barco, sentaram-se aos pés de uma grande árvore. Ele se sentou primeiro e depois encaixou Bárbara no meio de suas pernas, de costas para ele.

Ficaram em silêncio, apreciando a paisagem e sentindo o lugar. Leo tocava os ombros e os braços dela com sua deliciosa delicadeza quando começou a roçar a lateral dos seios dela. Bárbara sentiu seu coração disparar e se empurrou para trás, querendo encostar ainda mais no corpo dele. E como ele nunca parava numa única parte do corpo enquanto fazia aquele tipo de toque, ela questionou:

– Notei que você não tocou meus mamilos, embora tenha passeado pelos meus seios e me feito descobrir sensações que eu nem imaginava. Tem alguma explicação tântrica para esse fato?

Leo riu e, sem parar de tocá-la, explicou.

– Não. Não que eu me lembre. Acho que é uma coisa minha mesmo.

– Você não gosta de mamilos?

Riu de novo, pensando que ela nunca desistia de um assunto até que se sentisse completamente satisfeita.

– De forma nenhuma. Muito pelo contrário! Eu sou completamente fascinado por seios, por todo o seio, por cada milímetro desse montinho de vênus, dessa arte barroca. Toda vez que penso na beleza e na perfeição de um seio, só consigo imaginar que Deus estava declamando um poema enquanto criava esse par de joias.

– Nossa! Agora fiquei até comovida. Também acho lindos os seios, mas nunca tinha tido uma visão tão poética.

Neste momento, Leo colocou as mãos por dentro da blusa de Bárbara e começou a acariciá-la, bem devagar, sentindo sua respiração se agitar imediatamente. Ela se ajeitou e sentiu as mãos dele tocando primeiro a barriga, depois a cintura e foi subindo. Desabotoou o sutiã dela pelas costas, provocando um gemido contido. Foi deslizando seus dedos das costas para a frente, uma mão de cada lado, demorando nas laterais, embaixo das axilas de Bárbara.

"Nossa! Essa região é mesmo muito sensível" – pensou ela enquanto recostou a cabeça no peito dele, entregando-se aos sentidos.

Ele seguiu em direção aos seios dela, agora usando as digitais de seus dedos, como que querendo sentir mais o formato e a pele. Bárbara estava muito excitada e levantou os braços, passando por trás do pescoço de Leo. Seus mamilos estavam tão duros e entumecidos que chegavam a doer. Foi quando sentiu as mãos dele chegando bem ali e encostando inteiras sobre eles, mas só o tempo necessário para que se sentissem acolhidos. Logo depois, recomeçou o movimento com apenas parte dos dedos, explorando cada milímetro de suas aréolas, ora com muita leveza, ora fazendo uma leve pressão, até que chegou nos bicos, onde manteve-se bem devagar e delicado.

Quando Bárbara já estava se contorcendo e muito ofegante, ele começou a descer, passando seus dedos por todo o contorno dos seios e tocando-os com as palmas das mãos abertas bem de leve, como se realmente segurasse uma joia extremamente cara, cuidando para não causar nenhum dano. E depois de algum tempo em que inclusive ele se sentia extremamente excitado, foi tirando as mãos bem devagar.

Depois de fechar o sutiã nas costas dela, sussurrou:

– Na minha opinião, não existe nada de mais preciso e precioso no corpo de uma mulher do que os seus seios. Me sinto privilegiado e honrado por tocar você, Bárbara.

E ela não conseguiu conter o choro. Imediatamente se lembrou de Pedro dizendo, algumas vezes e sempre em tom de deboche, que seus seios eram pequenos e não tinham a menor graça. Sentia-se muito mal com esses comentários dele, mas não reagia e terminava acreditando que realmente eram feios.

Leo rapidamente a virou para si, assustado:

– O que houve? Eu machuquei você?

– De jeito nenhum! Você me curou! – e chorou mais ainda.

Ele a trouxe para o seu peito e ficou em silêncio, apertando Bárbara somente o suficiente para que tivesse certeza de que ele estava ali, por ela e para ela. Depois de algum tempo, perguntou:

– Como você está?

– Bem! Muito bem! – mas não quis contar nada. E ele também não perguntou. Apenas beijou os lábios de Bárbara e perguntou se ela queria voltar.

Retornaram ao barco e continuaram o passeio.

– Agora, navegaremos pelo estreito que separa a costa Peloponesa da Ilha de Poros, nossa segunda parada para uma breve visita e onde os iluminados podem almoçar. Quando voltarem a bordo, seguiremos para nossa terceira e última parada, em Égina.

Estavam de pé num canto da lancha apreciando as águas azuis e transparentes do mar Egeu e se viraram para prestar atenção nas instruções do velho Nicolas.

– Iluminados? – repetiu Leo em tom de pergunta.

– Sim! Vocês voltaram da mágica Dokos diferentes. Algo aconteceu por lá. Mas só os deuses podem saber. – e olhou para o alto enquanto falava.

Eles se entreolharam de novo, agora com uma evidente cumplicidade. Também não sabiam o que, mas sentiam que realmente tinha acontecido alguma coisa especial naquela ilha.

Depois de conhecerem as demais ilhas, voltaram para casa exaustos. O dia tinha sido maravilhoso, mas cansativo. Assim que saiu do banho, Bárbara encontrou Leo esperando por ela na sala, com uma garrafa de vinho aberta, uma jarra com água e duas taças. Além disso, a lareira já estava acesa, o que deixava o ambiente ainda mais aconchegante e convidativo.

Ao se aproximar, logo percebeu que ele tinha forrado o chão com cobertores e posto um lençol por cima. Tinha algumas velas acesas e também um incenso completando o clima. Ah, e claro, flores amarelas que ele havia comprado de uma senhora, assim que desembarcaram no Porto de Hydra.

Bárbara estava bem cansada e se jogou no ninho preparado por ele. Quando ele viu a cena, foi logo gargalhando:

– Pelo jeito, acertei em cheio. Tudo o que você quer é esticar as pernas e relaxar.

– Ah, nem me fale. Estou moída. Acho que perto de você preciso estar sempre em muito boa forma.

– São muitas novas experiências! É natural que esteja cansada. Mas garanto que é só o seu corpo... – e olhou para ela esperando sua confirmação.

– Ah! Com certeza! Minha alma e o meu coração estão em festa! – e sorriu carinhosamente para ele.

Leo pegou um óleo de lavanda que já tinha deixado sobre o braço do sofá e avisou:

– Nem adianta se animar! Só vou fazer uma massagem nas suas pernas e nos seus pés para você relaxar e dormir mais gostoso!

– Ahhhhhhhh, que pena! – e os dois riram.

Bárbara desfrutou da deliciosa massagem que ele lhe proporcionou, desta vez com toques intensos e ritmados, dando a ela uma maravilhosa sensação de relaxamento. Quando terminou de cuidar das pernas de Bárbara, lembrou-se do vinho e serviu as duas taças.

Brindaram e deram o primeiro gole.

– Hummm, muito bem escolhido, senhor Leo Rizzo.

Leo massageou os pés dela e conversaram e riram até adormecerem, ali mesmo, no chão da sala.

Lua Nova
Ilha de Hydra, Grécia
Terça, 26 de setembro de 2017

Abriu os olhos e sentiu a presença quente e gostosa de Leo completamente encaixado, com sua perna direita enfiada no meio das pernas dela. Ficou com medo de se mexer e acordá-lo, mas precisava fazer xixi. Foi se desvencilhando o mais vagarosamente possível e caminhou pé ante pé até o banheiro, aproveitando para lavar o rosto e escovar os dentes. Deixou o banho para depois da corrida. Quando voltou até a sala, ele estava numa posição que assustou Bárbara.

– Nossa! O que é isso? – gritou.

Leo não esperava por ela de volta tão rápido e se desequilibrou, caindo e rindo.

– Achei que você tivesse ido para o banho e resolvi fazer algumas posições do yoga para realinhar a coluna e me revigorar.

– Caraca! Acho que precisaria treinar por uns 50 anos para conseguir ficar na posição em que você estava.

– Que nada! Você é flexível e tem músculos fortes. Conseguiria bem mais rápido do que imagina. Quer meditar comigo?

– Quero! E você quer correr comigo depois de comermos algumas frutas?

– Combinação perfeita! Meditação, frutas, corrida e você! Viveria assim para sempre! – e apontou para onde ela deveria se sentar. – Espera só um minuto que já volto!

Foi até o banheiro e depois pegou um incenso, que já trouxe aceso. Colocou uma música bem suave, sentou de frente para ela, quase tocando seus joelhos, e perguntou:

– Você já meditou alguma vez?

– Fiz um curso de meditação transcendental há uns 6 anos, quando meu casamento estava tão ruim que achava que precisava de alguma coisa que me fizesse desligar daquele caos.

– Ótimo! E lembra como pratica?

– Lembro, sim. Medito muito de vez em quando. Deveria meditar mais vezes. Sempre que paro de dar desculpas e faço, me sinto muito bem.

– Meditação é realmente uma técnica poderosa. Existem muitos tipos e cada um pode encontrar aquela com que mais se identifica.

– Qual você pratica?

– Quando medito todos os dias, consigo praticar a meditação da presença que, para mim, é uma das mais difíceis. Não pensar. Esvaziar a mente. Mas exige muito treino e equilíbrio interior.

– Não consigo nem imaginar o que é isso. Mente vazia. A minha não para de falar um minuto. – e riu.

– Por isso, quando sinto que está difícil esvaziar a mente, apenas me concentro na minha respiração e vou encontrando meu ritmo. Se conseguir ficar assim por 15 minutos, já me sinto bem mais focado e tranquilo.

– Parece uma boa técnica. Vou tentar essa agora.

Fecharam os olhos e meditaram por cerca de 20 minutos. Bárbara abriu os olhos primeiro e ficou olhando para ele, esperando até que ele retornasse da experiência. Quando seus olhos se encontraram, Leo sorriu, puxou-a para si e se encaixaram naquele abraço silencioso e demorado.

– As pessoas costumam contar como foi o seu primeiro beijo. A partir de hoje, vou contar como foi o meu primeiro abraço.

– E como foi? – quis saber.

– Foi em Plaka, numa noite encantada de uma quinta de lua nova. Um homem misterioso se aproximou de mim de um jeito tão arrebatador que me levou até o infinito de mim mesma, um lugar para onde nunca tinha ido. E depois que ele me soltou, "algumas horas" depois – e piscou para ele diante do próprio exagero – fiquei parada, tentando decifrar tudo o que meu corpo, minha alma e meu coração haviam experimentado. Foi lindo e realmente inesquecível!

– Uau! Adorei saber como foi o seu primeiro abraço. Que sorte a minha de ter participado. Para mim também foi inesquecível! – e se olharam, evidentemente felizes.

Leo voltou da corrida impressionado com o pique de Bárbara. Ela tinha um ritmo forte e constante e ele precisou se esforçar bastante para acompanhá-la.

– Gosto muito de correr. Tenho tentado correr pelo menos três vezes por semana, mas nem sempre consigo.

– Você está muito bem! Parabéns!

– Obrigada! – sorriu para ele e correu para o banheiro. – Agora preciso urgentemente de um banho.

Quando entrou no quarto, sua Afrodite comemorou. Podia imaginar o que estava prestes a experimentar. O ambiente já estava tantricamente preparado e Leo estava sentado na cama, lendo. Quando ela se aproximou, ele levantou os olhos e imediatamente fechou o livro.

– Quer continuar? – perguntou ela, apontando para o livro.

– De jeito nenhum! Quero você! – e segurou nas mãos dela, enquanto a olhava com amor.

Os dois estavam vestindo roupões e permaneceram em silêncio por algum tempo, apenas contemplando o mundo um do outro, através de seus olhos. Bárbara já estava se acostumando com aquele ritual que, no final das contas, parecia para ela um tipo de meditação de amor.

– Sabe o que eu estava pensando? – e Bárbara interrompeu o silêncio.

– Adoraria saber!

– Que um relacionamento tântrico... – parou, respirou e recomeçou. – Nós estamos tendo um relacionamento tântrico?

Leo riu.

– Podemos dizer que sim. Não acho que nosso relacionamento tenha um modelo específico. Ele é a soma das nossas individualidades. Mas como você me deu abertura, tenho compartilhado experiências tântricas com você. Acho que é isso!

– Na verdade, o que eu estava pensando é que nos relacionamentos tântricos parece que não tem aquela coisa da pegada, sabe?

– Fala mais. Não consegui captar se isso é bom ou ruim para você... – Leo pediu antes de responder.

– Ah! Estava me referindo àquela pegada com força, um rolando por cima do outro de um jeito meio animal, como se não existisse espaço para essa percepção do outro, que é tão essencial no Tantra. Em geral, o que acontece é que o cara aperta a bunda e os peitos da mulher e pressiona o pinto duro contra o corpo dela para mostrar seu desejo... – e riu de seu comentário, estranhando a descrição do que realmente acontece no tipo de encontro sexual a que estava acostumada.

Leo olhava para ela, ainda confuso, sem saber se ela gostava da pegada ou não.

– Você está sentindo falta de pegada?

– Não! De jeito nenhum! – e gargalhou por ter dado essa impressão. – É só uma observação, uma reflexão. Na verdade, no início senti muita vontade de ser beijada por você. Cheguei a achar que você não estava muito interessado ou que não me desejasse tanto quanto eu estava desejando você. Mas depois que chegamos aqui, fui descobrindo tantas sensações, tanta conexão, que realmente estou surpresa comigo mesma e com essas novidades.

– Adoro saber das suas reflexões. Bárbara, querida, até mais ou menos meus 24 ou 25 anos, tive muitos relacionamentos no modelo tradicional, cheios de pegada. – e riu. – Mas depois que comecei a estudar a filosofia oriental, praticar meditação, yoga e aprender o Tantra, fui mudando completamente minha maneira de sentir, de desejar uma mulher.

– Fala mais... – e imitou Leo, que sorriu.

– Aquela pegada era boa, claro, mas muito efêmera, fugaz, vazia, sabe? Meu corpo experimentava uma intensa descarga de prazer e logo depois eu me sentia vazio. Trocava de parceira com muita facilidade e não sentia afeto de verdade por nenhuma ou por bem poucas. Na verdade, eu nem sabia quem elas eram de fato. Fico imaginando quantas mulheres eu magoei. Quantas eu usei, mesmo não sendo essa a minha intenção.

Bárbara queria saber mais sobre aquele homem que tinha entrado em sua vida para desconstruir tantas de suas crenças sobre amor, sexo, relacionamento, casamento e regras.

– O sexo era mais ou menos como um esporte, algo que mexia com meu corpo, mas não mexia com minha alma, não me transformava necessariamente numa pessoa melhor. E de repente eu queria mais. Foi quando decidi ficar um bom tempo sem me relacionar com nenhuma mulher. Queria me observar, aprender sobre o meu desejo, a minha libido, a minha energia sexual.

– Sim... não deve ter sido nada fácil.

– Realmente não foi! – Leo riu. – Pensei em desistir várias vezes, mas quando conhecia uma mulher e percebia que aquele instinto me tomava, me deixava ansioso e sem consciência, apenas reagindo a um desejo meramente físico, eu dava um jeito de voltar para casa e tomar um banho gelado. – e agora ele gargalhava.

– Você nem se masturbava?

– Lembra que te falei que essa palavra nem existe no Tantra? Então, na verdade, como eu estava estudando para me tornar terapeuta e fazendo vários cursos, tanto teóricos quanto práticos, eu já conhecia as massagens e manobras como essas que temos praticado. E de vez em quando eu ia até o consultório de algum amigo ou de alguma amiga que já era terapeuta formado e fazia uma sessão.

– É estranho pensar que um homem faz uma sessão de terapia tântrica com outro homem, considerando que ele não seja gay. Não que eu tenha algo contra e nem que tenha algum preconceito em relação aos homossexuais. Aliás, meu melhor amigo é gay e é uma das pessoas que mais amo e admiro na vida. Mas em se tratando de um homem hetero...

– Sua estranheza é absolutamente natural. Muitos homens se recusam a ser atendidos por outros homens porque também pensam assim. E outros se surpreendem depois de se permitir, porque descobrem que o intuito é realmente terapêutico e a experiência, que não é um ato sexual, é totalmente individual. O terapeuta é apenas um facilitador para que eles aprendam a lidar com sua energia e possam compartilhar com suas parceiras experiências muito mais intensas, usando a afetividade e os sentidos. Além disso, se fizerem um trabalho sério e consistente, terminam alcançando estados alterados de percepção e de consciência que fazem com que tenham experiências de orgasmos, prazer e êxtase muito mais potencializados.

– Faz todo sentido, mas não é fácil mudar conceitos, crenças e comportamentos aprendidos desde cedo e que fazem parte da nossa cultura há séculos.

– Exatamente por isso que decidi ficar dois anos sem me relacionar sexualmente. Para mudar a programação mental, descobrir todas as novas sensações que meu corpo era capaz de sentir e, assim, adquirir novos comportamentos, incluindo afeto, presença e respeito pelo sagrado feminino, pelas mulheres.

– E você teve muitas namoradas desde então?

– Não muitas. Por mais que as mulheres queiram se sentir amadas e respeitadas, para elas também não é fácil lidar com um cara que tem pensamentos e comportamentos tão diferentes do convencional. No início, ficam encantadas, mas rapidamente se ressentem por conta do desapego e da liberdade que também fazem parte da filosofia do Tantra.

– Como assim? Relacionamento aberto? O casal pode ficar com quem quiser?

– Bárbara! – e Leo gargalhou alto.

– O quê?

– Claro que não! Isso existe, mas é outra coisa. É exatamente o que você falou. Relacionamento aberto. Uma outra escolha que cada casal pode ou não fazer, independentemente de praticarem o Tantra.

– Mas você já teve relacionamento aberto?

– Eu particularmente não dou conta desse tipo de relacionamento. E não é por ciúme, mas porque acredito que essa dedicação que o Tantra sugere, esse foco na atenção, na troca de energia e no respeito pelo sagrado do outro, não deixa espaço para se relacionar com mais de uma pessoa ao mesmo tempo.

– Então, o que significa esse desapego, essa liberdade que você falou?

– Significa que quando uma pessoa está centrada, conectada consigo mesma, e vive a partir da sua verdade, reconhecendo e respeitando os seus desejos, ela não precisa se prender aos falsos moralismos e às leis dos homens para ficar num relacionamento "até que a morte nos separe" – e fez o sinal das aspas, como Samantha fazia.

– Fala mais...

Leo riu e continuou:

– No Tantra, a morte que separa um casal não é a morte física e sim a morte dos sentimentos, dos planos e sonhos compartilhados, dos desejos de cada um. As pessoas mudam ao longo dos anos e isso pode fazer com que perca o sentido continuarem juntas. Mas também conheço muitos casais que praticam essa filosofia e que estão juntos há 20, 30 anos. O fato é que não existe essa repressão, essa coisa de pecado, inferno... O que existe é o constante olhar para dentro e para fora, para si e para o outro. Quando isso não existe mais, é hora de deixar o outro ir.

– Entendi. Deixar o outro ir também é um ato de amor. Mas ainda não entendi por que as mulheres fugiram de você.

De novo ele gargalhou.

– Porque aprendemos muitas coisas equivocadas sobre o que é o amor. E muitas mulheres, e muitos homens também, é claro, só conseguem se sentir amadas se o outro ligar o tempo todo, se sentir ciúme, fizer tudo junto, podar ou selecionar as amizades, impedir – consciente ou inconscientemente – que continuem fazendo o que gostam, especialmente se isso ferir seu orgulho ou seu ego...

– Tenho a impressão de que eu acreditava em coisas muito semelhantes. Só agora, nos últimos meses, é que começo a me sentir diferente. Mas ainda não sei como vou me comportar num relacionamento a longo prazo, porque não namoro há um bom tempo! – assustou-se Bárbara consigo mesma.

– Não é fácil mesmo ganhar essa consciência de que confiança é algo que tem de existir, primeiro, dentro da gente. De resto, só precisamos nos permitir viver o que o coração pede e não o que esse instinto inconsciente, desconfiado e reativo pede.

– Então as mulheres não suportaram o seu desapego? Posso até imaginar as cobranças, a insegurança... e parou de falar, baixando os olhos e olhando para um ponto fixo da cama.

Leo esperou um pouco, em silêncio. Mas como ela não voltava, ele perguntou bem baixinho:

– Está tudo bem?

E Bárbara levantou o rosto e voltou a olhar para ele.

– De repente, senti um medo tão grande de estragar tudo isso que a gente está vivendo. Eu já me senti insegura e desconfiada milhares de vezes. Não quero mais ser assim.

– Ei, Joy, deixa rolar... O segredo é esse! Vamos seguir o fluxo e viver um dia de cada vez. Fica no presente, aqui e agora, todos os dias, ou pelo máximo de tempo que conseguir...

– E se eu sair do presente? – e implorou silenciosamente para que sua Afrodite não fosse embora.

– A gente vai lidar com isso, conversar. Quando eu digo que adoro essa sua espontaneidade, esse seu jeito de perguntar e de falar o que está pensando, é justamente porque a maioria das mulheres pensa, mas não fala. Tem medo do que o outro vai pensar ou simplesmente fica com raiva e termina se afundando em sua própria lama.

– Uma hora a gente tem que aprender, não é? Tenho trabalhado muito para isso. Samantha, Theo, Sofia e Vitória que o digam!

– Quero conhecer todos eles. E também seus pais, seus irmãos e quem mais for importante para você.

– Vai conhecer! Mas primeiro precisa fotografar a alegria e a felicidade mundo afora.

E os dois riram.

– Mas enquanto a alegria e a felicidade estão condensadas em forma de Bárbara, bem aqui na minha frente, quero fazer uma massagem no seu ponto G!

– O quê??? – gritou Bárbara sem acreditar no que Leo estava dizendo, assim, tão diretamente. E caiu na gargalhada! – Você está falando sério? Gente! Que homem é esse? Como assim massagem no meu ponto G?

– Simples assim. Você nunca ouviu falar?

– No ponto G, já! Várias vezes! Mas num homem que revela esse desejo de massagear "o ponto G" de uma mulher assim, com tanta familiaridade, não, nunca ouvi falar.

Leo estava rindo desde quando ela começou a responder. De repente, se deu conta de que estava amando aquela mulher cada dia mais. Por um instante, se sentiu vulnerável e então ficou sério. Bárbara notou.

– O que foi?

Ele ficou em silêncio, entrando nela com o olhar e sentindo a vibração entre eles.

– Não pense que é só você que tem medo. Medo da insegurança, de não dar conta da distância ou de tudo o que um relacionamento desperta.

E Bárbara o acolheu também com os olhos, em silêncio, segurando forte as mãos dele, até que se sentiram tão conectados que já não havia espaço para seus medos. Pelo menos não naquele momento.

Bárbara se aproximou e, como quem já conhecia o ritual, sentou-se sobre os pés dele, encaixando suas pernas ao redor da cintura de Leo. E iniciaram a celebração de tantos sentimentos intensos e verdadeiros que experimentavam um pelo outro.

Depois de sentir que Bárbara estava pronta, com sua pele acordada, sentindo espasmos intensos por conta das descargas elétricas provocadas pela massagem com a ponta dos dedos, ele afastou as pernas dela. Começou a massagear sua Yoni, primeiro com as mãos e depois com a boca, fazendo com que ela gritasse de prazer, arqueando o corpo em ondas ao sentir as intensas vibrações.

Esperou até que ela se acalmasse um pouco e quando parou de arquear o corpo, Leo afastou de novo as pernas dela que, instintivamente, tinha fechado na tentativa de controlar seus orgasmos. Lubrificou bem as mãos com óleo de semente de uva e, bem delicadamente, afastou os pequenos lábios de sua Yoni, que estava inchada pela intensa irrigação do sangue provocada pelas manobras que ele tinha acabado de fazer.

Leo sabia que ela estava sensível, mas muito pronta. Tanto que, sem perceber, ela empurrava o corpo contra as mãos dele, pedindo mais. Ele manteve a leveza. Foi entrando em Bárbara com seu dedo médio, o mais lentamente que conseguia. Também estava ofegante e excitado. Quando introduziu metade de seu dedo, começou a procurar o ponto G dela. Com a palma da mão virada para cima, ele movimentava a área digital de seu dedo com muito cuidado para não machucá-la. A ideia era encontrar uma espécie de botão, cuja superfície apresentasse uma textura levemente rugosa e não tão lisa quanto o restante da membrana que reveste o canal vaginal.

Encontrou. Bárbara se remexeu e ele parou. Queria se concentrar para acariciá-la usando a pressão que mais a agradasse. Foi pressionando a região bem devagar, o mais devagar que conseguia, e ela começou a gemer. Leo intensificou um pouco e observou a reação dela. Gemeu mais. Intensificou e ela voltou a gemer baixinho. Ele estava conhecendo a sensibilidade de sua Shakti e sorriu, satisfeito por vê-la tão entregue e tão presente para seu próprio corpo. E quando encontrou a pressão a que o corpo dela melhor respondia, acelerou levemente o movimento ao redor do botão, fazendo Bárbara responder com intensidade e rapidez.

Ela arfava e gritava enquanto empurrava o corpo na direção dele, até que explodiu algumas vezes seguidas, suando e levantando o corpo. Leo parou, mas ainda não tirou seu dedo. Ficou ali, bem quietinho, observando os movimentos de Bárbara. Ela estava sentada, de pernas abertas e com a cabeça para trás, respirando profundamente. E ele, absolutamente seduzido por aquela cena, sentindo-se realizado.

Quando ela movimentou a cabeça para frente e abriu os olhos, encontrou os dele, brilhando mais do que brilhavam normalmente, e também sorriu, plena de si e daquele homem.

Lua Crescente
Ilha de Hydra, Grécia
Sexta, 29 de setembro de 2017

Estavam no mercado, no Porto de Hydra, considerado o centro comercial da cidade. Bárbara cumpriria a promessa que tinha feito a ele, de preparar uma de suas receitas afrodisíacas. Faria uma sopa tailandesa de cogumelos e leite de coco. Seria o último jantar deles.

– Você pode pegar o leite de coco, o alho e o gengibre? – pediu Bárbara.

– Claro, Chef! Estou amando ser seu assistente. Se confiar em mim, posso até ajudar a preparar. – atreveu-se

– Vamos ver se você leva jeito na escolha dos ingredientes! – e riu da carinha de feliz que ele fez!

Ela escolheu os cogumelos frescos, preferindo os do tipo Shimeji e Shitake. Pegou a pasta de curry vermelho, o limão, a pimenta dedo-de-moça e o coentro. Saiu à procura de algum funcionário que pudesse ajudá-la a encontrar o caldo de peixe concentrado, já que não teria como preparar, e o nam pla. E para sua surpresa e alegria, eles tinham os dois ingredientes que faltavam. Só não encontrou as folhas do limão Kefir, mas isso era difícil até em São Paulo, o que dirá numa ilha do tamanho de Hydra. Resolveu substituir por folhas de capim-limão, que também combinava muito.

Voltaram para casa conversando sobre culinária, gastronomia e sobre o *Temperos & Palavras*.

– Confesso que estou com saudades das minhas panelas!

– Que bom, porque daqui dois dias você já vai estar entre elas.

– Sofia deve estar rezando para eu chegar logo. Deve ter trabalhado demais esses dias em que estive fora.

– A que tem o toque de Midas para escolher o vinho certo! – falou Leo como quem já conhecia o dom da amiga.

Bárbara riu e contou sobre quando convidou Sofia para ser sua sócia e como elas tinham se conhecido. Falou também de Theo e de Vitória, contando passagens de sua infância, da época da faculdade e também dos últimos meses.

Chegaram em casa e Leo foi logo organizando os ingredientes lado a lado, guardando as sacolas e ajeitando tudo.

– Preciso tomar um banho antes de começar. – pediu ela.

– Claro, minha Chef preferida. Quer que eu adiante algo?

– Mesmo?

– Sim, claro! É só explicar o que quer e eu vou te mostrar como posso ser seu assistente sempre que precisar.

– Hummmm, to gostando de ver! Então, tá! Descasca o alho, rala um pedaço de mais ou menos dois centímetro de gengibre, limpa os cogumelos e...

– Pode pedir!

– Acho que só ficou faltando lavar o coentro.

– Deixa comigo. Ótimo banho!

E Bárbara voltou correndo até a cozinha para abraçá-lo por trás e beijar suas costas, agradecendo.

Voltou depois de alguns minutos, assumindo o controle:

– Pronto! Agora, deixa comigo. Pode se sentar ali na minha frente, do outro lado do balcão e só apreciar.

– Já fiz tudo o que me pediu. Agora, vou abrir o vinho e, se você me permitir, vou deixar respirando um pouco e também vou tomar um banho. – e olhou para ela esperando a autorização explícita.

Bárbara riu da encenação de auxiliar dele:

– Está autorizado! – falou num tom de chefia e os dois riram.

Leo retomou seu habitual tom sedutor e avisou:

– Volto logo porque quero ver você cozinhando. Já estou sentindo prazer só de imaginar...

Quando voltou, ela já estava juntando os ingredientes na maior frigideira que encontrou por ali.

– Hummmm, o cheiro está maravilhoso!

– É o capim-limão junto com o caldo de peixe, o gengibre e o curry.

– Esse prato é muito apimentado?

– Bastante. Você não gosta?

– Gosto! Não sei se de muito apimentado, mas de pouco eu sei que gosto.

Bárbara fez uma expressão de espanto, agora sem saber se tinha escolhido a receita certa.

– O que posso dizer é que nem precisa acender a lareira, porque vamos esquentar rapidamente depois das primeiras colheradas.

– A noite promete, então! – gargalhou Leo. – Posso servir o vinho?

– Promete! E se puder servir água também, seria providencial.

Finalizou com o leite de coco e serviu dois pratos fundos, que mais pareciam pequenas tigelas de porcelana branca. Leo experimentou um pouquinho do caldo com cuidado para não queimar a boca e ficou sem expressão por um tempo, deixando Bárbara apreensiva.

– Preciso de mais para dar minha opinião. Mas já senti o sabor picante.

– Isso porque nem me atrevi a colocar a pimenta dedo-de-moça depois que você me disse que não sabia se gostava de muito picante.

Experimentou de novo e reagiu mais rápido.

– Nossa! Muito bom. Delicioso. É bem picante, mas combina perfeitamente com os cogumelos e o leite de coco. Adorei! – e levantou a taça para brindar. – À Chef mais linda, sensual, divertida e fascinante que tive a honra de conhecer em plena Grécia.

E nesse momento, como que em fina sintonia, os dois se olharam com certa tristeza. A hora da despedida estava chegando. Deram-se as mãos sobre a mesa e Bárbara suspirou.

– É difícil para mim também, minha querida. Mas precisamos confiar que o que tiver de ser, será! Minha previsão é voltar para o Brasil dentro de dois ou três meses.

– Três? Não sei se aguento.

– A gente vai se falar sempre que possível, mas você precisa saber que nem sempre estarei em lugares com sinal de celular ou internet, tá bom?

– Imaginei. Tudo bem. Vou me concentrar no trabalho, no meu processo com a Samantha e nos meus amigos. Preciso mesmo retomar alguns contatos que terminei deixando de lado com o meu casamento.

– Isso! Aproveita e foca em tudo o que você ama. Assim, o amor fica sempre à flor da pele e a gente pode sentir um ao outro, mesmo de longe.

– De muito longe!

– De muito longe! – repetiu Leo e eles riram e se olharam.

Leo se levantou, pegou seu celular e selecionou uma playlist. Foi até Bárbara e estendeu a mão, convidando-a para dançar. Ela se levantou e a música começou a tocar. Ele a abraçou carinhosamente, puxando-a para bem perto e encaixando-se nela.

– Essa música não é completamente tântrica, mas é linda e tem algumas partes que me lembram muito você.

Ela ainda não tinha identificado qual era somente pela batida inicial, mas ficou atenta até a letra começar.

"Amo tua voz e tua cor... E teu jeito de fazer amor...

Revirando os olhos e o tapete, suspirando em falsete coisas que eu nem sei contar. Ser feliz é tudo que se quer!..."

Bárbara se sentia completamente extasiada, apaixonada e grata por aquele momento. Suspirou profundamente e sentiu Leo abraçá-la um pouco mais forte, suspirando também. O coração dos dois batia forte e ela se sentia extremamente feliz por se permitir experimentar tantos sentimentos ao mesmo tempo.

"Essa música é realmente um belo poema...", pensou e se concentrou para ouvi-la:

"... Vou ficar até o fim do dia... Decorando tua geografia...

E essa aventura em carne e osso deixa marcas no pescoço.

Faz a gente levitar..."

E Leo cantou em seu ouvido, bem baixinho, junto com a música:

"...Tens um não sei quê de paraíso. E o corpo mais preciso que o mais lindo dos mortais. Tens uma beleza infinita e a boca mais bonita que a minha já tocou..."

Ele se afastou um pouco para conseguir ver o rosto dela. Passou sua mão delicadamente em cada uma de suas bochechas, e repetiu:

– Tens um não sei quê de paraíso, Barbara! Nunca se esqueça disso! Tens uma beleza infinita! – e seus olhos brilharam, porque ele também estava emocionado.

Pegou Bárbara nos braços e a levou até a cama. E se tocaram e se lamberam e se cheiraram como se já previssem toda a saudade que sentiriam um do outro. Como se tentassem saciar toda a fome de amor e todo o desejo que pressentiam ter de suportar quando estivessem longe um do outro. Ora era ela quem fazia as manobras nele, ora, ele nela, relembrando todos os sentimentos e todas as sensações vividas desde que haviam chegado ali. Ou melhor, desde que tinham se visto naquele vagão de trem. E quando estavam exaustos de amar, ficaram deitados em silêncio, um de frente para o outro, navegando dentro de seus olhos, com as mãos juntas na altura do peito de Leo, até adormecerem.

SÓ PORQUE ELA SE AMOU...

Lua Crescente
São Paulo, Brasil
Domingo, 01 de outubro de 2017

Sofia e Theo começaram a pular de alegria quando ela apareceu na porta do desembarque.

– Baaaaa! Minha gostosa! – Sofia a abraçava num frenesi que fez Bárbara se dar conta de como estava com saudades dela.

Depois Theo:

– Gataaaaa! Conta tudo! Você sumiu nessa última semana. Só respondia com emoticons. Certeza que tem bofe nesse meio. – falava ele enquanto abraçava Bárbara e pegava suas malas.

Ela estava tão feliz de estar de volta, em casa. Ficou olhando para os amigos, rindo, sem saber por onde começar!

– Foi simplesmente maravilhoso!

E dali em diante, Sofia e Theo quase nem respiravam para não perder uma palavra sequer de tudo o que ela contava. Felizmente, eles tinham ido de Uber, porque era certo que ninguém estaria cuidando da direção naquele momento.

Bárbara não contou todos os detalhes do encontro. Para revelar alguns dos "detalhes sórdidos", como classificava o animado Theo, ela precisaria de mais tempo. Queria assimilar tantos acontecimentos, sentimentos e sensações antes de verbalizar. E felizmente os amigos não insistiram para além do que ela se dispôs a falar. Já estavam excitadíssimos o bastante com as experiências de Bárbara e não se cansavam de abraçá-la e repetir o quanto se sentiam felizes por ela.

Ela os beijou e abraçou com muito afeto depois que eles a ajudaram a subir com as malas até seu apartamento, prometendo que em breve se encontrariam de novo para novas revelações. Tomou um banho, descansou um pouco e foi para a casa dos pais, almoçar com eles e os irmãos, que também estariam lá para vê-la.

Foi um almoço extremamente animado, cheio de perguntas, comentários e curiosidades sobre as ilhas gregas. Neto disse que queria ir também, mas que não seria possível tão cedo... e piscou para a irmã.

– A Roberta está grávida? – perguntou Bárbara aos gritos.

– Sim, está! – e abraçou Bárbara, feliz, querendo comemorar.

Gabriel fazia suas habituais piadas e brincadeiras e todos riam dele. Bárbara notou que os pais estavam mais carinhosos um com o outro e que a dona Cida não xingou seu Sérgio nem uma vez sequer. Quando perguntou para Neto se tinha acontecido alguma coisa, ele deu seu parecer.

– Desde que ela saiu do hospital, eles ficaram assim. O pai passa bastante tempo com ela na cozinha, conversando e ajudando, e ela praticamente parou de xingar.

– Que bom! – e ficou olhando para os pais, lembrando do que Leo tinha falado sobre a importância de olhar e ouvir a quem se ama.

No final da tarde, voltou para casa. Ajeitou as coisas e se preparou para a semana. Teria sessão com Samantha na manhã no dia seguinte e queria correr antes de ir. Para tanto, precisava dormir cedo.

Lua Crescente
São Paulo, Brasil
Segunda, 02 de outubro de 2017

Antes de sair para sua corrida, abriu o celular para tocar sua playlist e viu que tinha uma mensagem de Leo, da noite anterior.

"Minha querida Joy, chegou bem? Tomara que sim. Sua ausência faz a Grécia perder grande parte de sua graça. Leo."

Ela sorriu, feliz com a presença dele.

"Meu querido Leo. Cheguei muito bem. Já revi alguns de meus amores, que não se cansam de me perguntar sobre a viagem. Saudades dos seus olhos em mim. Bárbara."

E saiu para correr. Quando voltou, a resposta.

"Saudades de você inteira em mim. Ainda sinto seu cheiro aqui. Embarcando para o Tibete. Mando notícias. Leo."

Durante a sessão com Samantha, não parou de falar um minuto. Falou rapidamente sobre os Templos e lugares por onde se reconectou com sua Afrodite e depois contou toda a história com Leo, detalhe por detalhe, omitindo apenas as manobras e os gritos. Chegou a ficar ofegante em alguns momentos, só de se lembrar dos acontecimentos.

Samantha ouviu tudo sem interromper, com total atenção, e Bárbara notou que ela não conseguia parar de sorrir. Ainda ficou em silêncio por alguns instantes depois que ela parou de falar. E só depois começou:

– Bárbara, querida! Estou completamente comovida com o seu despertar. Com o despertar de sua Afrodite. Você finalmente se viu. E por ter se visto, por ter se amado tão inteiramente, exatamente como você é, pode reencontrar-se com o Leo no Paternon. Você o atraiu até ali.

– Mas ele disse que havia pedido para todos os deuses e todas as deusas me trazerem de volta para ele. – e as duas riram.

– Claro, ele também parece estar muito sintonizado com o processo dele, com o despertar dele. Gente, que homem sensível, intenso! Estou muito feliz por você, querida! – e os olhos de Samantha marejaram.

Bárbara também ficou emocionada, mas foi logo falando sobre seu medo.

– Mas e agora? Não sei bem o que fazer. Por enquanto estou bem, mas será que vou continuar? Esse tempo todo longe. E tão longe...

– Bárbara! Claro que você vai aguentar. Ele não disse que vocês podem conversar quando a saudade apertar ou quando você sentir algo que te incomode?

– Sim, falou. Ele não é um fofo? – e riu de si mesma.

– É mesmo! Ele parece ser mesmo muito especial. E você merece! Não se esqueça disso. Não invalide a sua parte na alquimia desse encontro, querida.

– Sim, tenho me lembrado disso! Tenho me sentido realmente merecedora.

– Claro que é. Não tenho dúvida alguma disso. Nunca tive. Mas lembre-se de que você está apaixonada e que, por isso, está vendo somente a parte linda do Leo. Com certeza ele também tem sombra. Assim como você. Assim como todos nós.

– Ai, ai – suspirou Bárbara. – Que medo de estragar tudo.

– Não vai estragar, querida. Você já sabe da verdade, da única verdade. Não precisa cair novamente na mentira, na inconsciência, na ilusão de que você pode mudar qualquer coisa. Tudo é como deve ser. Tudo está onde deve estar.

– Eu sei. Eu sinto. Só preciso me manter presente. Um dia de cada vez, não é?

– Isso mesmo! E se ficar insegura ou se esse medo apertar, pode conversar com ele, se for possível. Se não for e você não aguentar sozinha, pode me ligar.

– É bom saber. Mas estou bem. Ah! Voltei decidida a começar algo novo.

– Ah, é? E já sabe o quê?

– Sim. Dança Cigana. Tenho uma amiga muito querida que faz e sempre me convida para ir numa aula com ela. Diz que tem certeza de que vou adorar. Já mandei mensagem para ela e vou na próxima aula, nesta quinta.

– Muito bem! É isso aí. Cuide de você. Fique bem. E o resto vai acontecer como tiver que acontecer!

– Tomara que seja o melhor! Tomara que seja com o Leo. – e riu.

Lua Crescente
São Paulo
Segunda, 30 de outubro de 2017

O grande dia chegou. Era a festa de comemoração dos 3 anos do *T&P* e Bárbara e Sofia estavam cansadas por conta dos preparativos, mas muito felizes, porque tudo estava ficando lindo.

Outubro tinha voado. Bárbara dançou, correu, fez terapia, começou a ler o livro que havia ganhado de Leo e toda vez que sentia muita saudade dele, pegava um incenso da linda caixa que havia ganhado e acendia, relembrando seus toques e todas as sensações maravilhosas que tinha vivido durante aquela semana. Podia sentir seu corpo arrepiar e seu coração vibrar no mesmo instante.

Tinham se falado pouquíssimas vezes pelo telefone e, embora bem mais por mensagens de texto, ainda assim ela sentiu bastante a falta dele.

E neste dia, mais do que todos os anteriores, acordou confusa. Se, por um lado, a expectativa da festa a deixava muito satisfeita, por outro fazia um mês que eles tinham se separado e era cada dia mais difícil lidar com aquela distância. Queria que ele estivesse ali. Mandou uma mensagem para ele e, como tinha desmarcado a terapia por causa da festa, mandou outra para Samantha.

Samantha respondeu logo depois:

"Minha querida, compreendo a sua saudade e não tem nada de errado no seu sofrimento por causa da distância. Mas você não precisa voltar para a dor, para a prisão ou para o medo. Você já sabe como é ser inteira. Tudo está aí, dentro de você. Não precisa tentar controlar, prever, nem se esconder. Simplesmente confie. Entregue-se e fique presente. Vai dar tudo certo. Nos vemos à noite."

Bárbara respirou fundo, tomou um banho e saiu para arrumar os últimos preparativos da festa. Quando passou no *T&P*, a animação era geral. O salão estava sendo decorado e Sofia já estava organizando a comida.

– Oi, lindona! Chegou antes de mim?

– Isso aqui está uma loucura, Bá. Mas vai dar tudo certo. – e Sofia ajudou Bárbara com as sacolas.

– E as bebidas?

– Tudo pronto, guardadas nas geladeiras.

– E as velas e os arranjos de flores para as mesas?

– Também já chegaram.

– Ai, Sô! Vai ser lindo!

– Lindo? Vai ser maravilhoso, fantástico. Estou tão agitada que até me esqueci de fazer a unha, acredita?

– Quer ir comigo? Minha manicure vai abrir o salão à tarde só para me atender. Até a cabeleireira vai estar lá.

– Ah, quero sim. Você vê isso para mim?

– Deixa comigo.

– Nossa! Acordei com o estômago ruim, já até vomitei hoje, acredita Bazinha? Acho que é de ansiedade.

– Nossa! Relaxa. Vai dar tudo certo. Você mesmo acabou de dizer. – e abraçou a amiga.

Depois do salão, cada uma foi para sua casa para se trocar. Bárbara escolheu um macacão preto de um tecido levemente brilhante, bem decotado e com as costas nuas. Calçou a sandália mais alta que tinha e se sentiu poderosa. Caprichou na maquiagem e os cabelos estavam presos no alto da cabeça, em um coque desestruturado, que deixava alguns fios soltos. Olhou-se no espelho, pensou em Leo e sorriu.

Seu celular tocou e ela correu, achando que fosse o Theo chegando para pegá-la. Era o Leo. O coração dela disparou e aquela típica pontada na barriga fez com que ela se sentasse na cama. A chamada era por vídeo. Atendeu.

– Ah, que bom que deu certo – Bárbara ouviu ele dizendo, antes que ela aparecesse para ele. Assim que ele a viu, foi disparando:

– Meu amor, minha Joy, minha Shakti fascinante! Meu Deus! Que saudade de você! Uau! Você está maravilhosa, uma deusa, uma Afrodite.

Bárbara ria sem parar. De felicidade, mas também por achar divertido vê-lo falando tanto e tão rápido, como quem está com medo de a ligação cair...

– Oi, meu lindo! Você não imagina como estou feliz por você ter ligado, ainda mais por vídeo.

– Viajei quase 30km para encontrar um café com Wi-Fi e conseguir falar com você! Estou no Nepal, numa região remota, e o sinal de celular é muito ruim. Sonho com você quase todas as noites... – e ficou olhando para ela por alguns segundos, em silêncio.

Desta vez, falou mais devagar:

– Que bom ver seus olhos, seu sorriso. Quero te ver de corpo inteiro, será que dá?

– Vamos tentar. Vou colocar o celular sobre a mesinha e me afasto um pouco, tá bom?

– Tá bom!

E quando Leo a viu inteira, colocou a mão na boca e ficou paralisado, em silêncio. Ela voltou a se aproximar da câmera.

– O que foi? Não gostou?

E Leo respondeu bem devagar:

– Como você está linda! Como você é linda, Bárbara Joy!

Bárbara transbordava de alegria e de uma felicidade que não cabia nela.

– Me conta de você. Como foi no Tibete, como está no Nepal?

– Tudo maravilhoso. Já dei mais de 5 mil cliques. Claro que vou precisar fazer uma bela edição, mas estou muito feliz por estar realizando esse sonho. Aqui é incrível. Tenho muita coisa para te contar. Mas agora quero saber de você. Já está indo para a festa?

– Sim, até achei que fosse o Theo chegando quando o telefone tocou.

– Vai ser uma noite espetacular, tenho certeza. Queria muito estar aí com você, mas sei que o seu *T&P* ainda vai render muitos aniversários. Aproveita a sua noite, minha deusa. Você merece!

– Ah! Não te contei! Ficamos sabendo ontem que eu e a Sofia seremos capa de uma revista bem importante sobre gastronomia. Estamos superfelizes.

– Que ótima notícia! Quanto orgulho eu tenho de você, minha Chef picante! Parabéns.

– Obrigada. Também tenho muito orgulho de você, meu fotógrafo... – e sua voz se derretia de amor por ele.

O sinal começou a falhar e eles já não conseguiam se entender. Leo desligou a câmera e se despediu só por voz.

– Divirta-se muito esta noite! Ela é sua! E sinta-se abraçada, tocada, beijada e olhada por mim o tempo todo. Estarei aqui, desejando que você brilhe ainda mais!

E a ligação caiu. Logo depois, Theo chegou. E Bárbara foi falando de Leo durante todo o trajeto até o *Temperos & Palavras*.

Já eram quase 10 horas da noite quando Sofia pediu para chamar Bárbara no salão. Quando ela chegou à cozinha, encontrou a amiga chorando.

– O que foi, Sô? O que aconteceu?

Sofia abraçou Bárbara e, entre soluços e sorrisos, conseguiu dizer.

– Não se assuste. É de felicidade!

– Ai, que delícia! Me conta! O Cássio te pediu em casamento?

– Melhor do que isso! – e ficou olhando para os olhos de Bárbara, como quem pede para adivinhar!

Bárbara começou a chorar e levou as mãos no rosto.

– Ai, meu Deus! Será? Será que é o que estou pensando? Fala, Sô, por favor... – e olhou para a barriga da amiga.

– É isso mesmo. Estou grávida! – e as duas se abraçaram, chorando e rindo e gritando pela cozinha.

Theo entrou à procura das duas e não entendeu nada. Ficou parado, olhando para elas, com cara de espanto.

– Theo, a Sô... – Bárbara não conseguia completar a frase, de tanta emoção, e apontou para a barriga de Sofia!

– Ahhhh! Não acredito!!! Que notícia maravilhosa! – e começou a pular enquanto abraçava as duas.

– Ei, cuidado com a nossa gravidinha! – gritou Bárbara.

– Ai, Sô, desculpa. – riu e começou a pular sozinho.

Depois de abraçar e beijar várias vezes a amiga, Bárbara avisou que iria voltar para a festa, para dar atenção aos convidados. Quando entrou no salão, viu Vitória chegando. Seu coração gelou. Não tinham se falado desde aquela delicada conversa, antes de viajar.

Vitória viu Bárbara e parou. Ficou olhando para a amiga, até que suspirou. Bárbara foi até ela, bem devagar, pedindo licença e desviando dos convidados. Parou diante dela e as duas começaram a chorar e se abraçaram.

– Você está linda, como sempre! – Vitória falou primeiro.

– Estou tão feliz que você veio! – e não largou a amiga.

– Não podia deixar de prestigiar minha Nana num dia tão especial.

E Bárbara abraçou ainda mais forte Vitória.

– Ai, Vi! Eu te amo tanto. Me perdoa?

– Não me peça perdão, Bárbara!

E o tom dela era tão sério que Bárbara se soltou do abraço, assustada.

– Sei que não é o melhor momento para falarmos sobre isso, mas quero que você saiba que depois daquele dia, na sua casa, relembrei de muitas coisas que aconteceram naquela época. E tudo foi se encaixando, fazendo sentido. O que posso te dizer agora é que tenho certeza de que meu pai amava você. Não que não amasse minha mãe, mas era diferente. Você devolveu a ele um sopro de vida. Ele já estava doente naquela época, com sérios problemas no coração, mas não contou para ninguém. Só meu tio, o irmão dele, sabia. E quando ele me contou, dia desses, tive certeza de que você fez os últimos meses da vida do meu pai serem muito melhores. Apesar das dores que ele sentiu nos últimos dias, eu o via sorrindo sozinho várias vezes. Não entendia o que estava acontecendo e ele não respondia quando eu perguntava. Mas agora eu sei que o sorriso dele se chamava Bárbara.

Bárbara estava soluçando, com as mãos na boca, sentindo-se tão grata por ouvir tudo aquilo que tinha vontade de gritar! Vitoria deu um jeito de levá-la para os fundos do restaurante sem que ninguém a visse se desmanchando em lágrimas.

Lá atrás, as duas se abraçaram de novo.

– Vi, muito obrigada por esse presente. Foi a melhor coisa que aconteceu na minha noite. Bem, depois da ligação do Leo, claro!

– Leo? Quem é Leo? O que foi que eu perdi, sua danada?

E Vitória vibrava enquanto Bárbara contava seu romance bem resumidamente, tentando ser rápida para que não sentissem sua falta lá dentro. As duas voltaram abraçadas

202

para o salão, depois de Bárbara se recompor com a ajuda da maquiagem que Vitória tinha na bolsa.

Divertiu-se a noite toda. Dançou, riu e se pegou emocionada muitas vezes, por olhar ao redor e ver num único lugar quase tudo o que ela amava. Seus pais, seus irmãos, seus amigos e clientes, o sucesso de seu trabalho, Samantha, Theo, a gravidez de Sofia, a história sobre Roberto... Até a doce Zizi estava por ali! Ah... e a ligação de Leo. O que mais ela poderia querer?

Lua Minguante
São Paulo, Brasil
Sábado, 11 de novembro de 2017

Leo não dava notícias desde o dia da festa e Bárbara começava a ficar preocupada. Estava surpresa consigo mesma por não se sentir desconfiada ou insegura, mas se sentia extremamente apreensiva.

"Será que teria acontecido algo de ruim?", perguntava-se ela ao final de cada dia sem notícias dele.

Naquele sábado, correu 7 quilômetros. Queria gastar sua energia e ver se conseguia relaxar um pouco. Andava sentindo dores nas costas e sabia que era de tensão. Depois da última aula de dança cigana, tinha melhorado um pouco. A professora, sensível, meio bruxa e cheia de artimanhas, tinha sugerido que Bárbara tirasse uma carta do tarô que lhe trouxesse um pouco de clareza sobre o que poderia estar acontecendo ao seu amado.

E eis que Bárbara tirou Seis de Copas – Prazer

Desejo, gozo, prazer em relações sexuais; rica troca de energia sexual e afetiva; renovação emocional.

A carta a convida a render-se às riquezas de sua própria emocionalidade.
Você pode experimentar isso como a estimulante antecipação de um profundo mergulho.
Ao reemergir, você estará refrescada. Este é o processo da morte e do renascimento.
Correndo o risco, tem-se por resultado profunda purificação e renovação emocional.

Desfrute agora tudo o que a vida lhe dá. Este é o melhor meio de expressar sua gratidão.

Afirmação: Agora eu estou aberta para um parceiro com quem possa compartilhar as alegrias do amor em todos os níveis.

Bárbara adorou. A carta era uma promessa maravilhosa, mas ela não conseguia entender. Por que, então, Leo estava tão sumido?

Lua Minguante
São Paulo, Brasil
Sexta, 17 de novembro de 2017

Entrou no *T&P* cabisbaixa. Ainda não tinha tido notícias de Leo. De repente, percebeu que havia alguém olhando para ela. Levantou os olhos e encontrou Sofia, com uma expressão tão feliz que Bárbara instintivamente sorriu.

– O que aconteceu?

Sem dizer nada, a amiga esticou o braço, balançando um envelope na direção dela. Bárbara jogou a bolsa no chão e correu para pegá-lo, confirmando sua intuição. Abriu e retirou de dentro uma foto. Era ela, cheirando um ramo de manjericão, na entrada da casa, na ilha de Hydra. Começou a chorar e virou a foto, onde leu:

Minha fascinante Shakti, Bárbara Joy!

Não há meditação, clique ou felicidade que faça diminuir a falta que sinto dos seus olhos, do seu cheiro, do seu sorriso e da sua pele.

Estarei livre no início de dezembro.

Que tal um encontro na Tailândia?

Me diga quando pode vir e mando sua passagem.

Tenho certeza de que vai ser ainda melhor!

Seu Shiva, Leo Rizzo.

P.S.: Estou num local remoto do Butão. Não se preocupe comigo. Um amigo vai postar esse envelope no correio mais perto, a quase 100km daqui. Devo te ligar depois de 25/11.

Bárbara olhou para Sofia e as duas se abraçaram, cúmplices de uma felicidade que experimentavam juntas, cada qual por suas razões.

Lua Cheia
São Paulo, Brasil
Quinta, 07 de dezembro de 2017

Sentiu a vibração do celular. Abriu. Era uma mensagem de Vitória.

"Hoje é o dia dos 35 da minha Nana! Feliz aniversário, minha linda. Te amo do fundo do meu coração e desejo que você seja a mulher mais feliz desse mundo. Você merece. Vic."

Sua Afrodite estava em festa. Começou a responder, quando ouviu pelo alto-falante:

– Atenção Senhores Passageiros do voo 262. A Emirates informa: o seu embarque está autorizado...

AGRADECIMENTOS

Em primeiro lugar, gratidão infinita ao meu companheiro, meu amor, meu parceiro de vida Rodrigo Cardoso por toda a paciência, toda a compreensão e toda a contribuição durante o processo de preparação e escrita deste livro. Sua torcida e seu desejo de ler cada página, de comentar e fazer acontecer cada uma de minhas ideias alimentaram meu coração e me fizeram amá-lo ainda mais.

Ao Anderson Cavalcante, meu editor e amigo, por ter acreditado na minha capacidade de escrever um romance antes de mim mesma.

À Cinthia Dalpino, jornalista, escritora e uma amiga muito querida que o acaso (inexistente) me trouxe de presente, por me acompanhar dia a dia, mesmo virtualmente, enquanto escrevi as páginas a seguir. Suas opiniões, provocações e sacadas foram fundamentais.

Ao querido Ébano Piacentini, coach de sexualidade e terapeuta tântrico, pela cuidadosa e sensível ajuda na construção do personagem Leo, que também é terapeuta tântrico.

À Sâmara Jorge, minha psicoterapeuta e amiga, uma mulher admirável que me acompanhou no meu processo de autoconhecimento e me conduziu ao caminho de volta a mim mesma, o que possibilitou a expressão de toda a minha criatividade na construção desta obra.

Aos meus amados amigos que, de alguma forma muito especial, participaram da construção desta obra. Seja por me inspirarem ou por apontarem melhorias, a cada um com seu brilhante talento e com sua alma que me encanta deixo minha gratidão e meu amor: Cecília Chohfi, Thiago Dutra, Lilia Palma, Dani Leite, Fabiane Duz, Tânia Crisóstenes e Gabriela Monteiro. Sua existência única e a amizade que nos une é, para mim, prova de que nenhuma dor é insuperável quando temos ao lado uma amizade verdadeira.

Obrigada a cada um de vocês, com todo meu coração!

Fonte BRIONI PRO